小書痴的下剋上

為了成為圖書管理員不擇手段！

第三部 領主的養女III

香月美夜 著
椎名優 繪　許金玉 譯

本好きの下剋上
司書になるためには
手段を選んでいられません
第三部 領主の養女III

N
庫拉森博克境界門
哈爾登查爾
海茲菲德
瑞丹
阿斯曼
奎涅
蘭瑟爾
庫列瑪
波瓦
富柏
羅溫
沃特
庫拉森博克管理
舊卓斯卡境界門
布朗
國境門
克倫
伯格
葛雷修
格雷茲
艾倫菲斯特
直轄地
赫辛
法雷培爾塔克境界門
高克
達道夫
哈瑟納
喬伊索塔克
巴賽爾
萊瑟岡古
格拉罕
佛司特
威圖爾
珀斯
伊庫那
嘉爾敦
格利貝
亞倫斯伯罕境界門
艾倫菲斯特

· CONTENTS ·

第三部 領主的養女 III

登場人物

第二部 劇情摘要

成為青衣見習巫女以後，梅茵在神殿成立了工坊，給予了饑腸轆轆的孤兒們工作與食物，又為了印刷技術反覆與古騰堡們摸索實驗，每天都過得無比忙碌。然而某一天，卻遭到了神殿長夥同他領貴族的襲擊。為了有能力可以保護家人和侍從們，梅茵決定成為上級貴族的女兒羅潔梅茵，更成為領主的養女。

領主一族

羅潔梅茵

本書主角。從士兵的女兒變成領主的養女，也改了名字，但內在還是沒有改變。為了看書，不擇手段。

斐迪南

齊爾維斯特的異母弟弟，是羅潔梅茵在神殿的監護人。

齊爾維斯特

收養羅潔梅茵的艾倫菲斯特領主，羅潔梅茵的養父。

芙蘿洛翠亞

齊爾維斯特的妻子，三個孩子的母親。羅潔梅茵的養母。

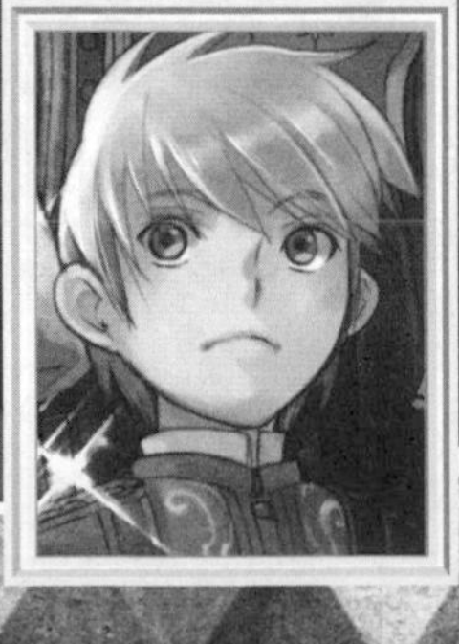

韋菲利特

齊爾維斯特的長男，現在成了羅潔梅茵的哥哥。

騎士團長一家

卡斯泰德

艾倫菲斯特的騎士團長，
羅潔梅茵的貴族父親。

艾薇拉

卡斯泰德的第一夫人，
羅潔梅茵的貴族母親。

艾克哈特

卡斯泰德的長男，目前
在騎士團工作。

蘭普雷特

卡斯泰德的次男，韋菲
利特的護衛騎士。

柯尼留斯

卡斯泰德的三男，羅潔
梅茵的見習護衛騎士。

羅潔梅茵的近侍

安潔莉卡

見習護衛騎士。中級貴族，
沉默寡言的夢幻美少女。

奧黛麗

侍從。上級貴族，艾薇拉的
朋友。

黎希達

首席侍從。熟知三名
監護人孩提時期的上
級貴族。

布麗姬娣

護衛騎士。中級貴
族，基貝．伊庫那的
妹妹。

達穆爾

護衛騎士。繼續擔任
護衛工作的下級貴族。

平民區的家人

昆特
梅茵的父親。

伊娃
梅茵的母親。

多莉
梅茵的姊姊。

加米爾
梅茵的弟弟。

平民區的商人

班諾	奇爾博塔商會的老闆。
馬克	班諾的得力助手。
路茲	都帕里學徒。
谷斯塔夫	商業公會的公會長。
芙麗妲	谷斯塔夫的孫女。
珂琳娜	班諾的妹妹。手藝出眾的裁縫師。

神殿的侍從

法藍	負責管理神殿長室。
吉魯	負責管理工坊。
葳瑪	負責管理孤兒院。
莫妮卡	神殿長室與廚房的助手。
妮可拉	神殿長室與廚房的助手。
弗利茲	新侍從。負責管理工坊。

羅潔梅茵的專屬

艾拉	專屬廚師。
羅吉娜	專屬樂師。

古騰堡夥伴

英格	木工工坊的師傅。
薩克	鍛造工匠。負責研究構思。
約翰	鍛造工匠。負責提供技術。

其他貴族

奧斯華德	韋菲利特的首席侍從。
莫里茲	韋菲利特與羅潔梅茵的教師。
尤修塔斯	黎希達的兒子，收穫祭同行的徵稅官。
菲里妮	與羅潔梅茵同年級的下級貴族。

其他

坎菲爾	正接受神官長訓練的青衣神官。
法瑞塔克	正接受神官長訓練的青衣神官。
薩姆	灰衣神官，神官長的侍從。
哈塞鎮長	與前任神殿長有深交。
利希特	哈塞鎮長的親戚兼助手。

第三部

領主的養女 III

序章

法藍的主人羅潔梅茵從城堡回來了。對於從平民變成領主養女的她而言，城堡顯然還無法讓她感到輕鬆自在，現在回到自己在神殿裡的房間後，喝了口茶，她才放鬆了緊繃的小臉。泡完茶的法藍在感受到主人放鬆下來的氣息後，後退一步。

「法藍，你覺得該不該增加侍從呢？」

突然被這麼一問，法藍微微揚著嘴角保持笑容，同時以最快速度讓大腦運轉。如果不先了解這位年幼的主人是基於什麼理由與原委，才提出了這個問題，她偶爾會往難以預料的結果直衝而去。因為過去她為了讓孤兒院的孩子們有理由可以外出，曾打算把所有孤兒都納為侍從，這件事讓法藍一直無法忘懷。

「羅潔梅茵大人，請問是誰說了這樣的話呢？」

「是葳瑪。她說我明明同時兼任了孤兒院長、工坊長和神殿長，但對應的侍從人數太少了。我之前一直以為自己身為神殿長，擁有的侍從人數跟其他人差不多，但考慮到工作量，才發現其實每個人的負擔都很大。」

葳瑪說得沒錯。羅潔梅茵的侍從雖有五人，但妮可拉和莫妮卡經常被叫去廚房擔任助手，還無法勝任侍從該做的工作。實質上是由三個人在分擔幾乎所有的工作，所以人手根本不夠。但是，法藍也非常清楚羅潔梅茵的經濟狀況，先前已經在自己的提議下，招納了妮可拉和莫妮卡取代戴莉雅。他實在開不了口，希望能再增加更多侍從。

「關於增加我的侍從這件事，我也找神官長商量過了。」

聞言，法藍微微往前傾身。神官長斐迪南是他先前的主人。但是，因為命令法藍前來服侍羅潔梅茵，並向他報告所有情況的人正是斐迪南，所以在法藍心目中，斐迪南仍然算是半個主人。偶爾視時機和場合而定，還必須優先遵從斐迪南的命令和意見。尤其是關係到羅潔梅茵的健康與讀書時間。

「神官長說了什麼呢？」

「呃……神官長說，要由我來判斷我這裡的公務是否都能正常運作，人手不夠的話可以增加，但沒問題的話也可以不用增加。因為除了我自己賺到的收入，和當上神殿長以後能拿到的經費，還有養父大人託給神官長保管的養育費，所以他要我和法藍商量要不要增加侍從。因為金錢方面不用擔心，所以這件事完全可以由我自己來決定。那是不是增加人手比較好呢？」

聽見斐迪南下達了許可，法藍總算能安下心來，思考是否要增加侍從。

「我贊成增加工坊的管理者。現在是由吉魯一手承攬工坊的管理工作，但是，如果往後也像哈塞一樣要再增設工坊，屆時吉魯必須外出吧？因此，我認為需要再有一名灰衣神官和吉魯一同管理工坊。」

增設工坊的工作，都由奇爾博塔商會包辦。屆時如果商會要求「工坊也該派人前往」，想必會由與奇爾博塔商會往來最密切、也已經習慣外出的吉魯同行。這樣一來，吉魯不在期間所發生的各種情況，都得由法藍出面解決。因為工坊位在孤兒院男舍的底樓，很難請女性出面管理，所以現在迫切需要成年男性的幫忙。

「我知道了，那就請吉魯和路茲從工坊裡頭的灰衣神官挑人出來吧，因為必須要是和他們兩人處得來的人才有意義。」

羅潔梅茵一派理所當然地接受了法藍的意見，更交由吉魯和路茲挑選要管理工坊的侍從。法藍覺得這位主人在這方面上也是與眾不同，明明要挑選自己的侍從，卻以侍從們的意見為優先，把自己的想法擺在次要。順便說明，斐迪南在挑選侍從時，則是徹底的實力至上主義。一旦他認為需要一名新侍從，便會一口氣招納十名看中的人選，再分派工作進行鑒定，判定能力不足的人便逐一送回孤兒院。

「……那工坊的管理者就交給他們兩個人挑選，孤兒院那邊呢？」

「孤兒院並不需要再增加管理人員。當初羅潔梅茵大人是為了讓葳瑪留在孤兒院生活，也因為底樓裡頭沒有了灰衣巫女，擔心無人能照顧年幼的孩子們，才指定葳瑪擔任管理員，但原先孤兒院裡並沒有這項職務。倘若不只一人被提拔為侍從，擔任管理員，只怕羅潔梅茵大人在卸下孤兒院長的職位後，下一任孤兒院長會十分頭痛。」

斐迪南說過，羅潔梅茵只到成年為止會參與神殿的業務。這般保護孤兒到無微不至地步的體制不可能長久持續下去，下一任孤兒院長也未必願意為了管理，招納這麼多名侍從。雖然孤兒院因為羅潔梅茵產生了巨大的變化，但法藍也不樂見演變到他人難以接手的程度。

羅潔梅茵聽了拍向掌心，恍然大悟地說：「這麼說來，我是因為自己任性，無論如何都想收葳瑪為侍從，才指定她擔任孤兒院的管理員呢。」因為多虧了葳瑪，總能掌握孤兒院的詳細情況，羅潔梅茵似乎已經徹底忘了前因後果。

「那神殿長室呢？我想這裡是最需要增加人手的地方吧？」

「倘若能像神官長的侍從那樣，招攬到已能妥善完成工作的人，那我當然想請羅潔梅茵大人招納進來，但現在並不需要必須從頭栽培的侍從。莫妮卡十分優秀，也很認真向上，我認為等到栽培好她以後，再招納新的見習侍從也不遲。」

雖然很感激羅潔梅茵願意減輕自己的負擔，但目前光是日常業務與指導莫妮卡及妮可拉，就已經是分身乏術。法藍誠實地轉達了現狀。羅潔梅茵露出有些遺憾的微笑。

「我本來想盡可能減輕法藍的負擔呢……」

聽見主人想為自己減輕負擔，法藍十分高興。他反芻著在心底深處緩緩蔓延的喜悅，仔細思考了神殿長室的現況，以及為什麼在教育兩名新人上會遲遲沒有進展。答案很快就出來了。因為擔任廚房助手本不在侍從的工作範圍內，卻占用掉了莫妮卡與妮可拉太多時間。

……現在最該盡快增加的不是神殿長室的侍從，反而是廚師吧。

「羅潔梅茵大人，能請您增加廚師嗎？因為不久前還有雨果和陶德，現在卻是由艾拉一個人在做三個人的工作，太勉強了。再者羅潔梅茵大人不在神殿的時候，都是由莫妮卡與妮可拉負責煮飯，但煮飯並不是侍從的工作。我希望能安排一名即便羅潔梅茵大人前往城堡，仍能留在神殿的廚師。」

由於先前是在過冬期間，羅潔梅茵以擔任艾拉的助手為由，招納了妮可拉和莫妮卡成為侍從，所以兩人現在也一派理所當然地出入廚房。但是，如果因此疏忽了侍從的工作，那就本末倒置了。

經法藍提醒，羅潔梅茵大動作地抱頭苦惱起來：「對喔！煮飯並不是侍從的工作。」儘管羅潔梅茵一直很努力表現出貴族該有的樣子，但不時仍會露出馬腳。法藍悄悄挪動位置，不讓羅潔梅茵帶有平民氣息的舉動出現在布麗姬娣的視線範圍內。知道羅潔梅茵是平民出身的達穆爾似乎也察覺到了，只見他不著痕跡地向布麗姬娣攀談，引開她的注意力。

「法藍，為了增加廚師，我會找班諾商量，問他能不能再在神殿這裡培訓義大利餐廳的新人。這樣一來應該能彌補廚師的不足吧。」

正如法藍的預料，羅潔梅茵在抬起頭時，已經變回了找不出破綻的優雅表情與舉止。因為知道她能立即改正，法藍才沒有特別提醒。

「雖然我會增加廚師，但妮可拉每次去廚房，總是很開心的樣子吧？看她那樣，我想妮可拉更適合做廚師助手的工作。我覺得別讓她離開廚房，而是繼續擔任廚師的助手，再找其他侍從來遞補會比較好吧……」

即便看來再喜歡廚房的工作，一般人也不會考慮讓見習侍從成為廚師的助手吧。但是，羅潔梅茵的金色眼眸已經閃耀著作好決定的光芒，況且要讓自己的侍從負責怎樣的工作，本來就是主人可以自由決定。

「這部分的分配就交由羅潔梅茵大人決定了。」

「那接下來去工坊吧。我想問問吉魯和路茲，有沒有適合的人選。」

法藍派了莫妮卡先去工坊通知眾人，再領著羅潔梅茵與她的護衛騎士達穆爾前往工坊。秋天的尾聲已經到了，工坊內大概是因為擠滿了人，感覺起來比走廊還要溫暖。所有人的手都凍得通紅，在做今年最後一批紙張。

「羅潔梅茵大人！」

看見吉魯和路茲跑向自己，羅潔梅茵開始向兩人說明為什麼要新增管理工坊的侍從。聽得出來羅潔梅茵為了不刺激到努力爭得自己一席之地的吉魯，在遣詞用字上非常謹慎，法藍不由得輕笑出聲。即便成了領主的養女，羅潔梅茵還是一點也沒變。

「往後也預計像哈塞那樣增設工坊，但每次需要增設工坊的時候，吉魯都得外出吧？所以我想請你們兩人推薦適合的灰衣神官，可以在那段期間把工坊交給他管理。他必須要可以和奇爾博塔商會友好相處，也希望本來就和吉魯處得不錯……」

路茲與吉魯聽完環顧工坊一圈，稍微想了一會兒後，大概是心中都有了人選，分別舉出名字。

「我認為弗利茲或是巴茲都不錯。」

「我想……我可以放心把工坊交給諾德或是弗利茲。」

兩人推薦的人選中都有弗利茲。法藍回想了自己對他的了解。弗利茲是曾侍奉過斯基科薩這名青衣神官的灰衣神官，後來斯基科薩回到了貴族社會。因為斯基科薩是非常蠻橫跋扈的主人，所以法藍對弗利茲留下過很能忍耐吃苦的印象。而且因為以前當過侍從，行為舉止十分得體，不只工坊，應該也能幫忙神殿長室的工作。

「羅潔梅茵大人，我也認為可以招納弗利茲為侍從。」

「……因為這樣，最終決定讓妮可拉擔任廚師的助手，等到整理好房間和生活用品，作好迎接的準備後，再招納弗利茲為侍從，由他擔任工坊的管理人。與奇爾博塔商會商量過後，也預計招攬新的廚師進神殿。」

法藍一如往常，來到神官長室向斐迪南報告。在說到要把煮飯一事交給妮可拉時，雖然可以看出斐迪南的眉毛在微微挑動，但法藍繼續報告。因為斐迪南從前教導過他們，要優先報告完所有事情。

「怎麼能讓見習侍從去做下人的工作。羅潔梅茵並沒有以廚師助手的名義買下她，再讓她搬去底樓吧？」

「羅潔梅茵大人似乎打算維持侍從的待遇，讓妮可拉在廚房工作……但是，這應該並無不可吧。當初醉心藝術的克莉絲汀妮大人也曾把作詩與音樂視為是侍從的工作，所以儘管少見，但我認為也可以把煮飯當作是侍從的工作。」

斐迪南有些驚訝地看著法藍，用由衷感到擔心的語氣問道：「法藍，你是不是太過受到羅潔梅茵的影響了？」法藍望向自己的雙手。雖然自己沒有什麼感覺，但他多半在各方面上都深受了羅潔梅茵的影響吧，不可能還和侍奉斐迪南那時一樣。

「但話說回來，聽你的描述，你的負擔似乎不輕。如果真有需要，不如從我這裡指派一名侍從過去吧。」

「這真是感激不盡，但神官長的負擔也會因此增加吧？」

法藍婉拒後，斐迪南輕輕搖頭。

「城堡那裡的業務減少後，我也多了點空閒時間。現在也能像坎菲爾他們那樣栽培新的侍從，所以你再讓羅潔梅茵提出請求吧。」

發現斐迪南將羅潔梅茵爭取來的空閒時間轉而用在她身上，法藍不禁想要微笑。切身感覺到了現在終於不再那麼忙碌後，法藍十分高興，斐迪南也稍微鬆開了緊皺的眉心。

「羅潔梅茵和你都一樣，老替別人擔心。果然主從會很相像嗎？」

「……以前羅潔梅茵大人也說過一樣的話。」

羅潔梅茵以前曾說過，法藍和斐迪南都是一板一眼又不苟言笑的工作狂，還下了結論說「你們主從還真像呢」。斐迪南聽了，不悅地板起臉孔。法藍以前還在身邊服侍的時候，很少見到斐迪南像這樣表露出情緒。

……其實神官長好像也受到了羅潔梅茵大人不少影響喔。

英格與印刷機的改良

「羅潔梅茵大人，路茲請我轉交奇爾博塔商會的這封信。」

在就寢前的今日報告時，吉魯遞來了一封信，我歪著頭接下。之前很少像這樣收到正式的信函，通常都是透過吉魯和路茲直接跟我聯絡，例如「希望下次方便的時候，也把班諾先生叫過來」，或是「老爺想請妳安排時間跟他見面」。

……有什麼特殊狀況嗎？

我打開信看完後，發現這封信是奇爾博塔商會提出的正式會面邀請函，內容是希望我能讓英格進入秘密房間，討論印刷機的改良一事。

……這真是傷腦筋呢。怎麼辦？

知道我真面目的人越少越好。但既然特地提出了正式的會面邀請函，表示班諾認為有這個必要。可是和路茲他們不一樣，我對英格並沒有那麼熟悉，對於要讓他進入秘密房間一起討論事情，我有些猶豫。

我忍不住「嗯……」地發出了沉吟聲，急忙摀住嘴巴。笑著掩飾後，抬頭看向等著回覆的吉魯。

「吉魯，幫我轉告路茲，我想在回信之前先了解詳細情況。」

「遵命。」

「路茲，為什麼英格想直接和我討論呢？不是說好了，印刷機要和灰衣神官他們一起改良嗎？」

隔天，吉魯很快喚來了路茲，此刻我正和路茲在孤兒院長室的秘密房間裡面對面談話。聽說要討論改良印刷機的事情，但出了什麼問題嗎？

「英格確實來過工坊，我們也一起討論了要怎麼改良……」

現在工坊裡的印刷機是最簡單的基本款式。只是先做了一個盒子，等用金屬活字排好版面，固定好印版後，放在盒子裡，接著往版面塗抹墨水，然後放上紙張，就可以把盒子放在壓盤底下進行壓印。雖說是改造了壓榨機，但其實幾乎還是維持著壓榨機的外形。另外在旁邊準備了桌子放墨水和紙張，但原本應該可以把版面和紙張組裝在一起，藉由推拉的方式，與壓盤形成連動裝置，但連這些步驟也得一一手動執行，所以使用起來非常不方便。於是我才決定由灰衣神官們提出建議，慢慢對印刷機進行改良。

就在大家紛紛提出意見的時候，路茲說他也提到了我形容過的完成品樣貌，問英格：「能不能這樣子改良？」一起先英格還邊聽邊附和說「嗯嗯，原來如此」，但聽完路茲的說明以後，他卻露出了可怕的表情，氣勢凌人地質問路茲和吉魯：「是不是有人很了解印刷機？」

「他當場對我們怒吼說，既然要改良，又有人知道完成的印刷機是什麼樣子，就應該出來說明，別讓他浪費時間反覆修改……我是沒有放在心上，但不習慣看到工匠發脾氣的灰衣神官們都很害怕，結果沒辦法再繼續討論，場面鬧得很僵。」

路茲說明了工坊當時的混亂狀況後，又垮下肩膀說：「不過，我也可以明白英格的心情啦。」

其實我不覺得反覆修改是浪費時間，因為最後說不定能夠做出比我原先知道的印刷機還要好用的成品，所以，但如果工匠想要當作參考，我確實也不能這麼辯解。

「當然我也對他說過了，現在的妳和以前不一樣，已經是神殿長了，所以不能再出去外面，也沒那麼容易可以說上話。結果他卻說，既然妳以前是個可以在平民區走動的奇怪大小姐，那只要妳願意，應該還是可以直接和平民交談吧。還說我不也和妳一起討論了印刷機的事情。被他這麼一說，我也沒辦法反駁。」

既然身為平民的路茲可以和我討論印刷機的事情，那應該也能和實際負責製作的工匠討論吧——聽說英格鍥而不舍地再三要求。英格曾親眼見過我隨心所欲地在平民區走動，和班諾及路茲一起前往他的工坊下訂單。所以在他的認知當中，好像以為我雖然是貴族千金，但也可以稀鬆平常地與平民區的工匠對話。但是，平民區的人應該都知道貴族有多危險，英格會這麼堅持還真少見。

「但我還以為一般工匠都會避免和貴族有深入接觸……這樣沒關係嗎？」

「話是沒錯，但既然是妳下的訂單，他一定要做出妳能滿意的成品才行。因為關係到英格的前途，他也豁出去了。」

路茲說英格在非常年輕的時候就取得了培里孚的資格，自立門戶成了木工工坊的師傅，現在三十三歲，比班諾稍微年長。雖然也有人是因為親人或成親的關係，年紀輕輕就繼承了工坊，但一般師傅都是四十歲過後才有辦法獨當一面，擁有自己的工坊。現在英格才三十出頭，所以算是相當年輕。也因此英格在木工協會的師傅當中地位最低，大型的工作很少分派給他。現在我又因為是能夠給予真正祝福的神殿長，變得相當出名，如果能讓協會認同他是我的專屬，待遇也會完全不同，他才這麼不顧一切。

「……咦？英格不是我的專屬嗎？」

因為向英格訂做了冬天手工活的材料與印刷機，我一直以為他是我的專屬，還擅自把他列為古騰堡的一員。我反問後，路茲環抱手臂。

「這部分有點尷尬。因為之前整頓哈塞小神殿的時候，妳不是以神殿長的身分透過老爺和公會長，直接委託了木工協會嗎？因為當時只顧著快點完工，所以也沒辦法，但其實妳本來該先告訴英格，再由身為專屬的英格分配工作。」

當初是以神殿長的名義，委託了與哈塞小神殿有關的工作。實際上去找木工協會的人又是公會長和班諾，所以兩人便成了我的代理人。當時也忙得根本沒有時間討論哪個部分到哪個部分要由誰的專屬工坊負責，才全部丟給木工協會去分配。

然而，代表人當中卻沒有英格的名字。原本身為我的專屬，該由英格指揮分配，所以英格在接到木工協會的通知時也是青天霹靂，木工協會還懷疑他是否真的是我的專屬。雖然直接委託了木工協會後，哈塞的小神殿才能在期限內完工，但也導致英格現在的處境非常尷尬。

「英格說他至今雖然接到過神殿長的委託，但如今大家對他的評價，都在懷疑他是不是成品沒能讓神殿長滿意，才沒被納為專屬。」

這可是關係到工匠生涯的評價。那難怪就算要冒險，也想為自己爭取到專屬的位置。這都要怪我之前太忙又只重視效率，做事不瞻前顧後，才導致這種情況發生，那我當然要幫忙恢復英格的聲譽。

「……我知道了，就在這裡討論吧。雖然要和認識梅茵，又不知道我是怎麼變成羅潔梅茵的人討論事情，身邊的人可能會不高興，但我也希望可以當面和英格談談。」

究竟要改良到哪種程度？會變成什麼樣子？我也想當面向英格確認。既然英格已經做好了要和貴族打交道的覺悟，那我不介意與他會面。

回覆了會面邀請函後，班諾和路茲在說好的日子帶著英格來到孤兒院長室。因為要和貴族見面，英格似乎被要求洗淨全身，和我記憶中滿身汗臭味、又留著鬍子的模樣截然不同。以前在工坊見到的英格，會把毛巾般的布捲在頭上當作頭巾，所以那時候看不出來，現在才知道他的頭髮是土黃色，眼睛是亮藍色。身上也不再是髒兮兮的工作服，在要求下換上了正裝，和在工坊裡見到的工匠打扮相比，簡直判若兩人。

班諾說著對貴族的冗長問候語，我也予以回應。身為工匠，又沒有直接與貴族交談過，不知道該說什麼才好的英格只是默不作聲地跪著。

「那麼，這邊請進吧。」

「感激不盡。」

進入秘密房間關上門後，班諾輕拍英格的肩膀。

「英格，在這裡你可以說話了。羅潔梅茵大人會睜一隻眼閉一隻眼。今天我不會一直糾正你的遣詞用字，但還是要注意說話態度，也別講粗話。」

「那真是太好了。雖然和老爺一起過來了，但我還是擔心一句話也講不到。」

英格慢慢地吐了一口氣。然後，他用無比認真的亮藍色雙眼看著我。眼神中摻雜著對貴族的緊張、不安和恐懼，但也有著做好覺悟不會逃跑的堅定意志。

「小姐，不對，該稱呼神殿長吧。我想問妳一件事，這對我來說非常重要。我是神殿長的專屬嗎？」

「我一直認定你是專屬喔……當初哈塞那邊因為有時間限制，才會直接委託木工協會，也因此讓英格留下了不愉快的回憶，但我一直很滿意你在工作上的表現。」

「……這樣啊。」

英格如釋重負地長嘆一聲，放鬆了緊繃的肩膀，看來這件事真的讓他非常煩惱。對他真是抱歉呢……我這樣心想著時，英格在我面前先是轉動肩膀，然後換上了絕不容許妥協的工匠表情，面向我說：

「那麼關於印刷機的改良，請神殿長把妳知道的事情都告訴我吧。我想努力做出最好的成品。」

要做就要做到最好。那如果知道可以怎麼做到最好，快一五一十吐出來——英格的亮藍色眼睛正這樣強烈訴說。依據麗乃那時候的知識，古騰堡用葡萄壓榨機所改造的印刷機也是在經過逐步的改良以後，才變成了金屬製的印刷機。現在工坊裡的印刷機完全是木製的，很可能連功能都還遠遠不及古騰堡所做的印刷機。

現在這樣的印刷機，究竟可以改良到什麼地步呢？我回想了在影片中看過的普朗坦-莫雷圖斯博物館裡的印刷機。現存最古老的印刷工坊。我希望可以改良到那個程度，但是又沒有了解到可以畫出詳細的設計圖。

「現在是把紙張放在印版盒上，再直接放在壓盤下面吧？可是，我希望可以加上像這樣的底盤，如果能像這樣推入和拉出，作業起來就會輕鬆很多。就我所知，旁邊會有一個把手，像這樣子轉動以後，就可以推入和拉出……」

我在紙上畫了簡單的圖畫，也試著比手畫腳描述，但英格始終表情凝重地發出沉吟。我想要想像出自己從沒看過的東西應該很難吧。更遑論做出來了。

「現在因為是以壓榨機為原型，所以是螺旋結構，但如果能利用『槓桿原理』，就可以輕鬆壓印。只是，我不知道該怎麼應用『槓桿原理』，也不知道該怎麼設計。」

「槓桿原理？那是什麼？」

我先寫在寫字板上，說明了支點、施力點、抗力點和槓桿原理，但英格只是一臉不明所以地偏著頭。看來很難進行大規模的改良了。

「嗯……如果要做個可以推入和拉出的底盤應該是沒問題，但因為木材很重，如果要讓底盤滑動，得靠金屬才行吧？」

「對。我認為部分零件如果能使用金屬，應該可以提高穩定性和速度。要不要找來我的專屬鍛造工匠一起討論呢？」

如果想用金屬提升耐用性和穩定性，最好也找來約翰和薩克一起討論。而且之前製造做蠟紙所需的上蠟機時，薩克還設計出了好幾種樣式，說不定他能夠依據我的說明，在可以實際做出來的前提下畫出具體輪廓。

「總之，現在我知道了在神殿長的腦海中，一直都有著優秀的改良版本，但也因為太難了，其他人根本無法理解……為了在能力可及的範圍內讓它成形，我也想和鍛造工匠討論看看。他們至今都負責接受神殿長的委託吧？」

「是的。雖然兩人才剛成年，但已經在承接我委託的各種工作了。他們都是在推廣印刷業上不可或缺的古騰堡成員，也是我引以為傲的工匠。」

我這麼形容約翰與薩克以後，英格的雙眼亮起了興味濃厚的光芒。

古騰堡集結

英格決定在改良印刷機上使用金屬零件後，我再拜託班諾，請他下次也帶約翰和薩克一起過來。

「……英格，這樣真的好嗎？」

對我來說，叫來約翰和薩克是天經地義的事情，班諾卻說這根本前所未聞。委託給木工工坊製作的東西，一般不可能在設計階段就讓鍛造工坊參與進來。因為接受委託的終歸是木工工坊，所以要由木工工坊設計，再向鍛造工坊訂做所需零件。

「因為我只懂得處理木頭，不知道要怎麼使用、又要用哪些金屬，還是問專業的工匠最快。讓委託人神殿長可以滿意才是最重要的。」

英格宣布他要破例與不同業種的工匠一起討論，一起設計。

「……一般不同業種的工匠不會互相交流意見嗎？」

「在做家具或門板的時候，會向鍛造工坊訂做鉸鏈或釘子，但在設計階段，別說是和不同業種的工匠了，也不會和其他工坊討論。」

英格說這是為了明確劃分誰是接受委託的人，由誰獲利。我想會有專屬的制度，可能也是基於類似的理由。

「畢竟神殿長是貴族大人，也難怪不了解工匠的情況……」

英格輕輕搖頭，像在表示這也很正常。但在他身後，班諾和路茲正半瞇著眼睛瞪我，好像在說：妳怎麼會不知道？

……對不起喔。我就算不是真正的貴族，也還是不知道。

我的父親是士兵，母親和多莉也只是受雇於工坊而已，不太了解必須撐起一間工坊的工匠會遇到什麼狀況。也可能是因為我太專注在做書上，對於這種社會的基本常識完全不感興趣。

「那我也會多多思考有哪些地方可以改良。」

「嗯，麻煩神殿長了。」

英格回去以後，我盡可能回想自己記憶中的印刷機，寫下可以改良的地方。因為我沒辦法設計，只能提供說明和圖畫，希望可以帶給人家靈感。

幾天後，被找來的約翰和薩克一邊東張西望，一邊走了進來。約翰臉上很單純地表現出了「這次又要叫我做什麼了？」的不安，薩克則是好奇地環顧房間，一臉「院長室裡有沒有什麼好玩的東西？」。

「這次因為想在改良印刷機上使用金屬，所以才叫你們過來，想請你們幫忙。」

我說明了原委以後，請求協助。但不同於馬上回答「我知道了」的約翰，薩克不滿地皺起鼻頭。

「雖然叫我們幫忙，但印刷機是委託給木工工坊的工作，並不是委託給我們工坊，對我們一點好處也沒有吧？」

「我當然會支付報酬喔。」

我偏頭說完，薩克搖頭答道：

「不是，不只錢的問題。就算幫了其他工坊的忙，我在鍛造協會的評價也不會上升。所以很少接到客人委託、老是幫忙別人工作的約翰才會只是空有技術，評價卻那麼低。因為只要擅長細膩工作的約翰願意幫忙，接了委託的工匠評價就會上升，工坊的名聲也會跟著提高，但對約翰個人的評價卻完全沒有幫助。我不想做這種工作。」

聽了薩克的說明，我才明白為什麼約翰的技術明明那麼好，評價卻不高。

「薩克，雖然你說對評價不會有幫助，但只要我向鍛造工坊訂做金屬零件，不就可以提升約翰和薩克的評價嗎？英格也是這麼告訴我的。」

我打算印刷機委託給英格的工坊，金屬零件委託給薩克和約翰各自所屬的工坊。這樣一來，應該就和平常的委託差不多，難道我想錯了嗎？我看向英格，他點一點頭，表示我想的確實沒錯。

「……可是精細的工作，約翰明顯比我還要厲害吧？」

薩克舉了工坊角落做蠟紙用的上蠟機為例，不甘心地低聲說。約翰做的上蠟機，比薩克做的上蠟機更好用。明明是自己的設計，自己卻做不出來，我知道薩克對此一直很不甘心。也因為他知道約翰的技術有多麼優秀，才這麼心浮氣躁。

「零件工作一定是約翰的評價更高，對我的評價一點幫助也沒有。」

怎麼看結果都會被約翰搶盡鋒頭——薩克垂下灰色雙眼說。以前薩克曾說著「不可能做得出來」，把自己的設計拿給約翰看，交給他去做，如今知道了約翰的技術真的能夠具體實踐後，看得出來他對約翰非常警戒。但是，這樣我就傷腦筋了。如果互相警戒著對方，無法自由交換意見，就無法激發出新的靈感。我還很期待薩克的想像力，可以把我模糊的說明與需求畫成具體的形狀。

「在製作零件這方面上，確實是約翰的技術比較好，但在構思與設計這方面，明顯是薩克更優秀吧？在印刷機的改良上，我最期待的就是薩克的想像力了。那如果我向薩克購買你想出來的設計圖，就能提高鍛造工坊的評價了嗎？」

我表示想買下可說是薩克創意結晶的設計圖後，薩克像是出乎意料，瞪大了眼睛看我。

「買設計圖？妳在想什麼啊？設計圖又不是商品。」

看著吃驚到變回了平常說話語氣的薩克，我也再次感受到了文化衝擊。看來購買設計圖在這裡也是反常的行為。

「可是，設計圖是薩克想出來的東西吧？既然我想把它做出來，代表設計圖確實具有價值啊。我想購買薩克的設計圖。如果把設計圖當作是商品，不就可以提高薩克的評價了嗎？」

「呃，也、也就是說，意思是要委託我畫設計圖，然後買下來嗎？……羅潔梅茵大人偶爾真是語出驚人呢。」

薩克眨著眼睛，不知所措地擺動雙手。真不明白他為什麼這麼驚訝。看著側過臉龐的我，約翰一副過來人的樣子，從容不迫地拍拍薩克的肩膀。

「薩克，羅潔梅茵大人才不是偶爾語出驚人，是每次都這樣。」

今天光是沒有突然向神祈禱，就算很正常了，約翰嘀咕說。我沒好氣地噘起嘴唇。

薩克看著我們兩人的互動，思考了一會兒後，灰色眼眸發出光芒。

「我每次都是在和客人討論過後，才會畫出設計圖，然後做成商品，所以從來沒有賣過設計圖。如果想要買我以前做過的東西，就會在客人的介紹下帶來新的客人，所以設計圖也不會外流……雖然我從沒想過可以販賣設計圖，但如果是接到委託，把設計圖當成商品，那確實可以提升我的評價。」

說好透過班諾委託薩克繪製設計圖後，薩克總算心甘情願地協助我們設計印刷機。

「羅潔梅茵大人，那妳究竟想怎麼改良？」

「現在的印刷機整體全是木製，如果想要提升耐用性和印刷時的準確性，我想把部分零件改成金屬。」

我拿出自己畫的圖攤開來，上頭照著我記憶中的形狀畫了圖案，寫了說明。

「首先，我希望印刷機上能有像這樣可以移動的底盤。放好印版，再把紙放在這裡，把這塊木板疊起來固定好後，就可以用推的移動到壓盤底下……」

我指著圖，比手畫腳地說明印刷機要怎麼運作。薩克邊聽邊低聲唸唸有詞，約翰則是臉色凝重。

「我希望至少在裝上金屬後，可以讓底盤變得容易滑動。」

「啊，只是這樣的話……」

約翰鬆了口氣地說「那沒問題」，薩克的灰色雙眼卻亮起了挑戰的光芒。

「……妳是說至少吧？那最好的情況是？」

「我希望這個底盤可以藉由轉動把手來操控，像這樣你看得懂嗎？」

我努力表演默劇，握著看不見的把手不停轉動，薩克交叉手臂發出沉吟。

「用把手轉動底盤……？」

「還有人會運用捲線的方式操控底盤，這個方法能當作參考嗎？」

「嗯哼，捲線嗎……原來如此。」

既然說了原來如此，一定是想到什麼了吧。不愧是創意王薩克，古騰堡的稱號簡直實至名歸。我等著薩克整理好自己的思緒。這時，英格的亮藍色眼睛直視著我說：

「神殿長，妳還有沒有其他要求？先不論有沒有可能實現，總之妳想怎麼改良？想做出什麼樣的東西？想到什麼就通通說出來吧。」

英格說得簡單，就算我真的想到什麼都說出來，我也不覺得大家可以理解。

「我真的可以想到什麼就說出來嗎？但我不覺得有辦法實現呢。」

「重點不在於有沒有辦法實現。像剛才薩克只是聽了幾句話而已，說不定就有可能做出來了。搞不好還有其他可用的資訊。任何事情都可以，想到什麼就說出來吧。」

英格說完，薩克大力點頭，用期待的眼神看著我。既然他們這麼期待，那先別管做不做得出來，我就不客氣地強人所難了。

「我明白了。那麼，我希望也能設法使用『彈簧』。」

「彈簧？」

「是用金屬做的東西，所以在鍛造工坊應該也會用到吧？長得像這樣。」

我畫了圖，說明使用方式後，約翰拍向掌心。

「啊，是那個彈簧啊……那彈簧要裝在印刷機的哪個地方，又要怎麼使用？」

「我不知道。」

「啊?!」

請別用那種眼神看我，不知道的事情就是不知道。我雖然閱讀過印刷機的發展史，但當時書上並沒有附上詳細的設計圖，況且就算附了，我也不可能記得細節。

「我只知道在壓盤加壓時，彈簧有助於壓盤的上下運動。至於能不能運用在接下來要做的印刷機上，又要怎麼運用才能發揮功用，就要交給你們工匠去想辦法了。如果可以成功結合，印刷機使用起來就會變得更方便，但並不是非用不可。」

我只是說出印刷機的發展史中自己記得的部分而已，但其實本來應該還有很多細微的更動，和我不知道的小技巧。可是，如果他們願意採納我的意見，做出新的印刷機，我想印刷機的技術會一口氣往前推進一、兩百年。但我只是「希望可以做到」，而不是「一定要做到」。

「啊，不過，既然都要改良了，我還想到一件事情。」

「還有嗎？」薩克瞪大了眼睛叫喊。明明是薩克和英格要我想到什麼都說出來，為什麼表情要那麼驚訝呢？

「我想這件事會從根本改變印刷機，所以無法馬上做到吧。現在的印刷機是改造了壓榨機，所以是用螺旋加壓，但我希望以後可以做出運用了『槓桿原理』的印刷機。」

「啊，『槓桿原理』嗎……」

上回聽過說明的英格想起了自己聽不懂什麼是槓桿原理，皺起眉頭，約翰和薩克則是一臉茫然。我照著向英格說明過的，也向兩人說明了何謂槓桿原理。說不定在建築和石工現場也會用到這個原理——我邊說明邊舉出了具體的例子，大家才「哦……」地發出了恍然大悟的聲音。

「我明白是什麼原理了，但完全不曉得要怎麼運用在印刷上。」

約翰聳起肩膀說，薩克卻是搖頭否定，雙眼晶燦發亮。

「你在說什麼啊?!這個想法很驚人耶。只要用點力量就可以移動巨物。印刷機最需要用到力氣的地方，就是這個壓盤吧？如果可以只施加一點力量，就能移動這個壓盤，印刷起來會變得非常輕鬆吧？而且，這個原理不只可以運用在印刷上吧？」

「薩克的聯想力果然厲害。你說得沒錯，『槓桿原理』和彈簧也可以運用在其他事物上。我個人是很想用彈簧製作床墊，但首先要做出印刷機。無論如何，首要之務是做出印刷機。」

比起舒適的床墊，書更重要。只要能做出印刷機，之後要怎麼運用彈簧和桿槓原理做出新的商品，都不關我的事。

「總之，我會試著多畫一些設計圖……羅潔梅茵大人願意買下來吧？」

「當然。我之後會向薩克的工坊提出委託，請你設計印刷機。只要是我覺得不錯的設計，全部都會買下來。」

薩克馬上露出了開始構思的表情，看來腦海裡頭已經有不少靈感了。英格看著薩克，慢慢地吐一口氣。

「唉……你明明還這麼年輕，真是厲害。我根本聽不懂神殿長在說什麼。」

「等薩克畫好設計圖，從裡頭挑選出可以具體實現的設計、然後實際做出來，就是約翰與英格的工作喔。薩克他擅長發揮靈活的想像力，所以設計這件事就交給他吧。」

這是適才適用——我挺起胸膛說。約翰緩緩吐氣，搖搖頭說：

「但現在工坊只做繪本而已，有必要急著改良印刷機嗎？」

「如果不趁著做繪本的時候改良好印刷機，之後會很傷腦筋吧？約翰，你在說什麼呢？太沒有身為古騰堡的自覺了。」

約翰用彷彿在說「我是一點自覺也沒有」的表情看著我，但我予以無視。約翰就是古騰堡，這點我絕不退讓。

「在薩克構思設計圖的時候，我還有其他工作想拜託英格和約翰。」

我向兩人遞出設計圖。我要委託英格製作活字架、排版臺、排字盤和行條。

「活字架和排版臺？……這個排字盤和行條又是什麼？」

「活字架是放置金屬活字用的櫃子，製作時要考慮到使用頻率，還有個數所占用的格子大小和位置。排版臺是放置活字架的桌子，是用來進行排版的工作桌。」

我說明了活字架要放在這裡、原稿要放在這裡，然後怎麼樣組裝起來，英格聽了明白地點點頭。

「那這個排字盤和行條又是什麼？跟活字架和排版臺比起來小很多。」

「排字盤是組排活字時用的細長型木盒，之前也請你做過了吧？」

「我確實照著妳的要求做了，但完全不知道這要用來做什麼。」

排字盤的側邊都是匚字形或L形，並沒有完全圍起來，所以嚴格來說並不算是盒子。因為至少要可以排出一行活字，所以長度和Ａ４的短邊差不多，寬度則是單手可以握住的五、六公分寬。排字盤會放在排版臺上，一顆顆地組排活字。

「如果排字盤要用來放活字，這個行條又是做什麼用的？」

「行條是最一開始要放進排字盤裡的細長木板，只要一片行條就可以決定一行的寬度，是用來統一行距的優秀零件喔。」

行條的高度會比金屬活字略矮，才不會影響到印刷，橫長用來決定內文一行的長度，縱長用來決定行距。排完一行活字後都要夾一片行條，再組排下一行文字，所以需要好幾片同樣大小的行條。

「因為我們冬天手工活所需的木板，英格工坊都能做出一模一樣的大小，所以我想應該也能做出行條吧。可以交給你嗎？」

「要統一大小其實不太容易，給學徒當作鍛鍊倒是剛好……」

英格說著接下了委託，但約翰看著設計圖，面帶難色地瞇起茶褐色眼睛。我委託了約翰製作各種尺寸的填充物和隔板，但我想應該不難才對。

「約翰，你有哪裡不懂的嗎？」

「羅潔梅茵大人，隔板是什麼？看起來是很薄的金屬板。」

「嗯，隔板是等行條放進排字盤以後，要緊貼在行條上，就可以讓金屬活字順暢地滑動。」

因為要讓金屬活字能夠滑動，所以必須是又薄又筆直的金屬板才行。我很期待約翰的本領。

「另外關於這個空白活字，之前已經做過好幾個了吧……」

「雖然空白活字已經做過了，但鉛角和空鉛還沒有吧？而且如果要印製純文字的書籍，將來也會用到大空鉛。」

空白活字可以用在文字與文字間全形以下的留白，鉛角則可以用來填補句末兩字以上的留白，所以需要好幾種不同的長度。現在都是用空白活字在填補句尾後面的留白，但有了鉛角，就可以一口氣填滿較長的空隙，提升作業效率。

空鉛則能用來填補好幾行的空白。例如要放裝飾性文字和小張插圖的留白，或是分頁需要留白時都可以放上大量空鉛。為了減輕重量，中心採取挖空的設計。

大空鉛是比空鉛更大的填充物，在預計加入大張插圖和印刷對開雙頁的時候，可以用來製作頁面的留白。在保留頁面之間的空隙，和天地兩邊要留白時也都會用到。

「雖然現在印繪本每次都只印一頁內文，所以還不會用到，但等做完繪本以後就會用到了。如果想印給大人看的純文字書籍，會需要相當大量的填充物，所以我想提早開始準備。距離交貨日期雖然還很久，但中間還要製作印刷機，請你提早開始進行吧。」

羅潔梅茵大人想得真是周到——約翰搔搔頭後，慎重地拿好設計圖。

之後過了約莫十天，班諾提出會面的請求。聽說薩克畫好設計圖了。

下達許可後，薩克在約定好的日子跟在班諾和路茲身後走進秘密房間，臉上帶著充滿成就感的笑容，抱著多達七張的設計圖。同行的還有英格和約翰。

「薩克，快讓我看看你手上那麼多張的設計圖吧。」

我快速翻開查看，發現其中有張設計圖和我想像中的印刷機非常相似。

「就是這個！這張設計圖做得出來嗎?!外形和我知道的印刷機最接近！薩克，你太厲害了！居然只靠那些說明就能設計出這麼相像的機器！」

我讚不絕口。薩克面帶得意的笑容，看著設計圖，向我說明哪個地方有什麼機關，又為什麼會那樣設計。原來他還問過英格和吉魯，顧慮到了灰衣神官們提議過的該改良的地方，真是太細心了，難怪可以招攬到這麼多客戶。

「羅潔梅茵大人，請等一下。這張設計圖還用到了槓桿原理，更加優秀。」

約翰一張張地檢視比對著設計圖，拿起了和我不一樣的設計圖。

「……你是不是只想挑戰有難度的設計圖啊？根本只注意到那些精密的零件！」

聽到薩克的質疑，約翰有一瞬間露出尷尬的表情，但馬上指著設計圖，茶褐色眼睛閃閃發亮地說：「但只要交給我，我一定可以做出來。怎麼樣？」

「好了，你們冷靜下來，先聽我說。」

一直聽著我們討論的英格抬起雙手，制止我們。我眨著眼睛看向英格，他一邊「啊……」地搔抓太陽穴，一邊環顧大家。

「首先是薩克。我真的沒想到你竟然可以想出這麼多、而且又都充滿巧思的設計圖。你做得很好。要是只有我，絕對想不出這麼多設計。」

「呃，沒有啦，因為是工作……這又是我拿手的事情。」

被人當面稱讚，薩克笑得有些靦腆。英格回以笑容後，接著表情有些為難地轉向我。

「接著是神殿長。雖然妳選了這張設計圖，是因為這個和妳知道的印刷機外觀最接近，但還是麻煩妳也看看其他設計圖的優點和缺點，一起比較討論。我明白妳高興的心情，但請冷靜下來。」

我輕瞪向看到我被英格訓斥，在旁邊偷偷竊笑的班諾和路茲，拿起其他張設計圖。

「最後是約翰。你那種想要挑戰困難事物的渴望對工匠來說，確實十分重要，但你有想過這個設計真的好用嗎？能不能讓客人滿意？製作商品的時候，這些才是最重要的吧。並不是只要展現自己的技術，就能做出優秀的商品。」

「……對不起。」

聽了英格的意見，所有人都再一次仔細看起設計圖，然後一起討論哪個部分的設計可以採用、哪裡可以怎樣修改。薩克反覆重畫了好幾次，最後畫出了相當先進的印刷機設計圖。我覺得印刷的技術一鼓作氣推動了兩百年左右。

「看來這會是冬天的最大工程了。」

接下了委託要製造印刷機的工匠們，都露出了不畏挑戰且充滿幹勁的眼神，還互相鼓勵彼此，要在明年春天之前完成。

……願睿智女神梅斯緹歐若拉的祝福與我的古騰堡夥伴們同在。

冬季社交界開始

感覺得出來冬天的腳步日漸近了。吹在肌膚上的風有刺人的涼意，已經來到了就算點了暖爐，早上還是捨不得離開被窩的季節。近來透過窗戶，可以看見要前往貴族區的馬車絡繹不絕地穿過神殿大門，再從貴族門進入貴族區。結束了秋天收穫祭的貴族們都要來到貴族區，參加冬季的社交界。去年我因為人在孤兒院長室，完全沒有發現，但從神殿長室的窗戶，可以清楚觀察到貴族門的情況。

「法藍，我冬天的行程已經安排好了嗎？神官長說過我什麼時候要出發去城堡了嗎？」

「等到冬季的洗禮儀式結束，羅潔梅茵大人便會搬到城堡居住。」

法藍說完，來替斐迪南傳達消息的薩姆也輕輕點頭。

「屆時要在雪中往返貴族區與神殿會十分辛苦，還請您多加保重。」

薩姆已經預計在斐迪南對神官們的熱血教育告一段落後，就會成為我的侍從。是我向斐迪南央求：「法藍太累了，請分給我一名優秀的侍從吧。」然後把薩姆挖了過來。斐迪南也下達了許可，等到栽培好後進就可以讓薩姆過來。

至今薩姆來為斐迪南傳話的時候，好像不時也會幫忙法藍處理工作，所以法藍也說如果薩姆能夠成為侍從，可以大幅減輕他的負擔。吉魯白天幾乎都待在工坊，法藍待在女性比例較高的神殿長室裡，對於能有個可以聊聊天的同性同僚，顯得相當高興。

現在斐迪南一邊處理神殿的事務，一邊也把不再前往騎士團和城堡而多出來的空閒時間，全投注在教導青衣神官和灰衣神官上，進行著在灰衣神官間已然成為傳說的熱血教育。也就是「只要成為神官長的侍從，再不願意也會變得非常優秀」。而且，最近不再仰賴藥水的斐迪南簡直是容光煥發。看到他那麼愉快地規劃著任務內容，思索接下來要出什麼作業，真是為他開心。此外，進行著熱血教育的不只是斐迪南。斐迪南的侍從們也團結一心，傾盡全力在教導後輩。實在是太可靠了。

我所推薦的青衣神官坎菲爾和法瑞塔克，雖然因為斐迪南的熱血教育而眼眶泛淚，但在完成任務的同時也能得到報酬，所以正努力著賺取更多的生活費。與此同時，他們的侍從也順便一起接受了訓練。為了對抗斐迪南這個共通的敵人，似乎也加深了他們主從間的革命情感，彼此同心協力完成任務。那副模樣真是令人感到欣慰，但要是帶著欣慰的笑容看著他們，任務很可能會輪到我頭上來，所以得格外小心。

「羅潔梅茵大人，本日奇爾博塔商會預計前來提交貨品。」

法藍瞥了我一眼說。我忍不住「唔呵呵」地偷笑出聲。沒錯，今天是多莉和母親要來提交我為冬季首次亮相訂做的髮飾的日子。雖然在第五鐘響前，我得先練習冬季洗禮儀式的祈禱文和複習注意事項，但之後就能前往秘密房間收取髮飾。這次我還準備了要給多莉和加米爾的禮物，所以期待得不得了。

「羅潔梅茵大人，能請您移步前往孤兒院長室嗎？」

不久前才成為侍從的弗利茲前來呼喚我。弗利茲有著咖啡色頭髮和深茶色眼睛，外表給人的感覺非常成熟穩重。聽說幾年前曾服侍過神殿裡一名非常蠻橫驕縱的青衣神官，所以相當善於忍耐，也很少感情用事。吉魯和路茲起了小爭執時，也都是由弗利茲居中調停，所以從以前開始在工坊裡頭，可說是私底下默默支撐著大家的支柱。

但弗利茲雖然成了侍從，還是每天都和吉魯一起去工坊，只有在早上和睡前的報告時才會和我碰到面。而且，聽說他屬於深信聖女傳說的那種灰衣神官。站在我面前的時候總是顯得緊張，笑容和語氣都很僵硬。

「莫妮卡、弗利茲，你們一定要小心留意走路的速度。還有別忘了這個。」

「知道了，法藍。」

我帶著兩人和護衛騎士前往孤兒院長室。接到通報後馬上去大門迎接的吉魯，帶著路茲、母親和多莉三人走進來。

「羅潔梅茵大人，讓您久等了。」

「有話等進去再說吧。莫妮卡，請把木盒交給吉魯。」

我看向達穆爾和吉魯，催促兩人進入秘密房間，兩人也明白地輕輕點頭。布麗姬娣往後退了一步，莫妮卡把木盒遞給吉魯後也迅速後退。

「這是您訂做的髮飾，還請查收。」

等到秘密房間的房門完全關上，路茲才用恭謹的動作把木盒放在桌上並打開。現在他拿出髮簪的動作已經變得非常優雅，說不定是和多莉一起練習過了。

拿出來的髮飾正如同我的要求，用蕾絲將大朵的紅花如捧花一般包裹起來，再加上白鳥的羽毛當作裝飾，是使用了冬季貴色的紅白雙色髮飾。也配合了首次亮相時要穿的服裝配色。

……首次亮相時要穿的衣服還真像聖誕老人呢。

因為服裝是以冬季貴色的紅色為主，設計上又在手腕和脖子裹了一圈保暖用的白色毛皮。老實說我忍不住在心裡想「這配色也太……」，但看到黎希達那麼興奮地挑選著款式，我就什麼話也說不出口。反正就算說了，也沒有人能理解。

「確實完美依照了我的要求呢……能幫我戴上嗎？」

我對母親微微一笑，請她幫忙戴上髮簪，然後輕輕甩頭問說：「好看嗎？」多莉握起拳頭，笑容滿面地回答：「當然！」當下那懷念的氣氛讓我不由自主綻開笑容，達穆爾假咳了一聲。多莉這才急忙改口：

「……羅潔梅茵大人，非常適合您。」

「這可是多莉做的，怎麼可能不適合呢。」

我笑著說道，多莉沒有答腔，只是回以彷彿在說「對吧？」的微笑。

「羅潔梅茵大人，外子非常高興能奉命擔任護衛，護送哈塞的隊伍。而且因為可以得到出差費，聽說大門士兵間的競爭非常激烈。」

「家父還說在神殿吃到的食物非常美味。」

母親和多莉一邊顧慮著達穆爾，一邊和我說話。就算只能聽到一丁點消息，我也很開心。

「聽到他很高興，我也十分欣慰。到了春天還要將神官他們送回哈塞，屆時我打算再麻煩大門的士兵擔任護衛。」

聊了父親，也聊了孤兒院的孩子們，自然地話題也帶到了加米爾的成長近況上。聽說加米爾現在正努力練習扶著東西站立。記憶中我只看過加米爾的睡臉，和神殿大門外他被母親抱在懷裡的樣子，想不到成長速度這麼快，真教我吃驚。不過，前幾天葳瑪才告訴過我，戴爾克在孤兒院裡成功地踏出了第一步，那加米爾當然也長大了。

「……吉魯。」

「這個嗎？羅潔梅茵大人。」

吉魯把莫妮卡交給他的木盒放在桌上，打開蓋子。裡頭裝有要送給多莉和加米爾的禮物。我把和戴莉雅及葳瑪一起做的布球拿出來，往桌面輕輕拍打。布球發出了叮鈴叮鈴的鈴聲。

「這個布球裡面放了鈴鐺，只要丟出去就會發出聲音，我想小寶寶應該也能玩得很開心。因為是用布做的，很好抓取，打到其他人也不會痛。要不要考慮做成奇爾博塔商會的商品呢？」

如果沒有在用，鈴鐺應該還在家裡。我以「這個給多莉當作參考」為藉口送給加米爾，母親理解了我的意圖，接下布球。

「還有這個要賞賜給多莉，做為髮飾的謝禮，請妳帶回家看吧。」

我把第三本繪本遞給多莉。因為裡面還夾了信，所以繪本變得有點厚。多莉接過繪本後，好像也注意到了夾在裡面的東西。她微微揚起嘴角，沒有打開繪本，動作迅速地把繪本和布球收進令人懷念的托特包裡。

多莉還在用呢……我注視著托特包，然後發現母親也目不轉睛地盯著我瞧。母親縮回了險些要伸出的手以後，擔心地沉下臉，但立即掛上僵硬的笑容。

「羅潔梅茵大人，這個季節的天氣非常寒冷，還請您小心保重身體，不要發燒，也別長時間臥病在床。」

「嗯，妳和妳的家人也要多多保重。」

秋季的成年禮結束後，在開始積雪的早晨迎來了冬季的洗禮儀式。因為擔心加米爾感冒，我事前就囑咐家人不可以過來參觀，所以這天沒有家人的身影。但路茲轉告我說，加米爾很有精神地揮著布球在玩耍，所以我內心十分滿足。

結束了冬季的洗禮儀式，再告知神殿內的青衣神官，我和斐迪南不在的這段期間他們該做哪些事情。坎菲爾和法瑞塔克聽了堆積如山的工作，全都「噫——！」地深深倒吸口氣，但最終違抗不了斐迪南無聲的壓力，只能承接下來。

就這樣每天的生活都過得手忙腳亂，很快地到了要前往城堡的日子。艾拉和羅吉娜都坐上馬車。我在坐上馬車之前，轉身面向來送行的侍從們。

「吉魯、弗利茲，孤兒院就交給你們和葳瑪了。尤其是冬天手工活的印刷，一定要卯足全力進行喔。」

「羅潔梅茵大人，呃……您『推銷』也加油。」

聽了吉魯的鼓勵，我笑著回道，會盡全力把教材推銷給貴族的孩子們。

「羅潔梅茵大人，請您優先注意身體健康，小心別勉強自己。」

「法藍，謝謝你。你們也要小心注意身體。」

我和自己的侍從說話時，斐迪南也對自己的侍從們鉅細靡遺地交代注意事項。

「奉納儀式我交給了坎菲爾和法瑞塔克去做準備，你們要協助兩人。」

「遵命。」

不知從何時起，現在連斐迪南的侍從們也在用寫字板了。最一開始聽說是薩姆拜託了法藍，再透過吉魯向路茲下了訂單。現在不只我這裡，寫字板也成了斐迪南、坎菲爾和法瑞塔克的侍從的必備工具。

「那我出發了。」

「期盼您早日歸來。」

那一天艾倫菲斯特下著雪，我從神殿住進了城堡。

「羅潔梅茵大人，歡迎您的歸來。斐迪南大人，歡迎您大駕光臨。」

養父大人的首席侍從諾伯特出來迎接，帶著我們前往距離北邊別館最近的等候室。黎希達已經在那裡等著我們。然後我和斐迪南一邊悠哉喝茶，她一邊告訴我們冬天的行程。

「三天後的土之日是洗禮儀式。」

冬季的洗禮儀式是宣告社交季節正式開始的活動，緊接著是今年一年內受洗的孩子們的首度亮相。趁著所有貴族齊聚一堂，介紹成為貴族一份子的孩子們。

「……洗禮儀式？該不會是由我來舉行吧？」

「不，因為冬季的洗禮儀式會與首次亮相同時舉辦。由於妳也要首次亮相，所以今年由我舉行，明年就由妳以神殿長的身分舉行了，所以記得好好觀摩。」

……神官長要代替神殿長舉行洗禮儀式嗎？唉，要是沒有禁止我販賣畫像，就可以大賺一筆了……實在可惜。

「羅潔梅茵，看妳臉上的表情又在打歪主意了。」

「但就算打了歪主意也不能實行，又有什麼意義呢。唉。」

我本來還想在飛蘇平琴演奏會的收支報告書上加點插圖，卻馬上被斐迪南駁回，再問他能不能只發送不販賣，結果他又怒罵我笨蛋。

「大小姐，請您不要分心，專心聽我說話。首次亮相的時候，要對至今的成長和今後的庇佑心懷祈禱，向諸神獻上音樂。演奏順序是從地位低的孩子開始，地位高的孩子在後。」

「那我會排在韋菲利特哥哥大人前面吧。」

貴族非常重視階級高低。比起是領主的親生兒子，又被看做是繼承人的韋菲利特，從上級貴族成為養女的我地位較低。所以首次亮相的時候，我應該是排在韋菲利特哥哥大人前面吧——我插嘴說了以後，黎希達卻緩緩搖頭。

「不，為了昭告所有人羅潔梅茵大人成為了養女，您排在最後一個出場。因為沒能出席大小姐夏季洗禮儀式的貴族，今年冬天也會聚集前來。」

「嗯，這麼安排比較妥當吧。」

斐迪南也點頭同意黎希達說的話，我不解地歪過頭。

「為什麼？不按照順序沒關係嗎？」

「原則上領主的孩子不分地位高低，因為本來應該還未決定繼承人。」

「可是，養女和親生孩子不一樣吧？」

「所以實際上是另有原因。以介紹養女為由，把妳排在最後面，才不會讓韋菲利特相形失色。我說得沒錯吧，黎希達？」

斐迪南看向黎希達，她一臉莫可奈何地點頭。

「雖然韋菲利特小少爺的成長也令人感到吃驚，但比起努力練習了多年的大小姐，小少爺才練習不到一個季節，兩人之間的優劣十分明顯。」

「原來是這樣啊，我明白了。」

黎希達說明了洗禮儀式和首次亮相時我該做的事情與流程後，斐迪南也告訴了黎希達神殿奉獻儀式的流程。因為要往返神殿和城堡，會面和待在兒童室的時間很有限。

「想必會有很多人請求會面，但安排行程時，一定要優先考慮羅潔梅茵的身體狀況。就交給妳斟酌了。」

「遵命，斐迪南小少爺。」

討論完以後，斐迪南站起來，準備返回自己在貴族區的宅邸。還以為他要直接回去了，結果卻是低頭看著我，喋喋不休地開始說起注意事項。

「羅潔梅茵，我已經把藥水交給黎希達保管，妳一定要小心注意身體。千萬不能進入圖書室，得命人把書帶回房間。別和不認識的貴族交談，交由侍從應對。還有……」

「小少爺，接下來的事情我再慢慢說給大小姐聽，請您到此為止吧。一次說得太多，大小姐也聽不進去。」

黎希達拍了拍手，阻止了斐迪南的嘮叨。斐迪南嘀咕說著「我都忘了，這裡除了我以外還有人能提醒妳」，便離開了等候室。下次見到斐迪南是三天後的洗禮儀式。看來暫時可以遠離斐迪南的嘮叨，度過一段耳根清淨的時光。

我在黎希達的建議下換了衣服，前去察看韋菲利特的情況。

「韋菲利特小少爺在短時間內進步了許多，但最近有些沾沾自喜，又變得有些怠惰了。他實在是像極了齊爾維斯特大人。」

黎希達露出了傷腦筋但也感到懷念的複雜笑容。黎希達大概是已經請求過會面，所以我順暢無阻地進入了韋菲利特的房間。

「韋菲利特哥哥大人，聽說您進步了很多呢。能讓我看看您的作業表嗎？」

「拿去，妳看。怎麼樣，我很厲害吧？」

韋菲利特得意地哼了兩聲，把作業表拿來給我。作業表上的目標幾乎都達成了，一眼便能看出韋菲利特真的很努力。但與之同時，也因為看得見終點了，流露出了「到這一步應該可以了吧」的鬆懈。多半是身邊的人也會稱讚他說，「您努力到這一步已經足夠了」吧。看在知道韋菲利特以前是什麼樣子的人眼中，也許已經足夠了，但這張作業表是領主孩子至少該做到的事情，沒有全部做完就算是不及格。

「哎呀，哥哥大人真的很努力呢。可是，還是有一些沒趕上呢。」

沒達成的目標還剩五個，其實很難界定有沒有趕上。但我沒有模稜兩可，直接故意說沒有趕上，然後安慰韋菲利特。

「韋菲利特哥哥大人，雖然很可惜，但還請您別太沮喪。」

侍從們聽了我說的話都交頭接耳起來，韋菲利特更是張大眼睛。

「什麼?!才、才不可惜呢！距離首次亮相不是還有時間嗎！」

「……只剩三天了唷！真的來得及嗎？」

「那當然！莫里茲，我們開始吧！」

韋菲利特在煽動之下，重新燃起了熊熊鬥志。他叫來莫里茲，全神貫注地開始認真。觀察了一會兒後，我和黎希達一起悄悄離開房間。

回到自己的房間後，請人幫忙整理從神殿搬過來的行李，再請黎希達幫我從圖書室拿書過來，我度過了悠閒愉快的看書時光。

晚餐席間，奧斯華德報告韋菲利特又完成了一項作業，父母也給予他表揚。韋菲利特挺起胸膛看我。

「羅潔梅茵，怎麼樣啊？我只要有心就做得到！」

「是的，真是太厲害了。韋菲利特哥哥大人說得沒錯，如果不做就什麼也做不到。能夠意識到這一點，才是最大的進步。」

我繼續煽動韋菲利特的鬥志，這時齊爾維斯特臭著臉向我表達不滿。

「羅潔梅茵，妳快勸勸斐迪南。」

「……為什麼要勸斐迪南大人呢？」

雖然我一直都不知道，但原來齊爾維斯特至今已經用奧多南茲送過了好幾次求救信號，想叫斐迪南來幫忙。然而，斐迪南以「很遺憾，沒有神殿長的許可我不能前往」為由，冷漠地全數拒絕了。

「所以我就叫他幫忙轉告神殿長，他卻老是找藉口說『神殿長不在』、『神殿長很忙』，不肯幫我轉達。」

……噢，我彷彿看見了神官長邪惡的笑容。

但是，要是答應了讓斐迪南來城堡幫忙，那就和以前沒有兩樣了。

「既然城堡裡頭有這麼多文官，所有問題最終應該都能解決吧？原本斐迪南大人進入神殿，就是為了昭告內外他不再參與政治活動，那如果斐迪南大人還進出城堡幫忙處理公務，不是很矛盾嗎？」

就算只是私底下，但原本不應該這麼做吧。

「現在斐迪南大人正在神殿愉快地栽培後進。雖然我也聽說歷經大規模的政變以後，貴族人數驟減，但艾倫菲斯特因為立場中立，所以並沒有受到太大的波及，局勢也比較平穩吧？養父大人應該趁現在栽培各方面的人才，養精蓄銳。」

如果像現在這樣一味仰賴斐迪南，一旦周遭發生動盪，很快就會岌岌可危。

「……這也就是說，妳無意讓斐迪南過來幫忙嗎？」

「哎呀，我並沒有這個意思唷。我會告訴斐迪南大人，如果是只有他能解決的事情，文官又願意親自來到神殿請他指點迷津，那便可以提供協助。」

除非是天大的難題，否則我不認為貴族會願意特地跑到神殿來。會興高采烈跑來神殿的，就只有一個人。

「羅潔梅茵，妳這樣說，齊爾維斯特大人他……」

「養母大人，請您不用擔心。在努力要成為稱職領主的兒子面前，奧伯．艾倫菲斯特身為父親，怎麼可能做出這麼有失體統的舉動呢。」

我用這句話壓住了齊爾維斯特的行動，他馬上擺出了和韋菲利特一模一樣的不快臭臉，別開視線。韋菲利特在這時候雙眼發亮，以反駁之名再追加了一記重擊。

「羅潔梅茵，父親大人很厲害的！才不會做出有失體統的舉動！」

……這下子更難蹺掉工作了吧。韋菲利特哥哥大人，幹得好啊！

我一邊擔任著煽動韋菲利特鬥志的角色，一邊也和羅吉娜一起勤奮練琴，很快地到了艾倫菲斯特所有貴族齊聚一堂的宴會當天。

和貴族的洗禮儀式那天一樣，我一大早就沐浴淨身，吃完早餐後換上首次亮相的服裝，綁好頭髮。作好準備以後，從北邊別館往靠近本館大禮堂的房間出發。考慮到我的移動速度，和騎獸可能嚇到別人，我很早就開始移動。

然後一直到第三鐘為止，要在聚集了將首次亮相的孩子們的等候室裡待命。侍從黎希達和拿著飛蘇平琴的專屬樂師羅吉娜也與我同行。今天的護衛有柯尼留斯和安潔莉卡，兩人都穿戴著一樣的披風和別針。披風的顏色可以說是金黃色，也可以說是亮土黃色，看起來和去年騎士團員在討伐陀龍布時穿的披風一樣。

「柯尼留斯和安潔莉卡的披風是一樣的呢。這是騎士團的披風嗎？」

「不，進入貴族院就讀的時候，奧伯．艾倫菲斯特會賜予所有人這件披風和別針。所以今天穿著這件披風的人，代表他屬於貴族院。」

看來這類似是貴族院的制服。再進一步詢問後，原來這個顏色是艾倫菲斯特的代表色，在貴族院，不同領地的人會披著不同顏色的披風。

「羅潔梅茵，妳真早到。」

「韋菲利特哥哥大人，早安。」

韋菲利特來到等候室後，帶著孩子的貴族也三三兩兩地走進來。我們照著指示坐在等候室的深處，由黎希達和奧斯華德負責與人應對。就算有同年的孩子在，也無法隨心所欲交談。我被告誡說因為要考慮到與對方父母的關係，所以不能隨便攀談。

……啊，也有女孩子。

我笑吟吟地揮了揮手，結果對方卻露出了為難的表情。看來還是自制一點吧。我看向窗外。從本館等候室的窗戶看出去，只見一大清早，騎獸和馬車便陸續抵達，貴族們絡繹不絕地走進城堡裡。

來到等候室的孩子共八個人。聽說往年平均都有十個人，今年稍微少了一點。

「羅潔梅茵，走吧。」

第三鐘響後，韋菲利特就像個小紳士，神情緊張地朝我伸出手來。看來我要在韋菲利特的護送下走進大禮堂。

和韋菲利特一起踏出步伐後，我發現他速度很快，我幾乎要小跑步才跟得上。想起了洗禮儀式那時候曾被他拖在地上失去意識，我拉了拉韋菲利特的手臂。

「韋菲利特哥哥大人，請您別走得太快。」

「……這樣還算快，我看妳比起飛蘇平琴，更該練習走路吧？」

「也許吧。但這個時候也來不及了……」

我聳一聳肩，韋菲利特笑了起來，好像消除了緊張。

身為領主孩子的我們站在最前面，孩子們排好後，站在大禮堂門前。

「進去以後，請筆直地走到祭壇前方。」

我和韋菲利特點點頭，黎希達和奧斯華德一同打開大禮堂的大門。

「歡迎艾倫菲斯特今年的新成員！」

斐迪南的話聲在空氣中響亮迴盪，同時人數多到我前所未見的貴族們不約而同轉過頭來。面對這麼多充滿好奇與玩味的視線，我一瞬間感到畏縮。韋菲利特恐怕也一樣。我屏著呼吸，在攀著韋菲利特手臂的手上微微使力。韋菲利特像是恍然清醒，轉頭看我。

「走吧。」

我與他對視，輕輕點頭後，一起踏出腳步。

洗禮儀式與首次亮相

雖然和星結儀式時很像，但現在的人數更多。我們沐浴在充滿了打量意味的好奇眼光下，走過大禮堂中心。感覺樂師們演奏的音樂好像在催促我們走快一點，我拚命地邁開雙腳，努力跟上韋菲利特。

聚集在大禮堂的貴族們，大致可以分成和卡斯泰德一樣穿著騎士團裝束的人、和尤修塔斯一樣穿著文官裝束的人，還有穿著侍從服裝和穿著飄逸貴族服裝的人。

從服裝的布料和飾品來看，出入口附近的應該都是下級貴族，隨著越靠近舞臺則身分越高。騎士和文官有默契地各別聚在一起，但當中一定會有身穿華服的女性，還帶著身穿正裝或披著貴族院披風的小孩。看來基本上是以家庭為單位站在一起。

……母親大人和哥哥大人在前面嗎？

我正這麼心想，就看見艾薇拉站在最前排的中心附近，艾克哈特則在她身後。沒有看見蘭普雷特和柯尼留斯，是因為兩人正在執行護衛任務。

舞臺中央設有祭壇，穿著儀式用神官服的斐迪南就站在那裡。往舞臺的方向看過去，左手邊並排著領主夫婦及其護衛騎士和侍從。發現不只齊爾維斯特和芙蘿洛翠亞，卡斯泰德也看著這邊，我稍稍揚起嘴角。

舞臺的右手邊是拿著飛蘇平琴的樂師們和羅吉娜，附近還有拿著戒指魔導具的貴族。接著我在旁邊看見了柯尼留斯和安潔莉卡，也看見了蘭普雷特。由此可知即將受洗的孩子們的家人與近侍，都聚集在這一區。

……對喔。因為我已經是領主的養女了，母親大人他們才不在這一邊。

看見艾薇拉和艾克哈特只能站在上級貴族所在的位置，不能出現在親人這一區，我感到有些落寞。

……黎希達和奧斯華德在哪裡呢？

在親人那一區，我也沒有看見剛才帶領我們走到大禮堂門口的黎希達和奧斯華德。正尋找著兩人的蹤影時，大概是從和我們不一樣的入口進來，我看見黎希達兩人穿出人群，並肩和近侍們站在一起。

走到舞臺前方，停下腳步後，斐迪南輕輕揮手示意我們上臺。我們照著指示，走上舞臺排成一列。

包括因為住處離貴族區太遠，沒能在誕生季節邀請神官前往宅邸的貴族孩子在內，四個孩子的洗禮儀式正式開始。雖然同時有好幾個小孩一起舉行，但洗禮儀式的流程和我那時候差不多。斐迪南用清亮的嗓音講述完神話，個別呼喚每個孩子。

「菲里妮。」

被叫到的女孩子走上前，是剛才在等候室裡頭，用為難的表情看我的那個女孩子。菲里妮伸手握住斐迪南遞來的細棒魔導具，我在洗禮儀式上也握過那個會吸取魔力的魔導具。握住後使其發光，貴族們再報以掌聲。聽說如果魔力不足以讓魔導具發光，就不會被承認是貴族，但一般孩子在出生之後，馬上就會檢測魔力，長大後也會繼續檢測，不斷反覆確認，所以不太可能在洗禮儀式上會無法發光。

接著把魔導具按在牌子上，登記魔力。往牌子登記好了魔力以後，孩子才會正式得到認可，成為艾倫菲斯特的貴族。

菲里妮的父親走上舞臺，為菲里妮戴上用以釋出魔力的戒指。

「在諸神與諸位的見證下，在此將戒指贈予我的女兒菲里妮。」

「為菲里妮獻上土之女神蓋朵莉希的祝福。」

收到了斐迪南的祝福，菲里妮也往嵌著小顆魔石的戒指注入魔力，說著「感激不盡」，回以祝福。微弱的紅光輕飄飄地飛向了斐迪南。身後的貴族們全都為此拍手鼓掌。

……咦？只要這麼一點祝福就可以了嗎？

這和之前洗禮儀式時，三名監護人要求我回報的祝福規模完全不一樣！當時在場的貴族大約有兩百人左右，記得我給予了所有出席的人祝福。

……難怪我那時候大家會議論紛紛！很明顯跟別人不一樣！要是先參觀過了一般貴族的洗禮儀式，我才不會做出那麼不合常理的行為！

但再怎麼懊惱也為時已晚。況且不管我怎麼抗議，打算捏造聖女傳說的斐迪南也一定會使出三寸不爛之舌說服我，想也知道我不可能講贏他。

所有人的洗禮儀式都結束後，就是首次亮相。這一年內舉行了洗禮儀式的貴族孩子們，因為欣喜於自己也成了貴族的一員，也為了祈求諸神庇佑自己的未來，會在首次亮相上奉獻音樂。基本上要演奏和唱歌，獻給自己出生季節的神祇。

成排站在舞臺上的我們依著指示移動到舞臺左邊，然後領主的侍從搬來椅子，放在舞臺中央。

「菲里妮。」斐迪南呼喚了要上前演奏的孩子的名字。想到黎希達說明過的演奏順序，表示菲里妮是這群孩子中身分最低的吧。菲里妮一臉緊張地坐在舞臺中央的椅子上，她的樂師拿著飛蘇平琴走上舞臺。從樂師手中接過琴後，菲里妮拿好飛蘇平琴。

……咦？琴藝稱不上很好呢。

起初我還以為是不是只有菲里妮彈得不好，但下一個和再下一個，琴藝也都不算出色。就在演奏順序過了一半時，我納悶地歪過頭。如果貴族的首次亮相只要表現出這樣的水準，那為什麼要那般嚴格要求我和韋菲利特呢？比我預想的貴族愛好的水準還要低。我本來是這麼心想，但在演奏順序過半後，隨著演奏者的身分越來越高，琴藝也越來越好。發現彈奏出的音色變得截然不同，我才「啊……」地了然於胸。

……是教育費的差異。

原來如此，若不從身分低的人開始彈奏，順序要是倒過來就太讓人於心不忍了。能邀請來宅邸教琴的樂師與老師的差異、樂器的差異，全體現在旁人認為孩子該達到的愛好水準上。同樣地，這也是為什麼韋菲利特和我會被要求要彈得一手好琴。因為我們的成長環境中有著最優秀的老師與樂器，萬一還輸給了身分比自己低的人，在貴族社會中鐵定顏面掃地。上級貴族的孩子果然彈得很好，但是，只比臨時抱佛腳的韋菲利特要好一點。也就是說，差異並沒有大到會讓韋菲利特明顯遜色。

「……幸好有練習呢，韋菲利特哥哥大人。」

韋菲利特緊張得臉龐僵硬，「嗯」地點頭回應，這時斐迪南喊了他的名字。

「不用擔心，因為韋菲利特哥哥大人努力練習過了。」

我輕推向韋菲利特的背，他筆直地走向舞臺，坐在中央的椅子上。韋菲利特的專屬樂師拿著飛蘇平琴上臺。韋菲利特接過後，拿好飛蘇平琴開始彈奏。是遺傳到了齊爾維斯特嗎？我發現韋菲利特正式表演的時候表現得比平常更好，在矚目之下也能一派鎮定自若。在這麼多人的注視之下，他看來不慌不忙地彈著飛蘇平琴，展現出了領主孩子該有的風範。

我瞄向旁邊，看見芙蘿洛翠亞紅了眼眶，面帶微笑，注視著韋菲利特。那充滿母愛的眼神非常耀眼，讓我想起了自己的母親，有些羨慕起韋菲利特。

雖然演奏有幾個地方稍微停頓，但韋菲利特還是從容不迫地彈完了。然後他帶著充滿成就感的笑容走下舞臺。

「羅潔梅茵。」

斐迪南喚道，我也和其他孩子一樣，往舞臺中央的椅子坐下。大禮堂內排排站開的貴族們於是躍入眼簾。聽說貴族總共有八百人左右，但我總覺得看起來應該比八百人還要多更多。

我環顧大禮堂，目光對上了站在中央最前排的艾薇拉與艾克哈特。兩人都帶著游刃有餘的笑容看著我，看來一點也不擔心。艾克哈特旁邊還有尤修塔斯。反而是站在近侍區的達穆爾和布麗姬娣一臉擔心地看著我，柯尼留斯和安潔莉卡的眼神中則是充滿期待。黎希達面帶微笑輕輕點頭，像要讓我安心。

在我環顧大禮堂的時候，齊爾維斯特開始向貴族們說明收養我的原委，還講述了比洗禮儀式那時候更誇張的聖女傳說。

……別說了！不要再加油添醋！

我在內心發出慘叫，拚命維持臉上的笑容。就在我快要忍受不了大家視線的前一秒，讓人無比羞恥的介紹總算結束，羅吉娜拿來了飛蘇平琴。

「羅潔梅茵大人一定沒問題的。」

羅吉娜淺笑著鼓勵我說，並小聲提醒我，別忘了面帶笑容和向諸神表達感謝。我勉強擠出笑容，拿好飛蘇平琴。

「那麼，向神獻上祈禱與音樂吧。」

因為要感謝自己出生季節的神祇，獻上音樂，所以我彈奏的歌曲要獻給火神萊登薛夫特。雖然這首歌曲我已經耳熟能詳，而且相當簡單，但沒想到偷偷對斐迪南做的惡作劇，如今居然報應到了自己身上。

……我真是自掘墳墓。被逼著練習的這首歌曲，就是神官長稍微簡化了改編的動畫歌曲啊！神啊！至少我會真心誠意彈奏，請原諒我吧！

我一邊在心裡道歉，一邊誠心誠意地彈奏，希望神明不會覺得我失禮，然後誠心誠意地獻唱。但旋即就和唸出祝福的祈禱文一樣，我感覺到了有魔力從戒指往外流出。

……這、這是怎麼回事?!

流出的魔力配合著歌詞擴散開來，變成了祝福。我慌忙阻斷魔力的流動，但顯然來

不及了。縷縷藍光飛出戒指，化作祝福，灑向了舞臺和整座大禮堂。

眾人看著我的臉上滿是錯愕、驚愕與茫然。我瞥了一眼想要求救，卻看見斐迪南用力閉著眼睛，按著太陽穴。從他的表情來看，我知道現在發生了非比尋常的事態。可是我也不知道能不能就此停止演奏，結果還是一路彈完了。演奏結束以後，掌聲依舊稀稀疏疏，大多數人都露出了不知該做何反應的困擾表情。全是認識我的人在拍手。

……啊啊啊啊！對不起把氣氛搞得這麼僵！我不是故意的！

我把飛蘇平琴遞給羅吉娜，不疾不徐起身後，斐迪南快步往我走來。怎麼了嗎？我才抬起頭，他一把將我抱在手臂上。

「為眷佑艾倫菲斯特的聖女獻上祝福！」

貴族們聞言，一致地高舉起思達普回應。祝福的光芒此起彼落亮起，我還聽到有人說：「原來如此，的確是聖女。」

……這個人居然加速推廣了聖女傳說！

噫！我倒抽口氣，同時斐迪南簡短命令道：「揮手，笑。」我露出受過訓練的優雅笑容揮了揮手，這次於是響起了如雷的掌聲。

斐迪南抱著我走下舞臺後，我一邊笑著揮手，一邊很快被帶出了大禮堂。斐迪南加快速度，跨著大步踏進分配給他的等候室，終於把我放下來。

「羅潔梅茵，拿好。」

斐迪南從腰帶上噹啷作響的魔導具中拿出了防止竊聽的魔導具，塞進我手裡。我緊握住魔導具後，兩人不約而同地疲憊嘆氣。緊接著，斐迪南惡狠狠地瞪向我。

「羅潔梅茵，剛才的祝福是怎麼回事？」

「我也不知道，魔力自己就變成祝福了。」

我才想請斐迪南告訴我是怎麼回事。斐迪南聽了，沉下臉盤起手臂。

「但練習的時候沒有發生過這種情況吧？為何會突然自己變成祝福？」

「……因為練習的時候不會認真祈禱啊。」

練習期間，我只顧著留意手指的動作和跟上音階，才沒有多餘的心思向神祈禱——我小聲補上這句話後，斐迪南用指尖輕輕敲起太陽穴。

「所以妳是因為認真祈禱，才發展成了那種情況嗎？」

「是的。我感覺到戒指裡的魔力自己被往外釋出，嚇得急忙停下魔力，但還是晚了一步，下次可能要不戴戒指演奏比較好。」

會被吸走魔力，是因為我戴了魔導具戒指。我這麼提議後，斐迪南緩緩搖頭。

「受洗過的貴族不可能不戴魔導具戒指。妳只能從一開始就憑著自己的意志力阻斷魔力，不然就是乾脆順水推舟，成為名副其實的聖女。」

「要有意識地阻斷魔力太困難了，因為我通常都是在它自己飛出來以後，才會嚇一大跳……而且聖女傳說目前這樣已經夠了吧？我認為不需要再增加了。」

我表示了反對後，斐迪南沉思片刻，平靜地低頭看我。

「若有理由能證明妳與常人不同，當然是最好……因為無論妳魔力再多，只要妳是能為領地帶來助益的聖女，別人便不會對妳感到忌憚。」

既然擁有這麼強大的力量，若不能因此帶來助益，就有可能遭到抹除和迫害——斐迪南垂下眼皮說。看見他苦澀的表情，我抿緊嘴唇，什麼也無法反駁。

這時響起了「叩叩」的敲門聲，黎希達走進來。

「現在大家都在大禮堂裡頭熱烈地討論著聖女呢。由於氣氛實在不適合舉行頒授儀式，決定先用午餐。請斐迪南小少爺快點更衣吧。」

黎希達帶我前往餐廳。半路上，黎希達稱讚了我說「大小姐表現得很好」。她更用格外輕描淡寫的語氣說，歷經了我的洗禮儀式、星結儀式，還有教導韋菲利特的過程，她早就知道我不是尋常的小孩子。

「多數貴族都不了解大小姐，所以感到不知所措，但看在我們眼裡，這根本無須大驚小怪……羅潔梅茵大小姐，身為貴族，擁有豐沛的魔力是件值得驕傲的事情，請別露出那樣為難的表情。」

聽了黎希達的安慰，我的心情才稍微輕鬆一些，吁了口氣。

吃完午餐回到大禮堂，接下來要舉行頒授儀式，授予貴族院的新生披風和別針。今年的新生共有十四人，和我們這一年的孩子比起來多了不少。

在他處吃完午餐的羅吉娜走過來與我們會合。羅吉娜平常總是帶著悠然自得的笑容，這時候的表情卻有些不太對勁。

「羅吉娜，怎麼了嗎？」

我問道，羅吉娜臉上的困惑更是明顯，看著我說：

「羅潔梅茵大人……方才克莉絲汀妮大人來找我說過話。」

從羅吉娜口中聽見她前任主人藝術巫女克莉絲汀妮的名字，我心頭一驚。聽說當年克莉絲汀妮視她為朋友，羅吉娜也過著鎮日與藝術為伍的生活，所以後來適應不了孤兒院的生活，成為我的侍從以後也馬上與其他侍從起了衝突，還引發了不小的騷動。看到羅吉娜與克莉絲汀妮重逢後露出了這麼迷惘的表情，我感到不安。

「她對妳說了什麼嗎？是不是說了什麼讓妳難過的話……」

我問羅吉娜，她慢慢地搖頭否定。

「不是的。克莉絲汀妮大人原本好像想來迎接我。」

「……咦？」

出乎預料的話語讓我眨了幾下眼睛。羅吉娜面帶著困惑中掩藏不住喜悅的表情，再說了一次：

「克莉絲汀妮大人說，她原本打算等到從貴族院畢業，成年後可以自由自在地過生活了，就要來接我，卻沒想到我成為了羅潔梅茵大人的樂師。」

羅吉娜的藍色眼眸中洋溢且蕩漾著喜悅。看見她這麼幸福的表情，我內心惶惶不安。能有一個藝術造詣深厚、可以一同欣賞藝術的主人，果然羅吉娜會更開心嗎？

「……羅吉娜想回到克莉絲汀妮身邊嗎？」

我的心臟撲通狂跳。要是羅吉娜說她想回去，我是不是該把羅吉娜送到克莉絲汀妮身邊呢？我在胸前緊握雙手，仰頭看著羅吉娜。羅吉娜眨了眨眼睛後，緩慢搖頭。

「我對現在的生活十分滿意，並不打算回到克莉絲汀妮大人身邊喔。但是，一直以來我都以為自己被克莉絲汀妮大人丟下、拋棄了，心靈好像因此得到了撫慰。」

「這樣呀，那就好。」

羅吉娜受傷的心靈能得到撫平，真是太好了，也幸好羅吉娜不會離開。我安心地吐了口氣。羅吉娜用傷腦筋的表情看著我，輕笑起來。

「羅潔梅茵大人，請您不用擔心。我是羅潔梅茵大人的專屬樂師喔。」

看來我不希望羅吉娜離開的想法好像也被她看穿了。被羅吉娜發現了我對克莉絲汀妮產生的小小嫉妒心，我有些難為情，別過視線看向舞臺。

「現在進行頒授儀式，今年前往貴族院的新生上前來！」

聽見文官的聲音，我看向舞臺，卻什麼也看不到。因為護衛騎士、侍從，還有斐迪南和艾薇拉他們團團包圍在了我四周，形成其他人完全無法靠近的人牆。被高聳巨大的人牆擋住，我根本看不見舞臺。我一邊心想著真希望有人能讓我坐在他的肩膀上，一邊從大家的衣服縫隙間觀看頒授儀式。

我隱約看見了齊爾維斯特走到舞臺中央，親手把披風和別針贈送給每一個人，並勉勵大家要好好學習。頒授儀式過後，文官會宣布前往貴族院的日期，柯尼留斯和安潔莉卡各自反覆嘟囔著某個時間。好像會依據年級分別前往貴族院，所以兩人出發的日期不太一樣。

「斐迪南大人，貴族院在哪裡呢？」

「在中央。冬季期間，學生都要在那裡生活。轉移用的魔法陣在設計上無法一次移動多人，所以會每個年級分別移動。」

頒授儀式一結束，大禮堂內也變得喧譁嘈雜，所有人開始談天說笑，閒話家常。貴族們會在頒授儀式結束後互相交流資訊，大禮堂也轉變成了社交的場地。這時候我該怎麼應對才好呢？正這麼心想，斐迪南輕拍我的肩膀。

「羅潔梅茵，妳的臉色不太好看。」

「哎呀，這可糟了。今天還是先回房休息比較好呢。」

斐迪南和艾薇拉在看過我的臉色後這麼說道。我覺得自己的身體狀況還可以，但聽得出來他們是在委婉表示，在我惹出史多麻煩之前快點離開，所以我決定在黎希達與護衛騎士們的包圍下速速離場。

一路上，我聽見了許多人的竊竊私語。

「確實是足以稱作聖女的魔力量哪，一定要與她多多往來。」

「哎呀，不過是魔力多了些，稱她為聖女也太言過其實了。」

「那個聖女肯定是我的外甥女。」

……嗚嗚，視線好痛。

儘管大家沒有露骨地盯著我瞧，但從肌膚可以感覺到大家都用側眼在偷瞄我，注意力也都集中在我身上，我比入場時更受矚目了。我強忍下想拔腿狂奔的衝動，極力克制著不低下頭，像個貴族地昂首邁步。

兒童教室

冬季期間，大人會以社交活動為優先。所持土地坐落在與他領交界處的基貝們會分享他領的情報，前往中央參加了領主會議的領主和近侍們會分享中央的話題與消息。另外也會藉著貴族院同期的交情互相獲取資訊；基貝間在聚會上，也會討論今年的收穫量與魔獸造成的災情等等；貴婦女性也會聚在一起分享各種傳聞。大人們很忙碌。

這段期間，受洗過的孩子們會集中待在同一個房間裡。因為大家今後都要前往貴族院就讀，以同期、前輩、後輩的身分一起生活，所以才讓年紀相仿的孩子們共處一室。孩子們會先參考哥哥姊姊提供的訊息，選擇自己在貴族院要修習的課程，然後依據想要修習的課程分散成各個小團體，彼此稍作交流。雖然沒有大人們那麼老練，但也能藉此學習要怎麼社交應酬。同時也藉此讓孩子們理解到身分地位的上下高低，並培養出貴族該有的言行儀態。

「從今年開始，韋菲利特小少爺和羅潔梅茵大小姐也要進入兒童室了。」

早餐過後，黎希達滔滔不絕地為我說明接下來的行動。

「兒童室是挑選與栽培未來近侍的場所。因為會在貴族院一起生活，容易建立起信賴關係與同甘共苦的情誼，所以往往會從年紀相仿的人當中選出近侍。」

為了爭取到近侍的位置，父母還會在孩子背後暗中打點好關係。黎希達用有些嚴肅的表情說。

「大小姐，請您千萬別忘了，每個孩子背後一定都有他的家族。」

我點一點頭，搭著騎獸前往小孩子聚集的房間。今天四名護衛騎士都跟著我，因為在出發前往貴族院之前，學生們也會待在同一個房間裡，人數眾多，所以直到學生們都離開為止，需要多一點的護衛騎士。

「今天是最高年級學生要移動的日子，所以有很多人都在搬運行李吧。」

在前往本館聚集了孩子們的兒童室一路上，可以看見一整排堆疊了許多大件行李的手推車，這些全是要前往貴族院的學生們的行李。還能看見有學生穿戴著代表屬於貴族院的披風與別針，和行李一起進進出出。

「每年都是從已經習慣貴族院生活的最高年級學生開始移動，最後才是新生。」

「但好像也有人沒穿戴披風和別針呢？」

「那是侍從，因為規定能帶一名侍從前往貴族院。」

聽說學生們會帶著老家的侍從前往貴族院。如果需要更多的人，就會雇用選擇了侍從課程的人，也會雇用選擇了騎士課程的人來擔任護衛，還可以雇用選擇了文官課程的人來幫自己完成功課。所以受洗完的孩子們都想了解貴族院的情況，好獲取更多資訊，決定自己要選擇哪種課程。

作著準備要前往貴族院的人們每當看見我的小熊貓巴士，都會吃驚地回頭再看兩、三眼。我已經習慣大家驚訝的表情了，所以不以為意地繼續前進。我的近侍們似乎也習慣了四周人們驚慌的表情，泰然自若地移動。

「羅潔梅茵大小姐，這裡便是冬季期間，供給孩子們交流所用的兒童室。在學生們都前往貴族院之前，可能會有些侷促……」

等我收起了小熊貓巴士，黎希達才打開房門。一打開門，原本還在房內開心說笑的所有人全閉上嘴巴，往我這裡看過來，接著急忙跪下。

黎希達一派理所當然地看著這副光景，說著「大小姐，這邊請」，帶我走向房內深處準備好的椅子。我坐下後，黎希達開始泡茶，護衛騎士們則站在座位旁邊包圍住我。接下來是彷彿沒有止境的寒暄。孩子們排成一排，逐一向我問候致意。

「羅潔梅茵大人，初次與您見面。我是哈特姆特，雷柏赫特之子。歷經生命之神埃維里貝的重重嚴格遴選，得以有幸與您會面，願能為您獻上祝福。」

「准許你。」

「生命之神埃維里貝啊，願為新的良緣獻上祝福。」

孩子們一個接一個地向我報上姓名，但我根本不可能全部記下來。由於孩子們會順便報上父母的名字，說明他們是誰的孩子，所以我依據之前利用前任神殿長的秘密信件所做成的注意人物清單，先把出現在上面過的人記下來。我真的很努力了。前任神殿長提供的清單也是功不可沒。

大家排著隊向我問候時，韋菲利特也來了，大家又在他前面排起了問候的隊伍。因為直到所有人都問候完為止，不能向我們攀談，所以已經問候完的孩子們都稍微保持著距離，開始向貴族院的學生們發問。學生們也因為自己是過來人，所以神色愉快地回答著問題。依稀可以聽到大家在問為什麼選了那個課程？要上哪些課？老師們都是什麼樣子？我覺得有些好玩。

……雖然都告誡我不能隨意攀談，但我也好想像他們那樣聊天喔。

所有人都向我問候完後，我環視了四周一圈。在我身邊的就只有護衛騎士。

「達穆爾，你為什麼想成為騎士呢？」

「因為我的兄長是文官，我認為成為騎士對他更有幫助。」

從蒐集情報的角度來看，比起都在相同的領域工作，在不同的領域工作更能蒐集到各式各樣的消息。因為當文官是哥哥更優秀，所以達穆爾才選擇了能夠幫助到哥哥的騎士。

「布麗姬娣是為什麼呢？」

「我從小就比較擅長活動身體，家鄉伊庫那又有不少高山和森林，也有許多小型魔獸，我在想若有人能學會怎麼消滅魔獸，身邊的人們會很高興吧。」

居然是因為想身先士卒消滅有害魔獸，布麗姬娣的精神太可敬了。想起了她在舒翠莉婭之夜奮戰的英姿，我點了好幾下頭，接著看向柯尼留斯。

「那柯尼留斯為什麼想成為騎士呢？」

「因為父親大人和兩位兄長都是騎士，我從未想過要當侍從或文官。」

嗯，在那樣的家庭環境下長大，這也難怪吧，我可以理解。卡斯泰德只一心想著要怎麼鍛鍊兒子，甚至還對我說過，我成為他的女兒以後，他也不知道該怎麼辦。為了讓兒子們成為騎士，他肯定是毫不留情地嚴加訓練。

我最後看向安潔莉卡。她是我最想問她為什麼成為騎士的人。安潔莉卡是個嬌小纖細的女孩子，有著淡水藍色頭髮與深藍色眼睛，和布麗姬娣不同，看起來一點也不像是騎士，反而更像是侍從。從她至今在工作上的一些表現來看，可以看出她在戰鬥上特別強化了速度這一塊，能力也強大到足以被拔擢為領主女兒的護衛騎士。但是，我都沒有機會問她本人為什麼想成為騎士。

「安潔莉卡，妳為什麼想成為騎士呢？」

「因為我不想讀書。」

意想不到的回答讓我不停眨眼睛。安潔莉卡帶著再認真不過的表情，又重複一次。

「因為可以盡量不用讀書的，就只有騎士。」

「這、這樣子啊。」

「所以我很高興羅潔梅茵大人是位喜愛讀書的主人。騎士團長也說過，能夠互相彌補不足，才是好的主從。」

我彷彿聽見了她在說，「動腦的事情就由您代替我吧」。從她之前不太喜歡書的反應來看，我早就猜到她應該不喜歡讀書，但沒想到成為騎士的理由居然是因為討厭讀書。真是人不可貌相。

「大家都有自己的理由呢，我則想成為文官。成為文官以後，擔任管理城堡圖書室的圖書管理員。」

圖書館員會從文官當中進行挑選。到了貴族院，我要成為文官，最終成為圖書管理員。為此我不惜付出任何的努力。我訴說著自己對未來的規劃，想像了自己待在圖書室裡頭的模樣，正對此神往陶醉時，布麗姬娣一臉非常難以啟齒地開口說了。

「羅潔梅茵大人，您因為是領主的養女，已經確定要修習領主候補生的課程。」

「咦？但我是養女，並不會成為領主喔。」

「領主的孩子全數是領主候補生。羅潔梅茵大人不是為此才成為養女的嗎？」

我是因為需要後盾，可以用來對抗有領主母親庇護的前任神殿長和他領貴族，才會成為領主的養女，但對外說明是齊爾維斯特身為奧伯，為了讓我強大的魔力能為領地所用，才提拔我成為養女。我的魔力要為艾倫菲斯特所用這點已是不容推翻的事實，這我沒有異議。但是，我沒想到我在貴族院會是領主候補生，不能成為文官和圖書管理員。因為若現在的情勢不變，韋菲利特應該會成為下任領主，我還打算要一邊輔佐他，一邊照著我的喜好改造神殿圖書室，不然就是擔任城堡圖書室的圖書管理員。

「呃……當不了文官，難不成這表示我也當不了圖書管理員嗎？」

「這我也不太清楚……但是，我從未聽說過有領主的孩子成為圖書管理員。」

據說領主的養女有義務要輔佐領主，為了領地與人聯姻，所以不可能一直留在老家擔任圖書管理員。

……怎麼這樣！

我絕望了。眼前突然變得一片漆黑，意識也在瞬間飄遠。

「羅潔梅茵大人?!您醒醒啊！」

一張開眼睛，我就看見斐迪南。他用力皺著眉頭，一臉老大不高興地低頭看我。

「神官長！我不可能成為圖書管理員嗎?!」

我噙著淚目，飛身坐起來問。斐迪南先是指責我說「稱呼錯了」，然後毫不掩飾感到麻煩的表情，深深嘆一口氣。

「聚會途中黎希達突然神色慌張地衝進來，我還以為發生了什麼事……原來是為了這種小事。」

「這才不是小事！是關係到我人生的大事！斐迪南大人，我不可能成為圖書管理員嗎？我是為了當圖書管理員，為了能在書本的圍繞下工作才開始做書的。可是，我居然當不了圖書管理員……」

我淚流不止地嚎啕哭訴。斐迪南靜靜看著我，用指尖敲著太陽穴，開口說了。

「羅潔梅茵，妳冷靜一點……雖然不容易，但妳並非沒有辦法成為文官。」

「真的嗎?!」

看見了希望曙光的我抬起頭來，看向此刻簡直是救世主的斐迪南。只見他忽然彎出一抹微笑。

「妳只要在修習領主候補生所有課程的同時，也修習文官課程即可。」

始料未及的答案讓我愣愣張著嘴巴。不只要修完領主候補生的課程，也要修完文官的所有課程。我呆望著說出了這種強人所難要求的斐迪南。

「這種事情……做得到嗎？」

「既然有前例，應該做得到。」

「有前例……難道是指斐迪南大人？」

既是領主候補生，還修完了文官課程的人，我想不到其他還能有誰。我這麼詢問後，斐迪南一副這沒什麼大不了般地輕輕點頭。

「嗯，因為我以前也是領主候補生，同時還修完了文官與騎士課程。」

……這個超人是怎麼回事?!

一直以來斐迪南既能做文官的工作，也隸屬於騎士團，還能輔佐領主，我太小看這些事實了。我抱住感到暈眩的腦袋。

「大多數人都只有冬季期間才會待在貴族院，但是只要提出申請，其他季節也能留在貴族院。所以那時候除非有人找我，否則我一直都待在貴族院。」

斐迪南說因為想回來的時候，只要利用轉移魔法陣便能馬上回來，他在貴族院又待得比在城堡自在，為了不讓周遭的人藉機挑剔找碴，他活用了所有空閒時間，結果最終達成了三種課程全部修畢的壯舉。

「請別期待我能做到和斐迪南大人一樣的事情！我只是平凡人！」

「嗯，但平凡人不可能成為圖書管理員。既然沒有努力的意願，妳趁早死了這條心吧。」

斐迪南擺擺手，彷彿在說這件事就到此結束。但要是現在就結束這個話題，我真的沒有半點可能性可以成為圖書管理員了。這種事情我絕不接受。要我在挑戰之前就放棄成為圖書管理員的機會，不可能。

我緊緊握拳，揚頭看向斐迪南。像是早就料到我不會輕易放棄，斐迪南勾起嘴角。

「我才不要死心。我決定放棄當個平凡人，往怪人前進！」

「慢著，妳已經是怪人了。這不是妳該設定的目標。」

斐迪南在我面前抬起右手，馬上阻止我下定決心。然後，他用聽來精疲力竭的話聲為我指示方向。

「等妳進入貴族院以後，我再和妳討論怎麼修習課程，所以不要一個人擅作主張。現在妳的首要之務，是製作尤列汾藥水，改善妳虛弱的體質。照妳現在這樣，光要修習領主候補生的課程都很吃力。」

「……說得也是呢。」

斐迪南說反正得等到就讀貴族院以後才能討論，要我暫時先擺到一邊。只要還有成為圖書管理員的希望就好，我安心地把問題擱到以後再解決。

「為了擴大印刷業的銷路，妳要在貴族的孩子們之間推廣歌牌和繪本吧？現在先別想要修習文官的課程，優先處理這件事吧。」

「是，我知道了。」

重新燃起希望以後，我也恢復了精神。等到包括安潔莉卡與柯尼留斯在內，要前往貴族院的學生們全部動身出發了，隔天我帶著歌牌前往兒童室。

「因為所有學生都前往貴族院了，接下來在場的所有人會一起度過冬天。今天為了和大家增進感情，我帶了叫作歌牌的玩具過來，大家一起玩吧。」

然後，我依據入學年度把七歲到九歲的孩子們分開來，開始了歌牌比賽。我和韋菲利特因為已經有過玩歌牌的經驗，所以加入了九歲那組一起玩歌牌。輕輕鬆鬆就獲勝了。韋菲利特興高采烈，但從周遭孩子們的表情可以看出他們是故意放水，我於是微微一笑。

「雖然暫時是有玩過歌牌的我們會比較厲害，但要是冬季期間一次也沒有贏過我們，很難勝任近侍的工作吧。韋菲利特哥哥大人，您說對不對？」

被我這麼一問，韋菲利特「唔？」地稍微歪過腦袋，周遭孩子們的表情變得緊張。父母一定對這些孩子說過，為了成為近侍要討我們的歡心，但我完全不打算接受他們的奉承。因為我是要教育他們，不是接受他們的討好。

「雖然我們也要努力做到主人該有的樣子，但近侍需要能力優秀的人。」

「嗯，是啊。」

煽動了四周的孩子們後，繼續玩歌牌，但初學者根本贏不了有經驗的人，完全是我和韋菲利特的壓倒性勝利。韋菲利特的實力也變得相當堅強，要是沒有拿出真本事，說不定我早就輸了，恐怕明年冬天就贏不了他了吧。

……我雖然可以很快找到奪取牌，卻沒有足夠的速度搶到呢。

「真是期待下次再玩。那麼從明天開始，表現最優秀的人就送點心給他吧。」

兒童室也會送來點心，但因為都是依照身分高低由上往下分賜，所以比起我們吃到的量，其他孩子能吃到的量相當少。祭出了香甜可口的點心當作獎品後，孩子們的眼神都變了，目不轉睛地盯起歌牌。

這天我只帶了歌牌過來，但從隔天開始，我原樣不動地把我們的教學課程表套用到了兒童室這裡。吃完早餐，就和騎士團一起接受訓練，大家跑步的時候我練習走路。艾克哈特專門負責監督我，以免我中途暈倒。

第三鐘響後是學習。這段時間曾玩歌牌、朗讀繪本、依據每個孩子的程度進行聽寫。韋菲利特因為已經學會了所有基本文字，所以開始抄寫繪本了。這樣的進度相當於七歲的上級貴族和八歲的中級到下級貴族，所以身為領主的孩子，已經追上了一般貴族該有的水準。我則是一個人看著從圖書室拿來的書籍，歸納內容，編寫下一本繪本的內容。真是天堂一般的時光。

學習算術時，除了一般的練習題外，還用撲克牌玩了二十一點這種可以學習加法的遊戲。似乎有不少孩子都不擅長計算，玩遊戲時一直是愁眉苦臉，那幕情景令人發笑。擅長計算的孩子靠著撲克牌贏了不少點心。

飛蘇平琴也是大家都在同樣的時間練習。有些孩子是因為邀請不到好老師而無法進步。如果能夠至少趁著冬季期間，接受羅吉娜這種領主候補生的專屬樂師指導，應該會有顯著的成長吧。

提升領地內孩子們的基礎能力一事，我已經取得了芙蘿洛翠亞的許可，也會付給教師們冬季特別津貼，所以教師們在指導時絲毫沒有不耐的表情。

「我還是頭一次見到兒童室這般井然有序。」

每年都受命監督兒童室的侍從露出了佩服的笑容，讚許我和韋菲利特的做法。聽說往年冬天的兒童室，總會有上級貴族的孩子仗著身分頤指氣使，下級貴族的孩子也會受到欺負，侍從都要留意著適時調解，為此四處奔走。

「那麼聽寫完以後，來唸繪本吧。」

因為對象是還不習慣緊鑼密鼓學習的小孩子，所以會不斷地變換上課內容。

基準是只要看到韋菲利特不耐煩了就換，莫里茲接著開始對大家朗讀繪本。寫有諸神故事的繪本有著大張插圖，內容既短又歸納得淺顯易懂，所以孩子們都雙眼發亮，聽得很專心。朗讀繪本的時候，雙眼最閃閃發亮的人就是菲里妮了。她是今年剛受洗的下級貴族千金，有著蜂蜜色的頭髮和嫩草般的黃綠色眼睛。平常是個乖巧文靜的女孩子，但每當到了朗讀繪本的時間，她就會坐在最前面，雙眼盯著繪本直到最後。自由時間她也會拿起繪本來看，自始至終笑咪咪的，所以我對她留下了非常好的印象。

「菲里妮，怎麼樣？這本繪本是羅潔梅茵做的，很厲害吧？」

……為什麼是韋菲利特哥哥大人那麼得意洋洋呢？

彷彿是自己做的一樣，韋菲利特自豪地挺起胸膛，我看著他輕笑起來。這時菲里妮紅著臉頰，用閃耀著純真光彩的雙眼注視著我喊道：「羅潔梅茵大人。」然後她在胸前用力交握雙手，好像要告白般忸忸怩怩了一會兒後，表情像是下了重大決心地開口：

「我、我也想做繪本！」

「菲里妮想做什麼樣的繪本呢？妳知道哪些故事嗎？」

我最歡迎對做書有興趣的孩子了。我笑著表示歡迎後，菲里妮羞赧地捧著兩邊臉頰，低下頭去。

「我想把母親大人告訴我的故事做成繪本留下來。」

菲里妮說她的母親過世了，雖然後來有了新的母親，但新的母親沒有聽說過這些故事。聽到菲里妮說想把親生母親說過的故事留存下來，以免忘記，我想起了自己也曾把母親告訴過我的故事拚命記錄下來。因為都是貴族無法理解的故事，所以我一直擱在旁邊，但現在也想整理好做成繪本後，送給多莉和加米爾。

「菲里妮，那妳能說給我聽嗎？因為妳還不會寫字，由我幫妳把母親大人說過的故事記錄下來吧。」

於是菲里妮開始講述母親說過的故事，由我勤奮地記錄成文字。抄寫母親說過的故事，就成了菲里妮冬天的作業。

茶會

就在孩子們習慣了兒童室的每日作息時，大人間的情報蒐集好像也告一段落，緊接著開始了以拓展人脈為主的社交活動。尤其今年因為齊爾維斯特的母親在垮臺後遭到幽禁，領地內的勢力版圖產生了劇烈變動。也因此所有人都想建立起新的人脈，鞏固自己的派系，為了保身四處斡旋。

「這些是本日的會面邀請函。」

這幾天來，我每天的例行工作多了要查看黎希達拿來的會面邀請函。雖然會大略看過，但能夠與我和韋菲利特會面的，只有得到了領主夫婦與首席侍從許可的人。

但是，之所以還是拿來邀請函讓我過目，是因為黎希達會讓我一邊看著信件，一邊告訴我誰和誰有關係、要注意哪個派系。目前我最該小心注意的對象，是設定上成了我生母的羅潔瑪麗的親戚。聽說那個親戚在冬季的社交場合上，到處向人聲稱「羅潔梅茵是我外甥女」。由於對方提出的會面請求一直遭到我們拒絕，所以周遭人們始終抱持著懷疑的態度，但大家也告誡我說，還不知道對方會採取什麼手段與我接觸。

「大小姐，當中有您想會面的人嗎？」

「我想接受母親大人茶會的邀請，因為我答應過大家，會提供飛蘇平琴慈善演奏會的收支報告書。」

既然是艾薇拉派系的茶會，養母芙蘿洛翠亞也會參加，應該可以輕易得到許可。要與親生母親交流來往，黎希達也不會反對。

「遵命，我再向齊爾維斯特大人報告。那麼本日的會面邀請函中，還有您想會面的人嗎？」

「我看看……我想見見漢力克。」

我拿起了有些在意的會面邀請函。

「他是達穆爾的兄長吧？內容說是想向我道歉和道謝……」

從去年我在討伐陀龍布時為達穆爾說話，一直到拔擢達穆爾為護衛騎士為止，邀請函上已經用書面表達了歉意與感謝，但仍表示更希望可以當面道謝。

「還有……對了，我也想見見布麗姬娣的兄長。聽說伊庫那是林業非常發達的地方，說不定可以討論到對製紙業有幫助的事情。」

艾倫菲斯特周邊與伊庫那的樹木種類應該不太一樣，我希望能找到新的做紙材料。我興沖沖地說了這些話後，黎希達又從眾多邀請函中拿出其中一封。

「大小姐，這樣一來，也必須與安潔莉卡的親人會面才行。因為現在這樣會演變成護衛騎士的親人當中，只有安潔莉卡的親人未與大小姐會面。」

與艾薇拉、漢力克和布麗姬娣的哥哥見面，雖然都有各自的理由，但看在旁人眼中，他們都是護衛騎士的親人。黎希達提醒我，要是只有安潔莉卡的親人沒有會面，別人可能會以為是安潔莉卡惹我不高興，或是沒有得到我的信賴，因而留下負面評價。

「……那麼也和安潔莉卡的親人見面吧。但是，因為比起其他人，我對安潔莉卡還不太了解，所以可能要排到後面了。」

必須先蒐集一些情報才能談話。黎希達聽了，點點頭說：「遵命。」

「對了，黎希達。除了護衛騎士，我是不是也該和侍從的親人見面呢？」

「在我的親人當中，會興高采烈地跑來求見的，也就只有尤修塔斯了，所以沒有必要。他還真是個老愛蒐集沒用消息的怪孩子。」

雖然尤修塔斯對於蒐集情報與材料充滿熱情，但看在母親黎希達眼中，似乎只是個問題兒童。至於其他侍從的親人，由於黎希達判斷沒有必要也沒有理由特地會面，所以最終只和護衛騎士的親人會面而已。

想當然耳，最先下達許可的是艾薇拉的茶會。雖然很快就得到了許可，但艾薇拉招待我前往的，是集結了派系所有成員的最大規模茶會，所以還有好一段時間。

數天之後，與護衛騎士親人的會面全部得到了許可。在調整行程的同時，最先可以會面的是達穆爾的哥哥漢力克。我帶著黎希達，還有護衛騎士達穆爾和布麗姬娣，坐著小熊貓巴士前往本館。

從決定要會面的那天開始，達穆爾就像是即將出席三方會談的學生一樣，不停說著：「羅潔梅茵大人與哥哥大人會面的時候，我居然也要在場，這簡直是種精神折磨。」

無奈我也無法讓達穆爾離開工作崗位。因為現在柯尼留斯和安潔莉卡都去貴族院了，我的護衛騎士只剩下達穆爾和布麗姬娣。

「讓你久等了。」

我走進房間，漢力克已經跪在地上等候了。

「羅潔梅茵大人，我是達穆爾的哥哥漢力克。歷經生命之神埃維里貝的重重嚴格遴選，得以有幸與您會面，願能為您獻上祝福。」

「准許你。」

漢力克說完問候以後抬起頭來。聽說他是文官，確實有著老實敦厚的氣質，看起來是很溫文儒雅。頭髮和眼睛的顏色只比達穆爾深了一點，五官也很相似。

還以為漢力克會面的目的，可能是希望往後能夠建立起友好的關係，結果完全沒有。他只是一味地為達穆爾在去年討伐陀龍布時的失態道歉，也再三感謝我在處分時為達穆爾說話。因為從身分來看，達穆爾有很高的機率會和斯基科薩受到一樣的處分，聽說在那種情況下，身為下級貴族的漢力克也勢必會受到牽連。

「儘管給羅潔梅茵大人帶來了莫大的麻煩，您卻還願意提拔舍弟成為護衛騎士，實在是不勝感激。」

雖然無法抹除掉曾經受過處分的標籤，但身為被害人的我拔擢了達穆爾以後，成功加強了達穆爾是被斯基科薩連累的印象。更何況能被拔擢為領主一族的護衛騎士，對下級貴族出身的達穆爾來說，根本是難以置信的出人頭地。

漢力克一派如釋重負地說，身為哥哥，他一直很想表達自己有多麼感謝。最後他說了像是今後也請多關照舍弟以後，這次的會面就非常爽快地結束了。

「真是為弟弟著想的哥哥呢。」

我對達穆爾說，他就像是有人在學校裡提到自己家人的男孩子一樣，難為情地別過了頭。

結束了與漢力克會面的兩天後，是與布麗姬娣的哥哥伊庫那子爵會面。進了房間，說完長長的問候，我馬上進入正題。

「我一直想向基貝．伊庫那打聽有關樹木的事情呢。」

伊庫那子爵有著一頭紅髮，綠色眼睛，五官神似布麗姬娣。看起來大約二十出頭，很像是更加英氣凜然的男版布麗姬娣。因為是擁有土地的貴族，所以渾身散發著貴族特有的威嚴，但感覺也帶有著鄉間的純樸氣質。

「布麗姬娣告訴過我，伊庫那的林業十分興盛，我很好奇伊庫那種植了哪些樹木呢？樹木的種類和這裡不一樣嗎？」

「羅潔梅茵大人對樹木有興趣嗎？」

伊庫那子爵眨眨眼睛後，露出了有些欣喜的笑容。那是以自己治理的土地為豪，布麗姬娣在提到自己故鄉時也出現過的表情。

「是的，我所開創的事業，是利用樹木在造紙。為了做出品質更好的紙張，我一直想嘗試用各種不同的樹木造紙。如果伊庫那有罕見的魔樹，我很想試做看看。」

「哦，樹木可以用來造紙嗎？這還真是……太有意思了。伊庫那的樹木種類確實與貴族區周邊的樹木不太一樣，另外雖然不知是否可用，但也有特殊的魔樹。」

伊庫那子爵說完列出了幾種樹木名稱，但多數我都沒有聽過。聽過的，都是用來製作家具和當建材使用的堅固硬木。原來這些木頭都是先在伊庫那一帶林業興盛的土地上進行砍伐，再利用河川運送到艾倫菲斯特。

「都是我沒聽過的樹木呢，看來和這裡樹木的種類不一樣。我真想找機會走一趟伊庫那，親眼看看其他種類的樹木。」

「大小姐，臨時想到的事情不可順口說出。」

黎希達表情嚴厲地打斷我。現在的會面是公開場合，對方若把我這時候的發言視為是既定事項，我也只能怪自己粗心。

「……是呀，黎希達妳說得沒錯，我以後會小心，但我今天並不是隨口說說。雖說不是馬上，但我早就已經決定好，以後要親自走一趟林業興盛的土地，看看其他不同種類的樹木。」

「伊庫那將竭誠歡迎羅潔梅茵大人的來訪。」

接下來有段時間都會很忙，也許要等到好幾年後，但說好了日後會為了改良紙張拜訪伊庫那後，會面宣告結束。

「本日承蒙羅潔梅茵大人撥出如此寶貴的時間，實在萬分感激。」

「哪裡，能與基貝．伊庫那談話，我也十分高……」

「噢噢，這不是羅潔梅茵大人嗎！」

面談完走出房間，走廊上湊巧有名陌生貴族。雖然對方似乎是恰巧經過，但他一看到我們就光速逼近。

「聽說您的身體虛弱，但看來已經完全恢復了哪。既然如此，與其和這種窮鄉僻壤的貴族往來，有其他貴族更值得您優先結識。」

不知道他是哪裡的什麼人，但想必是身分比伊庫那子爵更高的貴族。看到伊庫那子爵往後退了幾步，以免妨礙到我們交談，我在內心這麼判斷。

「哎啊，在遠處看見您的時候，我就已經這麼覺得了，羅潔梅茵大人真是像極了舍妹羅潔瑪麗。」

……噢，原來是設定上生母大人那邊的麻煩親戚。

我從完全不打招呼也沒有自報姓名的貴族身上別開目光，用手托腮表達我的困擾，然後轉頭看向黎希達。黎希達立即往前一站。

「無禮之徒，退下。」

「黎希達大人，我可不是什麼無禮之徒，我是羅潔梅茵大人的舅舅啊。羅潔梅茵大人，您不能對我說句話嗎？」

真想叫他別用那麼充滿野心與期待的炯炯雙眼看我。就算要我對他說句話，我腦海中也只冒出了「真礙事」這一句。更何況斐迪南早已經對我耳提面命過，別直接與未經介紹的陌生貴族交談。

「基貝·伊庫那，很感謝本日一起共度了如此愉快的時光。期待下次再會。」

我無視不認識的貴族，對候在一旁無事可做的伊庫那子爵說完，隨即轉身離開。身分高的人若不先走，伊庫那子爵也無法移動半步。雖然道別的寒暄變得很敷衍，但這下子伊庫那子爵應該就可以離開現場了。

「羅潔梅茵大人！」

陌生貴族來回看著走遠的伊庫那子爵和坐進小熊貓巴士的我，焦急喊道，但我不能理會。監護人們都提醒過我，羅潔瑪麗的親人和前任神殿長一樣，都是愛惹是生非的類型。我只要表現出「我從沒聽說過什麼生母大人，所以不清楚，而且我的母親大人是艾薇拉大人」的態度即可。但這次甚至沒有經過他人介紹，對方也沒有先打招呼，更是連表態都不用了。

「……黎希達，我不能直接和不認識的貴族說話吧？」

「是的，大小姐。您牢牢記住了囑咐呢。」

黎希達帶著不容分說的笑容擊退那名貴族，我也回到房間。因為最好向三名監護人報告一聲，所以我請奧黛麗代為轉達。

隨後，三人各自傳來了「不用理他」的回覆。因為不管在洗禮儀式還是首次亮相上，我們從來沒有公開過生母的名字，所以只要不肯定也不否定，小心別和對方扯上關係就好了。這樣處理真的沒問題嗎？雖然我這麼心想，但對方也只是每天寄來會面邀請函，並沒有更積極的其他動作，所以我也決定就這麼對麻煩的親戚置之不理。

接著到了與安潔莉卡親人會面的日子。我走進會面的房間，看似是安潔莉卡父母親的一對男女正跪在地上等候。到這裡都和往常一樣。然而，就在我坐下的同時，安潔莉卡的父母親突然間開口就說：

「羅潔梅茵大人，還望您恕罪！」

「……咦？」

都還沒有開口問候，他們就先向我俯首謝罪。我眨了眨眼睛，丈二金剛摸不著頭緒。在我愣住的時候，黎希達往前一站，替我詢問他們為什麼劈頭就向我謝罪。

「你們怎麼沒頭沒尾地突然賠罪？」

「……呃，難道不是因為安潔莉卡犯下了無可挽回的過錯嗎？除此之外，我們完全想不到羅潔梅茵大人召見我們的理由……」

什麼！我們不過是覺得只有一名護衛騎士的親人沒打招呼不太妥當，才心想還是見一面比較好，單純想要打聲招呼，結果安潔莉卡的父母卻以為是女兒做錯了事，所以才被召見，還會面臨將波及整個家族的處分。

「安潔莉卡在進入貴族院之前，說她要當騎士的時候，我們就已經大吃一驚，聽到她被拔擢為領主養女的護衛騎士時，更是覺得眼前一片黑暗。那孩子怎麼可能當得了護衛騎士，保護高貴的大小姐。我們一直在想，她總有天一定會觸怒您。這次接到召見，還心想該來的終於來了。」

聽說安潔莉卡雖然出生在親人多是侍從的家族，卻討厭讀書，儘管會不情不願地完成被交代的事情，卻任何事都不會主動去做，也不體貼細心，完全不適合當侍從。自從成為我的護衛騎士以後，父母親成天都過得提心吊膽，擔心她會不會哪天闖下大禍。

「安潔莉卡本人也告訴過我，她不喜歡讀書，但並沒有違抗過我的命令，也說過想和我成為一對好主從。」

雖然她的意思差不多是動腦的事情就交給我，但她的父母都已經操心到身心俱疲了，沒有必要一字不動地轉達吧。告訴他們安潔莉卡很努力在工作後，會面很快就結束了。

與安潔莉卡的父母會面後又過了幾天，我參加了艾薇拉派系成員皆出席的茶會，要向大家報告飛蘇平琴演奏會的募款收支明細。女性的茶會男性止步，所以這天我讓護衛騎士達穆爾休息，只有布麗姬娣跟著我。侍從是黎希達和奧黛麗，奧黛麗捧著放有收支報告書的木盒。

「各位，別來無恙了。」

我為這一天印製了收支報告書。儘管中間有好幾次都遭到斐迪南駁回，但最後總算完成了這份報告書。我請黎希達和奧黛麗把收支報告書發給參加茶會的成員。雖然這次印刷花了不少錢，但只會發給艾薇拉派系的成員而已，所用紙張大小又不到平常的一半，所以金額並不算龐大。而且往後在募款和販售印刷品的時候，還會需要大家的幫忙，所以這也算是小小的投資。

「接下來向各位報告募款的收支明細。請看我發給各位的紙張，上頭載明了斐迪南大人的飛蘇平琴演奏會募得了多少捐款，又用在了哪些地方上。多虧了各位鼎力相助，才能為孤兒院的孩子們整頓工作環境，也完成了過冬的準備。」

大家都對報告興致缺缺。雖然對營業額感到驚訝，但一般似乎很少有人會詳細地報告募款所得的用途，所以都是些「哎呀，列得真是清楚呢」的反應。出席今日茶會的貴婦人們看到眾人齊聚一堂，比起收支報告，顯然更期待會不會再一次販售畫像。看到發給她們的收支報告書上只有密密麻麻的數字與文字，還有貴婦人露骨地擺出了大失所望的表情。艾薇拉的表情也很失望。收支報告結束後，大家開始談天，異口同聲地表示想再購買葳瑪所畫的美麗畫像。

「羅潔梅茵大人，演奏會上販售的斐迪南大人畫像真是太美麗了。自那之後，我每天都會拿出來欣賞呢。」

「我還在想下次一定要買下來，什麼時候才會再次販售呢？」

「有沒有再一次舉辦演奏會的計畫呢？」

……大家的眼睛都閃著精光呢。這麼想要神官長的畫像嗎？

看到大家都這麼熱切期盼，想必獲利會非常驚人。如果可以，我也希望能再有幾次大賺一筆的機會。但是，怎麼想都不會有第二次了。

「很遺憾，因為奧伯．艾倫菲斯特將畫像拿給了斐迪南大人，這件事被發現以後，斐迪南大人便要求我發誓，再也不販售畫像。」

聽到再也不能販售畫像，貴婦人們無不倒吸口氣，悲傷嘆息。尤其是當時身上的錢剛好只差一點，最後只能含淚放棄購買畫像的小姐們特別傷心。

「我本來還想在報告書裡加點小張的圖畫，卻也遭到反對，所以在我想了又想，幾經思考之後，最終才做出了這份收支報告書。」

「……羅潔梅茵，妳動了什麼手腳嗎？」

芙蘿洛翠亞用含笑的聲音說道，輕瞥了我一眼。艾薇拉的雙眼中也盈滿了期待，傾身往我挨近。

「我們就知道羅潔梅茵大人一定會想出辦法。」

所有人一致地朝我看來。我清了清喉嚨，拿起收支報告書。

「畢竟若只用在報告上，未免太浪費這些紙張了……紙和墨水都不便宜呢。」

我「呵呵」笑著，把紙翻面。上頭有著乍看下像是墨水污漬的許多線條。因為我只讓斐迪南檢查了正面，但就算他要檢查背面，我也在背面多加了很多無謂的線條，所以很難看出所以然來，現在這樣只是單純的污漬。

「黎希達，拿小刀來。」

我從黎希達手中接過拆信刀，緊盯著線條裁作一半。然後在眾人的注視之下，摺起手裏劍飛鏢。只要摺法正確，就會出現兩面表情不一樣的斐迪南。

「哎呀！」

看著我摺好的手裏劍，艾薇拉發出了興奮的叫喊。她不停來回翻看兩面，發出沉醉的嘆息。

「該怎麼做才能變成這樣呢?!」

「請您教教我們！」

茶會搖身一變，成了摺紙教室。我一邊教導摺法一邊環顧眾人。

「這是只有出席今日茶會的人才能拿到的東西，所以請各位務必保密。萬一再被發現，以後恐怕連印刷都不容許我繼續進行了。」

「是，我們絕對會守口如瓶。倘若洩露出去，必定是參加今日茶會的人，要找出犯人也是輕而易舉。」

在場眾人展現出了驚人的團結，甚至讓我擔心起要是有人敢把這個手裏劍交給斐迪南，真不知道她到時會有什麼下場。茶會就這樣結束了。

奉獻儀式

「韋菲利特哥哥大人，三天後因為有奉獻儀式，我會離開城堡一陣子。還請您好好練習歌牌，希望我下次回來的時候，您已經能贏過我了喔。」

在兒童室裡玩了歌牌，最後以我的勝利劃下句點後，我這麼對韋菲利特說。不甘心地直跺腳的韋菲利特聽了，猛然轉頭看我。

「什麼？妳會離開一陣子？……大家，我們獲勝的機會來了。下次一定要贏過羅潔梅茵！」

沒有沉浸在落敗的懊惱中，韋菲利特立刻把注意力轉移到了下次的比賽上。幾個男孩子聽了跟著燃起鬥志，握著拳頭回道：「是！下次絕對要贏！」

「好，那我們來開作戰會議！羅潔梅茵妳去那邊，不可以偷聽。」

在兒童室有了競爭對手以後，韋菲利特生來不服輸的個性產生了好的影響，十分順利地有所成長。從他把今年冬天的目標訂為「要在歌牌上贏過羅潔梅茵」開始，便聚集到了夥伴，反覆召開作戰會議。那副模樣如同天真無邪的小學男生，讓人不由得莞爾。

「羅潔梅茵大人，您會前往神殿待多久呢？」

菲里妮看著我問，嫩葉般的黃綠色雙眼裡透著不安，但我無法給她明確的答案。如今少了前任神殿長的魔力，不知道會帶來多大程度的影響，也不知道要怎麼處置齊爾維斯特擅自接下的小聖杯，今年的奉獻儀式多了不少變數。

「因為不知道要花多久時間才能注滿所有的小聖杯，所以我也沒有辦法明確回答妳。菲里妮，如果妳還有時間，可以再抄寫這篇故事喔。」

我把菲里妮母親說過的第二篇故事交給她。我寫好的這一份之後會當作原稿保留下來，以後印製成書；至於菲里妮自己抄寫好的那一份，我打算幫她用線縫訂起來，最後做成小冊子。

「羅潔梅茵大人，感激不盡。」

菲里妮小臉發光地接下原稿。我們「呵呵」地對彼此微笑時，幾個女孩子從旁邊跑過來。

「羅潔梅茵大人、羅潔梅茵大人，我也向母親大人聽來了故事喔。」

「雖然諸神的繪本很好看，但我也希望吟遊詩人講述的騎士故事可以做成繪本呢。」

在可愛女孩子們的包圍下，我依序把她們講述的故事記錄下來，同時也構思著接下來要印製書本的內容，三天一眨眼便過去了。

「黎希達，我快不能動了。」

返回神殿這天颳起了暴風雪，視野極度不佳。由於積雪太深，無法乘坐馬車往返，所以今天改為搭乘騎獸返回神殿。黎希達因為擔心我的身體狀況，接二連三地往我身上套衣服，力求保暖，但衣服卻厚到我很難行動。

「大小姐，您在說什麼啊？考慮到您身體虛弱的程度，若要在這樣的暴風雪中騎乘騎獸，穿這些還嫌不夠呢。」

「我的騎獸有牆壁也有屋頂，可以阻擋風雪，所以其實不會很冷喔。」

由於儘管黎希達在冬季期間非常小心謹慎，我還是發燒病倒了兩次，她因而變得緊張兮兮。雖然對她說了，我往年冬季期間平均都會病倒五次，所以要她不用放在心上，結果黎希達卻說病倒五次根本反常，反而激起了她的鬥志。

說不過黎希達，我穿得像團雪球地走向玄關，諾伯特請我先在大廳變出騎獸。變出了小熊貓巴士後，讓艾拉、羅吉娜和負責護衛的布麗姬娣坐進去。

等著我準備好騎獸的斐迪南以及達穆爾，都穿著和討伐陀龍布時一樣的全身鎧甲，披著披風。在這種暴風雪中，還穿金屬製的全身鎧甲不會凍傷嗎？對於我的疑惑，斐迪南付之一笑。

「這身鎧甲也是種魔導具，所以妳不必擔心。」

原來乍看下只像是金屬的鎧甲也是種魔導具，還附帶了禦寒和防火的功能。依據所用魔石的魔力蘊含量及屬性數，還有依據本人的魔力量，性能也有所不同。

……那麼比起魔力量多又擁有各種魔石的神官長，達穆爾會不會太勉強啊？

「斐迪南大人、達穆爾，兩位要不要也一起乘坐小熊貓巴士呢？」

「不了，我們必須警戒四周，妳能乘坐那個移動即可。出發吧。」

騎士團似乎偶爾還得去討伐在暴風雪中出現的魔獸，所以兩人都對這種情況習以為常。想不到騎士團的工作環境比想像中還要嚴苛。

大門在諾伯特的指示下打開，斐迪南兩人跨上騎獸往外疾奔。我也跟在兩人身後，縱身躍進暴風雪中。

「聽見要在暴風雪中移動時，我還十分擔心，但這樣還真是舒適呢。」

羅吉娜說得沒錯。一路上我們完全沒有吹到風雪，也沒有發生意外，平安地抵達了神殿。但是，這都是多虧了暴風雪中在視野一片白茫茫的情況下，有斐迪南和達穆爾在前面為我們帶路。要不是有兩人翻飛的藍色與黃土色披風，我想我根本到不了神殿。因為在空中移動的時候我完全失去了方向感，危險至極。雖然在雪地上行駛很恐怖，但在雪空中行駛更嚇人。

「羅潔梅茵大人，歡迎您的歸來。」

「法藍、莫妮卡，我回來了。」

我自認為很快地收起了小熊貓巴士，卻在雪地上絆了一跤，跌跌撞撞地撲進神殿。與此同時，法藍和莫妮卡急急忙忙地衝出來迎接。看來是在這麼大的暴風雪下，無法用肉眼看見騎獸。

「羅潔梅茵，等我換好神官服，會前往神殿長室與妳討論奉獻儀式的事情，妳也換好衣服等我過去吧。」

「知道了。」

法藍和莫妮卡兩人合力拍掉我身上的雪，但在暴風雪中騎著騎獸回來的斐迪南和達穆爾卻都沒有變成雪人。騎士團的鎧甲太強了。

達穆爾因為要換下鎧甲，先回到護衛房間更衣，布麗姬娣繼續穿著全身鎧甲護衛我，由法藍端著茶水走向達穆爾的房間。布麗姬娣回房更衣的時候，則由妮可拉端著茶水前往她的房間。

我也一樣要更衣。只是從下了騎獸再到神殿的短短幾步路而已，我就全身都是雪花，莫妮卡幫我擦了臉和頭髮，再像剝洋蔥皮一樣，一件件地脫掉黎希達一層層地套在我身上的衣服，然後換上神殿長服。身體終於變得輕盈，方便行動了。

換好衣服，喝著溫茶喘口氣時，從鎧甲換上神官服的斐迪南來了。

「侍從向我稟報過了，坎菲爾和法瑞塔克已經如期完成了奉獻儀式的準備。如同當初的預定，將從明天的土之日開始舉行奉獻儀式，所以妳今天好好休息吧。」

「我知道了……對了，今年少了前任神殿長的魔力，神官長知道會有多大程度的影響嗎？養父大人接下來的小聖杯也決定好要怎麼處理了嗎？」

現在神殿裡的青衣神官本就不多，魔力也很缺乏。齊爾維斯特還在這種情形下接下了小聖杯，真不知道該怎麼辦。考慮到今後的情況，雖然我說了「自己作的決定請自己負責」，但是我也很清楚，冬季期間忙著社交應酬的領主，根本沒空來到神殿奉獻魔力。雖然斐迪南之前說「我想到辦法了」，但不知道是否已經解決了。

「沒問題，我已經請領主夫婦確實負起責任了。」

斐迪南說著，從腰間的袋子裡拿出兩顆魔石。吸取魔力用的魔石看來都盈滿了魔力，但如果要注滿到這種程度，想必需要相當大量的魔力。

「……難道神官長要求領主夫婦往這裡面注入了魔力嗎?!」

「怎麼可能?他們兩人的魔力還得維持領地,我不可能要求他們做這種事。」

「我只是以為神官長真的會這麼做,還擔心你會說著『自己作的決定自己承擔後果』,從他們那裡榨取大量魔力呢……」

最糟糕的預想情況沒有發生,我鬆一口氣。斐迪南緩慢地在掌心上轉著魔石,勾起嘴角。

「比起前任神殿長,今年還有魔力更加豐富的罪人在吧。單純只看神殿能夠運用的魔力量,可是比去年還豐富。留他們一命不予處分,才能為領地帶來長久的利益。」

從那邪惡的微笑來看,斐迪南多半是與領主夫婦進行了交涉,以「既然你們無法提供,就由罪人代勞吧」為由,從遭到幽禁的齊爾維斯特母親和賓德瓦德伯爵那裡榨取來了魔力。能利用的東西就利用到底,斐迪南行事真是太可靠了。站在同一陣線的時候。

「舉行奉獻儀式前,我會教導青衣神官如何使用魔石。今年的魔力量很豐富,應該會比去年提早結束。」

由於自己的魔力量不多,青衣神官並不習慣操控強大的魔力,所以要費點工夫,教他們怎麼使用魔石,但往後就輕鬆多了。斐迪南斷然說道:

「接下來我要去教導坎菲爾與法瑞塔克如何操控魔力,妳得老實待在房間。今天也禁止妳去孤兒院,小心別讓自己病倒了。」

本來我身為神殿長,應該要從奉獻儀式的最一開始直到最後都待在儀式廳,但已經說好我必須以身體健康與奉獻魔力為優先,所以今年的奉獻儀式,會由神官長斐迪南全程在旁監督。

「奉獻儀式期間，應該還會接到有關冬季材料的傳喚，所以一定要確保妳的身體狀況萬無一失。」

奉獻儀式當天，一早就要淨身沐浴，換上儀式服。和去年不一樣，今年的我穿上了神殿長的儀式服，斜披金色長帶，再繫了銀色腰帶。除此之外，身上的飾品全是紅色。髮簪則和首次亮相時戴的一樣。在羅吉娜的指示下，為我穿衣的莫妮卡和妮可拉似乎也越來越熟練了，花在穿衣上的時間比之前縮短了不少。

「穿好了。羅吉娜，這樣可以嗎？」

「對，做得很好。」

羅吉娜打出了及格分數後，接下來只等著儀式準備就緒。我一邊等一邊聽法藍和莫妮卡向我報告我不在期間發生了哪些事，不久薩姆來了。

「羅潔梅茵大人，準備已經就緒。」

由法藍和薩姆帶頭，我往儀式廳移動。由於神殿長室離儀式廳最近，所以今年移動起來很輕鬆。一路上我小心著別踩到長長的下襬，候在儀式廳門前的灰衣神官們配合著我們的步伐，打開大門。

儀式廳內和去年一樣設好了祭壇，裝飾著神具，小聖杯一字排開。兩側牆邊焚燒著篝火，為儀式廳帶來暖意。

「讓各位久等了。」

和去年不一樣，今年儀式廳內不只有斐迪南一個人，還有坎菲爾和法瑞塔克。兩人各自拿著注滿魔力的魔石，神色緊張地等待著。

「……那麼開始吧。」

斐迪南催促我上前，自己面向祭壇跪下，雙手貼在紅布上。坎菲爾與法瑞塔克也跟著斐迪南跪下。他們先把魔石放在紅布上頭，雙手再輕輕貼著魔石。我經過斐迪南旁邊後，也在他的幾步前方同樣跪下。先抬頭看了眼祭壇，再把手放在紅布上，低下頭去。

去年我只要跟著斐迪南複述祈禱文就好，但今年是大家要跟著我複述祈禱文。我輕吸口氣，開口說了。

「創世諸神，吾等在此敬獻祈禱與感謝。」

我唸出祈禱文後，身後的三個人跟著複述，低沉的話聲在儀式廳裡朗朗迴盪。

「司掌浩浩青空的最高神祇，暗與光的夫婦神；分掌瀚瀚大地的五柱大神，水之女神芙琉朵蕾妮、火神萊登薛夫特、風之女神舒翠莉婭、土之女神蓋朵莉希、生命之神埃維里貝。感謝諸神賜予萬千生命的恩惠，聖恩崇潔，謹此獻上敬意，虔心予以回報。」

唸著祈禱文時，體內的魔力也隨之往外流出。吸收了魔力的紅布閃爍發光，魔力化作光的波動，開始流往祭壇。來自身後的光波同樣不間斷地往前湧去，像是被這樣的流動影響，我體內的魔力更被大量引出。

「停。」

聽見斐迪南的指示，我抬起頭來，挪開紅布上的雙手。望著往前流動的光波，我數了數有多少個小聖杯注滿了。去年我和斐迪南兩人一次可以注滿七、八個小聖杯，但今天一口氣就注滿了大約四十個小聖杯。

「照這樣下去，可能明天就能結束了呢。」

「不，魔石的魔力幾乎耗盡了，奉獻儀式大概要再三天才會結束。」

斐迪南看著從坎菲爾和法瑞塔克兩人手中拿回來的魔石說道。魔石確實幾乎都變黑了，代表魔力所剩無幾。

「坎菲爾、法瑞塔克，辛苦你們了，回房休息吧。」

「真是感謝兩位的幫忙，請回去好好休息吧。」

釋出了自己從未操縱過的龐大魔力後，兩人都累得虛脫無力。我們這麼對兩人說道，允許他們離開。兩人分別說著「感激不盡」「恕我們先失陪了」，告退離開。

「除了坎菲爾與法瑞塔克，把其他青衣神官都叫來。接下來要一次完成。」

斐迪南對候在門外的灰衣神官下達指示。灰衣神官們回道「遵命」，幾乎沒有發出半點腳步聲地離開。

「如果再三天就能結束，跟去年比起來真的輕鬆很多呢。」

去年我和斐迪南不只要盈滿幾乎所有的小聖杯，還多了領主和前任神殿長推給我們的。本來我已經作好覺悟，要在同樣的情況下還得參加貴族的社交活動，現在發現負擔比想像中還輕鬆，不由自主綻開笑容。

「今年不會和去年一樣得花上十天以上的時間。在前往回收冬季材料之前，奉獻儀式勢必會早一步結束。看來能有時間讓妳休息，恢復體力和魔力，我也放心了。」

之前往瑠耶露果實注入魔力的時候不僅耗時耗力，還需要非常龐大的量才能讓果實染上自己的魔力。要是在奉獻儀式上消耗得太多，我就得喝下那個苦得要人命的藥水，強行恢復魔力，所以現在能有充足的時間休息，我發自內心感到高興。

……但如果沒有那些小聖杯，就能更早結束了。

我這樣心想著，看向齊爾維斯特擅自追加的小聖杯。

「神官長，養父大人接下的那些小聖杯，究竟是哪裡來的呢？」

「那是艾倫菲斯特西邊領地，法雷培爾塔克的小聖杯。」

我聽了開始回想艾倫菲斯特周邊的地圖。記得聽說過西邊的領主與艾倫菲斯特的領主關係不錯。

「我們和西邊領主的交情還不錯吧？」

「關係十分良好。但是，領主夫婦老是鐵不下心拒絕法雷培爾塔克的請求，這點很教人頭疼。」

斐迪南說至今都是由他出面交涉，提出一些對己方有利的條件，偶爾也會視時機和場合予以拒絕，但往後如果不再由他出馬，領主夫婦恐怕會任對方予取予求。

「先不說養父大人，連養母大人也是嗎？」

「因為法雷培爾塔克的領主夫婦，分別是艾倫菲斯特領主夫婦的哥哥與姊姊，一旦對方態度強硬，弟弟和妹妹的氣勢自然會矮下來。」

原來齊爾維斯特的二姊嫁到了法雷培爾塔克，而法雷培爾塔克領主妹妹的芙蘿洛翠亞則嫁來了艾倫菲斯特。斐迪南說法雷培爾塔克與艾倫菲斯特不同，幾年前在中央發生政變時受到了嚴重波及，前任奧伯因此遭到處刑，繼承後任的芙蘿洛翠亞的哥哥正想方設法在重振領地。聽說各方面都比艾倫菲斯特還要辛苦。

「兩邊都因為家人間感情好，想要幫助對方，但連帶地麻煩的差事也都落到我們頭上，真教人為難。羅潔梅茵，真是幸好有妳。」

「神官長，你打算這麼說，再把我推出去當擋箭牌，負責和養父大人交涉吧？」

我不高興地抬頭瞪向斐迪南，他一派怡然自得地輕挑起眉。

「妳可是神殿長，我只是微不足道的神官長。」

「神官長，你應該再去查查微不足道是什麼意思喔。居然會搞錯，真難得呢。」

我們正「唔呼呼」「喔呵呵」地對彼此微笑時，青衣神官們來了。他們一致露出畏縮的表情，在門口停下來。斐迪南看見他們，催促我離開。

「神殿長，請先離開歇息吧。」

「那我先失陪了。接下來的事情麻煩神官長了。」

把後續事情交給斐迪南後，我對青衣神官們投去客套的笑容，回到房間，叫來莫妮卡換下儀式服，穿上平常的便服。

「法藍，奉獻儀式似乎會比預期要早結束，回城堡的日子可能也會提前喔。」

「您知道大約會是什麼時候嗎？」

「神官長說了，奉獻儀式大約要再三天的時間，除此之外就……對了，他說在下一次的土之日之前，有個材料回收我必須同行。」

我轉告完行程，法藍記在寫字板上，然後手抵著下巴稍做思考。

「當初本來還預計您必須中途拋下奉獻儀式，前往回收材料，回來以後繼續參加奉獻儀式，但照現在這樣看來，對羅潔梅茵大人身體造成的負擔應該會減少許多。神官長還準備了不少藥水，看來是不會用到了。」

法藍看著裝有超難喝回復藥水的盒子說，我大力點頭。

「對此我也非常高興。」

「羅潔梅茵大人，那麼還在神殿的期間，能請您看過這些資料嗎？」

法藍拿來了我待在城堡期間，神殿這邊堆積起來的信件與資料。因為只是察看文字的簡單工作，我喜孜孜地開始處理文件。大半都是寫著「感謝妳前來收穫祭，祈福儀式也拜託妳了」這種禮節上的書信，但當中也摻雜了一些寫給前任神殿長的私人信件。

「……這是那位女性嗎？」

有封信是寫給前任神殿長的秘密情書。雖然我沒有能鑑定筆跡的自信，但我覺得筆跡很像。信上的意思大概是「我有件事情無論如何都想拜託您，我只能依靠您了」。

雖然有事情想拜託前任神殿長，但是現在都已經……

前任神殿長已經過世，再也見不到面了，更何況，現在早已經過了對方在信中指定的見面日期。看著既沒寫寄件人姓名也沒寫地址的信，我盤著手臂「唔……」地沉吟。這下該怎麼辦才好呢？

「總之，只能先回信告訴對方，前任神殿長已經過世了，然後找神官長商量，看要怎麼查出寄件人和怎麼回信了。」

因為隨信附了回信用的信紙，我和平常一樣在信上寫下回覆。回信我用了一樣的書信用語。寫完了長長的問候語之後，我表示「神殿長已經登上通往遙遠高處的階梯」，再寫了結尾的問候語。與哈塞鎮長不同，這位神秘女性似乎是貴族大人，應該可以順利解讀我的意思。

「嗯，這樣應該可以了吧。」

我先把筆放下，等墨水乾。緊接著，在我把信紙對折、準備放進信封裡的時候，戒指裡的魔力突然流向信紙。

「嗚呀?!」

收到的信件與回信在吸取了我的魔力之後，變作了奧多南茲般的小鳥外形，咻地往外飛去。

「羅潔梅茵大人，您沒事吧？」

「嗯，布麗姬娣，我沒事。只是嚇了一跳。我沒想到那是魔導具。」

想不到那封信竟然是魔導具。如果只要往回信用的信紙注入魔力，信件就會送回到寄件人身邊，那確實不需要寫寄件人的姓名和地址。

「等神官長結束儀式，請通知我一聲。我有事情要告訴他。」

冬季材料蒐集

必須向斐迪南報告才行──我懸著一顆心，靜靜等著奉獻儀式結束。因為目前為止寫給前任神殿長的私人書信，都來自於似乎是前任神殿長直幫忙通融的平民，從來沒有過來自貴族的信。我想是因為領地內的貴族在當時很快便接到通知，知道了前任神殿長與他領貴族遭到逮捕，領主的母親也被幽禁。但是，領主的母親與其派系被捕一事，算得上是轟動的大事件。說不定領主還下了封口令，包括前任神殿長的死訊在內，這些事情不能讓他領知道。想到這個可能性，我嚇得臉色發青。

……我搞不好闖下了大禍。

我忐忑不安地等著儀式結束，這時一隻白鳥飛了進來。雖然很像是奧多南茲，但白鳥的體型小了一些，在桌上變成了兩封信，飄落到我面前。拿起信一看，一封是我寫的回信，另一封是回覆給我的回信。對方對前任神殿長的逝世表達了哀悼，並慎重地感謝我通知她這項消息。看到不是「再說得清楚一點！」和「怎麼會這樣！」這類氣急敗壞的內容，我安心地吐出大氣。這次的信沒有附上回信用的信紙，所以我判斷應該是不用回信。

「羅潔梅茵大人，奉獻儀式似乎結束了。」

走廊上先是傳來了青衣神官們陸續走過的腳步聲，接著是斐迪南與灰衣神官把今天在奉獻儀式上注滿魔力的小聖杯送進來。法藍打開要放置小聖杯的櫃子，與幾名灰衣神官分工合作，把小聖杯放進去。我一邊看著他們，一邊叫住斐迪南，想報告信這件事。

「神官長，呃，我收到了寄給前任神殿長的信……」

大概是累壞了吧。斐迪南的態度非常敷衍，輕揮了揮手只差沒說「這點小事別每次都來問我」。

「嗯，又收到了嗎？和往常一樣，告訴對方他已經過世了吧。」

「我已經回覆了。然後，對方又寄來了表達哀悼與感謝的回信……」

「是嘛，那就沒問題了吧。」

看來是在今天的奉獻儀式上，以前與前任神殿長來往密切的青衣神官們惹得他很心煩，斐迪南眉間的皺紋皺得很深。今天最好別找他說話──雖然我也這麼心想，但還是想消除自己內心的不安。我慢慢吸一口氣，又對斐迪南說：

「那個，神官長，我想請教一件事情。」

「怎麼？還有什麼事嗎？」

斐迪南不悅地瞪過來，我一瞬間感到畏縮，但還是點點頭。

「關於前任神殿長已經過世一事，是否下了封口令，不能告訴他領呢？」

「不，並沒有，反倒是領主的母親受到處分，遭到幽禁一事禁止外傳，以免他領藉機趁虛而入。但關於前任神殿長死亡一事並沒有。至今不也回信告訴過別人了嗎？妳怎麼現在還問這種事？」

「不，那就好。抱歉在神官長這麼疲倦的時候還打擾你。」

……安全過關。應該不至於闖下大禍。

看來告訴疑似是秘密戀人的女性前任神殿長已經去世不會有問題，我如釋重負。

……也幸好神官長沒有打破沙鍋問到底。

如果要向神官長揭露前任神殿長的純純之愛，總覺得是對死者非常不敬的行為，讓我難以忍受。斐迪南可是個能利用就利用到底的人，光是試想與前任神殿長通信的那位不具名女性不知道會遭遇到什麼事情，我就心驚肉跳。

因為是至今從未見過的信件魔導具，我才驚慌失措，但斐迪南說得沒錯，目前為止已經收到過好幾封給前任神殿長的信了。雖然是魔導具，但那位女性的信也只是其中之一。這樣一想，心情瞬間變得輕鬆許多，我也放鬆了緊繃的肩膀。

正如同斐迪南的推測，奉獻儀式在三天內便結束了。屋外和去年一樣下著猛烈的暴風雪，我們往他人所託的所有小聖杯都注滿了魔力。

「羅潔梅茵，妳要再次確認所有的小聖杯，記得牢牢上鎖。坎菲爾、法瑞塔克，你們要監督灰衣神官收拾儀式廳的祭壇，把神具放回禮拜堂。」

「是。」

依著斐迪南的指示，我們各自開始行動。先請灰衣神官們幫忙搬運注好魔力的小聖杯，擺進神殿長室的櫃子裡。然後我和法藍及莫妮卡一起確認了所有小聖杯都放進去以後，牢牢鎖上鑰匙。這樣就好了。我點一點頭，這時門外傳來了細微的鈴聲，是斐迪南侍從所用的鈴聲。

「羅潔梅茵大人，神官長請求入內。還請您指示。」

是要確認櫃子有沒有牢牢鎖上吧。我下達入內許可後，斐迪南拿著一根長長的棒子走進來，舉到我眼前。

「羅潔梅茵，往這裡面注入妳的魔力吧，而且要盡快注滿。」

斐迪南遞來的，是本來該放回禮拜堂的神具。看著眼前的火神萊登薛夫特之槍，我愣了一下，慌忙握住槍柄。同時，可以感覺到魔力開始流向槍柄上並排的小魔石。

「呃，神官長，要用我的魔力注滿這個神具嗎？為什麼呢？」

奉獻儀式上，平日裡奉獻給神具的魔力也會流往小聖杯，所以在奉獻儀式才剛結束的現在，所有神具都是沒有半點魔力殘存的狀態。如果要注滿這把長槍，會需要不少的魔力。雖然不是辦不到，但我一頭霧水。

「因為要讓這把長槍成為妳的武器。妳沒有武器吧？妳得注滿魔力，才能把神具當作武器使用。」

斐迪南挑起眉毛，脫下可以阻絕魔力的皮革手套，一臉這沒什麼大不了的表情說，但我想問的不是這個！從我的常識來看，要把原本裝飾在祭壇上的神具拿來當作是自己的武器使用，這也太離譜了。

「我確實沒有武器，但這是神具耶?!是萊登薛夫特之槍喔?!怎麼可以拿來當作是我的武器！」

「因為沒有其他魔導具能當妳的武器。要是騎士團的武器能用，我早就拿來讓妳用了，但妳連常人該有的體力和臂力都沒有吧？為了採集材料，這也是非不得已。」

由於秋季材料的採集失敗了，冬季材料的採集一定要成功。為此需要武器，就斐迪南所知又只有萊登薛夫特之槍能用，所以這也是無可奈何吧。

「……可是，這是神具吧？真的沒關係嗎？」

「我已經取得了奧伯的許可，況且神殿長使用神殿裡的物品有什麼不妥嗎？總之妳必須要有武器，別再有意見，快點注入魔力。」

聽到斐迪南這麼說，我不禁覺得自己好像只是在無理取鬧。既然領主齊爾維斯特都下達許可了，應該沒問題吧。我抱著豁出去的覺悟，花了數小時的時間往萊登薛夫特之槍注入魔力。但是，這麼做好像會遭天譴的感覺還是揮之不去。

……神哪，我只是借用一段時間。之後一定會歸還，請不要生氣喔！

往長槍注完了魔力，我前往孤兒院。因為預計等奉獻儀式結束，就要提早返回城堡，所以我想先去看看孤兒院的情況。

「吉魯、弗利茲，請報告現在手工活的進度吧。」

我向吉魯和弗利茲確認了繪本的印刷進度，還有歌牌與撲克牌的完成數量。順便也告訴了兩人城堡裡兒童室的情況，也請葳瑪報告孤兒院的現況。

「歌牌和撲克牌現在已經在貴族的孩子們之間流行起來了，繪本也大受歡迎。葳瑪畫的圖畫深受喜愛，在貴婦人們之間也……」

身為畫了手裏劍畫像的共犯，葳瑪說著「希望永遠也不會被發現呢」，抿嘴輕笑。

「唔呵呵，其實我已經在想接下來要做什麼了。」

「羅潔梅茵大人，您又會挨神官長的罵唷。」

「放心，我也想好對策了。」我說完咧嘴一笑，葳瑪驚呼一聲「哎呀！」大笑起來。葳瑪看著我的眼神，完全就像在看著愛調皮搗蛋的小孩子。

在我們說話的時候，女孩子們正在另一邊認真編織。負責教導大家的，是從哈塞暫住到這裡來的諾拉。哈塞的冬天手工活聽說是編織，所以年幼的瑪塔技巧也相當熟練，正指導著在旁邊編織的戴莉雅。循著我的視線望去，葳瑪瞇眼微笑。

「為了讓自己可以過個溫暖的冬天，大家都很努力在編織呢。諾拉也不再只是一味地接受他人的教導，現在能夠教導別人，變得有精神多了。」

在哈塞剛加入孤兒院的四個人當中，聽說最先融入神殿生活的，是年紀最小的瑪塔；托爾和瑞克也透過去森林採集、在工坊造紙，逐漸地適應了周遭環境。當中，最年長的諾拉最難以適應環境的變化。畢竟要改變長年來的習慣並不容易，再加上總是年紀比自己要小的孩子們在教導自己，處在這種情況下，她好像漸漸喪失了自信。在這裡因為要一大群人一起生活，不再像以前一樣能常常與弟弟他們相處，偶爾會看見她鬱鬱寡歡的樣子——葳瑪這麼告訴我。

「現在能把自己知道的事情教給大家，實際感受到了自己也能幫上忙以後，大概是覺得有了自己的容身之處，最近變得比較常笑了。」

「這樣呀。看到大家都過得很好，我就放心了。接下來也麻煩葳瑪了。」

「遵命，羅潔梅茵大人。」

確認過了孤兒院的情況，也照著指示往萊登薛夫特之槍注好魔力，我向斐迪南報告「隨時都能返回城堡」。正在討論不如明天就動身回城堡的時候，一隻白鳥飛進房間。奧多南茲在辦公桌上降落，收起翅膀。

「斐迪南大人，請即刻趕回。冬之主出現了，今年是司涅圖姆。」

卡斯泰德帶著焦急的話聲重複了三遍以後，奧多南茲變回魔石。斐迪南取出思達普，輕敲魔石唸著「奧多南茲」。

「隊伍交由你編排，作好準備，我馬上回去。」

斐迪南很快揮下思達普，奧多南茲往外飛去。他接著消除思達普後，表情嚴肅地轉頭看我。

「羅潔梅茵，快高興吧，說不定能收集到最高等級的魔石。快作好準備前往城堡。服裝要以採集時的裝扮為準，記得作好充足保暖。」

消滅魔獸就是冬季材料的採集嗎？我臉色蒼白地衝回房間，請法藍轉告艾拉停止煮飯，馬上準備返回城堡。羅吉娜也開始打包準備。在場聽見我指示的兩名護衛騎士也臉色大變，開始動作。在我更衣的時候先由布麗姬娣負責護衛，達穆爾離開房間去換上鎧甲。

我在莫妮卡與妮可拉的協助下換上衣服。為了禦寒，先疊加地穿了好幾件貼身衣物，再和之前採集時一樣套上褲子，穿上外衣。穿上保暖材質的外衣以後，其實我就有些難以動彈了，但還是再套了一件厚重的外衣。現在要在連日來都毫無停止跡象的暴風雪中，出發前往採集材料，保暖的衣物多穿幾件有備無患。

「……布麗姬娣，冬之主是什麼？」

莫妮卡與妮可拉為我更衣的時候，我問布麗姬娣。

「每年入冬後出現的魔獸當中，最強的魔獸被稱為冬之主。是擁有強大魔力，還能引發暴風雪的魔獸。若不消滅冬之主，就會延誤到春天的來臨，所以一旦牠出現，城堡裡頭便會留下最基本的人手，動員艾倫菲斯特的所有騎士前往討伐。」

被稱作冬之主的強大魔獸每年都會出現。但聽說每次出現的種類都不一樣，而司涅圖姆又屬於極度難纏的魔獸。既然要採集魔獸的魔石，代表我得和騎士們在舒翠莉婭之夜做的一樣，用武器打敗魔物嗎？

「……所以要由我消滅冬之主嗎？」

「等騎士團削弱了冬之主的力量，我想會由羅潔梅茵大人給牠最後一擊，然後獲得魔石。有大家跟在您身邊，您不必太過擔心。」

布麗姬娣露出了想讓我安心的笑容，但我一點也無法安心。任憑我左想右想，也想像不出自己可以像布麗姬娣和艾克哈特那樣動作。

「布麗姬娣，換妳了。」

達穆爾穿好全身鎧甲回來，換布麗姬娣離開房間去作準備。

莫妮卡她們幫我綁好頭髮，我再戴上軟綿綿的毛帽和斐迪南借的皮革手套。聽說這是騎士團見習騎士在用的手套，經過加工後，可以讓魔力穿透。和戒指魔導具一樣，手套咻地改變大小，剛好地套住了我的雙手。

「達穆爾，冬之主很厲害嗎？我有辦法打倒牠嗎？」

「……很遺憾，我去年因為被降級為見習騎士，還沒有一同前往討伐過冬之主。我只聽同僚描述過，聽說非常強大。」

因為討伐都發生在見習騎士待在貴族院的時候，能夠同行的全是成年騎士。雖然去年冬天是達穆爾成為騎士的第一年，但他因為在討伐陀龍布過後受到降級為見習騎士的處分，又成了我的護衛待在神殿，所以對達穆爾來說，這也是人生首次討伐冬之主。

所有人都作好準備了。我拿著萊登薛夫特之槍，前往距離貴族門最近的出入口。長槍盈滿魔力，變成了我的武器以後，感覺不到什麼重量。在稍微變寬的門扉前方，斐迪南已經變出了騎獸。

「法藍、薩姆，聽我的指令開門。羅潔梅茵，妳先在這裡變出騎獸，讓所有人坐進去。布麗姬娣，麻煩妳一同乘坐。」

法藍和薩姆跑到門邊待命，我依著斐迪南的指示先在屋內變出小熊貓巴士，讓艾拉和羅吉娜上車。布麗姬娣和我也坐進去。

「羅潔梅茵，冬之主一旦失控，暴風雪會變得更加猛烈，視野也會極度不佳。我會盡可能飛近一點，妳要小心別跟去。布麗姬娣，麻煩妳了。」

「是！」

斐迪南揮開披風，用著難以想像全身穿著鎧甲的輕盈動作跳上騎獸，昂首直視前方。

「開門！」

法藍與薩姆握住門把。門才開了一道縫隙，呼嘯的風雪便灌進來，大門發出了「磅！」的巨響霍然敞開。斐迪南騎著騎獸往外飛去，迎戰駭人的暴風雪。我緊盯著斐迪南的藍色披風，也開始移動騎獸。

先是在神殿內往前狂奔，才剛穿過貴族門，在我之後出發的達穆爾便追過小熊貓巴士，與斐迪南並行。藍色與黃土色的披風在我前方翻飛飄動。我把兩人的披風當作路標，操縱騎獸。陰鬱厚重的灰色天空不停飄下白雪，兇猛地迎面撲來。視野變作一片雪白，感覺雪片好像來自四面八方，我甚至無法感覺不出風向。要是沒有兩人的披風，我隨時有可能掉下去。

「羅潔梅茵大人，請再稍微往右。城堡應該快到了。」

幸好還有坐在副駕駛座上的布麗姬娣擔任導航，我才沒有跟丟斐迪南和達穆爾，成功地抵達了城堡。我看見斐迪南送出了奧多南茲，諾伯特很快前來開門。

「艾拉、羅吉娜，快下去！我們要前往騎士團的集合地點！」

艾拉和羅吉娜對布麗姬娣用力點頭，衝進諾伯特打開的大門。

確認了玄關大門重新關上後，斐迪南上下揮動左臂，騎獸再度開始移動。

「騎士們似乎都已經到齊了，現在要前往騎士團的第一訓練場。」

看懂了斐迪南暗號的布麗姬娣說，我照著她的指示移動騎獸。

供騎士團進行訓練的訓練場有好幾個，每個都很遼闊。畢竟要騎在騎獸上練習戰鬥，大也是當然的。然而這會兒建築物與四周的飛雪全是白色，我根本看不出來哪裡到哪裡是訓練場。斐迪南的騎獸飛進了其中一個訓練場。達穆爾則騎著騎獸停在門前等待，為我指路，我率先進入訓練場。

「讓你們久等了。」

斐迪南說完，全員一致跪下。我也走下小熊貓巴士，站到斐迪南旁邊。聽說冬之主強大到只會在城堡裡留下最低必要的護衛騎士，再動員其餘所有騎士前往討伐，看來是一點也不誇張，訓練場內騎士團已經排成了一列列隊伍。據說常駐在艾倫菲斯特的騎士約莫有五十人，今天連駐守在地方的騎士們也趕回來，所以放眼望去，我想在場恐怕有兩百五十人左右。

「今年也出現了冬之主。上級騎士要傾盡全力斬斷冬之主的四肢，中級騎士負責消滅眷屬，下級騎士要守在羅潔梅茵的騎獸四周，解決漏網之魚。」

「是！」

「布麗姬娣，妳先和羅潔梅茵共乘騎獸，等到了指定地點，再與中級騎士會合。達穆爾，你與下級騎士一起行動。」

「是！」

聽了斐迪南的指示，達穆爾跑向整齊列隊的騎士團。我望著跑遠的達穆爾時，斐迪南又低頭看向我說：

「羅潔梅茵，在我叫妳之前，妳要在騎獸上待命，絕不能離開我指定的地點。」

「是。斐迪南大人，請問我可以祈禱大家凱旋歸來嗎？」

我能幫上忙的事情不多。與其等到上了戰場，情況一片混亂，我想先在還有餘力的時候給予祝福。斐迪南表情肅穆地環顧騎士們，緩緩點頭。

「……雖然我希望妳盡可能保存魔力，但今年要把冬之主的魔石讓給妳。嗯，也好。」

得到了斐迪南的許可，我往戒指注入魔力。希望大家能夠戰勝強大到必須出動整個騎士團的魔獸。

「願火神萊登薛夫特的眷屬，英勇之神安格利夫給予眾人庇佑。」

藍光從戒指飛出，灑向整個騎士團。由於人數不少，使用了比預期還多的魔力。

「準備出發！」

斐迪南一聲令下，所有人迅速起身，開始準備騎獸。我正要坐進騎獸的時候，斐迪南叫住我。

「羅潔梅茵，妳剛才用了不少魔力吧？在戰鬥開始前先喝下這個。還有，為了保存魔力，調整妳騎獸的大小吧。」

我把小熊貓巴士調整成了我和布麗姬娣兩人能乘坐的大小後，坐進騎獸，再看著斐迪南遞給我的藥。為了消滅魔獸，我需要魔力。我抱著想哭的心情，一口氣灌下沒有調整過苦味、只重視效率的斐迪南牌超難喝回復藥。雖然嘴巴裡的苦味足以致命，但最好還是讓身體恢復到最佳狀態。

「出發！」

卡斯泰德與上級貴族騎士們帶頭衝鋒，斐迪南殿後。中級騎士又跟在斐迪南與上級騎士後頭，維持著團團圍住我的陣形開始移動。

可以感覺到北方有股強大的魔力，騎士團向著北邊有條不紊地前進。眾人都驅策著騎獸，不畏暴風雪地奔向強大魔力的源頭。半空中，周遭的騎士們不時會製造出「喀嚓喀噹」的聲響，轉過頭來看我。是為了看小熊貓巴士吧，但頭盔造成的聲響很恐怖。
隨著越來越接近強大的魔力，風雪也變得越來越猛烈。才剛看見暴風雪中心有道巨大的黑影，斐迪南便命令我留在原位待命。
「羅潔梅茵，妳留在這裡待命。握住長槍，作好隨時能衝出來的準備。」
聽見斐迪南的指示，布麗姬娣跳出小熊貓巴士，變出自己的騎獸跨坐上去，飛往自己在中級騎士隊伍中的指定位置。斐迪南揮開藍色披風，回到上級騎士的隊伍。現在換成下級騎士圍繞在我四周。

與司涅圖姆的戰鬥

我讓小熊貓巴士飄浮在半空中，以免被風雪困住，四周圍了一圈保護我的騎士。我瞇起眼睛，仰頭看向如漩渦般翻騰湧動的暴風雪，但純白的雪花彷彿從四面八方直撲而來，視野非常糟糕。連附近騎士們的黃土色披風也變得非常模糊。

「羅潔梅茵大人，我是達穆爾。」

一名騎士騎在騎獸上挨近，對我說道。

「我得到了斐迪南大人的命令，請問我能進去嗎？」

「請進。」我答完，讓副駕駛座那邊的車門變寬。達穆爾經由自己騎獸的翅膀走進副駕駛座後，把騎獸變回魔石。

「斐迪南大人說了什麼嗎？」

達穆爾略略別開視線，說斐迪南因為擔心我，所以要他跟在我身邊。雖然達穆爾說得非常委婉，但簡單歸納之後，意思就是「在我去叫她之前，你要好好監督羅潔梅茵，別讓她做任何事，也別讓她惹出任何麻煩」。顯然是完全不相信我。

「斐迪南大人還說了，叫您一定要以保存魔力為重。因為羅潔梅茵大人很容易感情用事，只考慮到眼前的情況就進行祈禱，所以要我來阻止您。」

「唔唔……」

完全被斐迪南看穿了。我不敢保證我絕對不會這樣。見我支支吾吾，達穆爾為難地垂下眉尾，露出可憐兮兮的表情。

「我好不容易剛從見習騎士變回騎士，請您別衝動行事，害我遭受到處分。」

因為受到斯基科薩牽連，達穆爾努力地當了一年的見習騎士，看到他用欲哭無淚的表情向我懇求，我不得不點頭。不過，我還是只能給他「我盡量自制」的回答。

「……這個就是羅潔梅茵大人的騎獸嗎？姑且不論外觀，內部還真驚人。」

坐在副駕駛座上的達穆爾到處觸摸巴士內部，「嗚哇」「噢噢」地小聲驚嘆。

「唔呵呵，坐起來很舒服吧？」

「是的，就和布麗姬娣告訴我的一樣。」

因為布麗姬娣總是一派鎮定地坐在副駕駛座上，雖然我知道她相當中意，但她的個性比較沉默寡言。我頂多能發現她的嘴角有些上揚，卻很少聽到她告訴我感想。我興沖沖地追問：「布麗姬娣說了什麼呢？」達穆爾稍微低下頭，垂下目光回想。

「她說單純只論移動，羅潔梅茵大人的騎獸坐起來確實很舒適，但如果要拿著武器進行戰鬥，還是跨坐在騎獸上更好揮動武器。」

「確實騎士都要戰鬥才行呢，坐在這裡面是不太方便……可是，只要把騎獸區分成戰鬥用和移動用的，這樣不就好了嗎？」

我這麼提議後，達穆爾表示，騎士為了能在瞬間變出騎獸，都需要明確的想像畫面與習慣，所以對於重視反應速度的騎士來說，很難依據用途使用不同的騎獸。

「羅潔梅茵大人雖然能夠隨意地變化大小，但其實這種事情並不容易。」

雖然達穆爾這麼說，但其實這是因為我腦中的想像畫面每次都是車子。不管是單人座到小巴士，全部都是車子的外形，所以我才對改變大小這件事並不感到抗拒吧。

「啊，開始了。請看，那是騎士團長和斐迪南大人。」

隔著暴風雪形成的漩渦，左右兩邊各出現了一道強光。達穆爾指著強光說道。但不管我再怎麼定睛細看，也看不見斐迪南和卡斯泰德，只看見有兩道相同大小的亮光。

「在遠處可能看不出來，但那個就是在舒翠莉婭之夜打倒了戈爾契的攻擊。」

「那個一招就打倒戈爾契的攻擊嗎？」

「羅潔梅茵大人，請小心！強烈的衝擊要來了！」

在達穆爾尖聲大喊的同時，兩道光芒也往前飛出。光芒拖曳著長長的尾巴，分別從左右兩邊撞上暴風雪形成的漩渦，接著是我忍不住摀住耳朵的震天巨響。

漩渦僅一瞬間被打亂，暴風雪也因此停歇片刻，我看見了揮下巨劍的兩人。

既然是斐迪南曾打倒過戈爾契的攻擊，說不定能輕鬆獲勝──我正樂觀地這麼心想，下一秒漩渦附近的騎士們紛紛失去平衡，被往後吹飛。透過騎士們的動作，可以肉眼辨視出波浪般的衝擊正往這裡疾速撲來。

……來了！

我才繃緊全身，足以連同騎獸把我吹飛的衝擊便猛烈襲來。我使力握緊方向盤，注入魔力穩住小熊貓巴士。四周的騎士們都踉踉蹌蹌，但也勉強穩住了身子。連與爆炸中心有段距離的這裡都能感受到這麼強大的衝擊，那中心附近的衝擊更不知道有多強烈。

度過了衝擊以後，我環顧四周。一切看來非常平靜。但是，暴風雪形成的漩渦還在原地。

「……我們贏了嗎？」

「不，司涅圖姆應該沒有這麼好對付。」

達穆爾否定後，直視前方。緊接著，我聽見了彷彿來自地底的「喔喔喔喔喔」低嗥聲，同時暴風雪變得更加兇猛。本來還像漩渦一樣翻騰，如今速度卻快得簡直像是龍捲風，甚至還不斷擴大。

……我們真的贏得了這樣的對手嗎？

我嚥了嚥口水，這時龍捲風般的暴風雪中接連飛出了白色物體，掉往四周。遠遠看去像是許多小白塊，但大小比騎士們的騎獸要再大一點。那是什麼呢？我聚精會神地仔細觀察，發現那些白塊各自都變成了像是動物的形狀，對周圍的騎士展開攻擊。有的長得像豹，有的長得像兔子，有的像野狼。大小和種類不盡相同，但全都撲向騎士，騎士們也上前應戰。

「那是什麼？」

「那是冬之主的眷屬，司涅圖姆以魔力做出的手下。」

達穆爾直視著前方簡短答道。看來那些白色動物是司涅圖姆用魔力做出來的。而且那些眷屬似乎源自於風雪，所以眷屬出現以後，捲著漩渦的暴風雪也稍微緩和下來，逐漸顯露出了中心巨大魔獸的身影。

「那個就是、司涅圖姆……」

在逐漸散去的暴風雪中心，是比在舒翠莉婭之夜變大後的戈爾契還要巨大的魔獸。

司涅圖姆的外形宛如雪虎。牠巨大的身軀有著白虎般黑白相間的條紋，口中延伸出了長長的尖銳利牙，四肢還有銳利的爪子。雙眼巨大猙獰，不知道是不是魔獸的特徵，閃爍著兇殘的紅光。身體遠遠看去就像一座高山，斐迪南和卡斯泰德騎著騎獸在牠四周飛行攻擊時，看起來簡直像是蒼蠅繞著貓咪在打轉。雙方體積的差異就是這麼巨大。

司涅圖姆左右地移動目光，試圖看清那些在牠身旁飛來飛去的騎士。明明身體那麼魁梧，牠的動作卻很敏捷，迅速地舉起了前腳掃開那些想攻擊牠的騎士。而每當司涅圖姆激動怒吼，跟著就會引發暴風雪。牠會先發出低嗥，然後在張口咆哮的同時颳起風雪，生出眷屬。

「真的沒問題嗎？」

連斐迪南和卡斯泰德兩人聯手攻擊，好像也沒能傷到司涅圖姆一根寒毛，我們真的有辦法打贏牠嗎？我橫看豎看都覺得無法打贏。我不安地看向達穆爾，他也神色凝重地緊盯著司涅圖姆。

「我想應該會演變成長期戰鬥。」

達穆爾猜得沒錯。只要司涅圖姆咆哮著颳起風雪，都會從中生出各種不同的白色眷屬。大概是沒有那麼難對付，騎士們看來相當輕鬆地消滅了牠們，但魔獸們被消滅後都如同風雪般散開，再回到司涅圖姆那裡去。

「又來了。」

每當眷屬的數量減少，司涅圖姆四周的暴風雪也會逐漸增強。就在暴風雪快要掩蓋住牠的身影之前，司涅圖姆又會發出猶如來自地底的低吼，接著是響徹雲霄的咆哮。每次咆哮，眷屬就接二連三地從暴風雪中衝出。重新出現的眷屬們再度襲向騎士，中級騎士們負責上前殲滅。但是，這樣的戰鬥根本看不見盡頭。一開始戰鬥還看似對我們有利，但漸漸地變成只能打成平手，騎士們好像也慢慢陷入苦戰。

「都已經有羅潔梅茵大人的祝福了，還打得這麼吃力嗎……」

舒翠莉婭之夜我也向英勇之神安格利夫祈求了庇佑。當時得到庇佑後，護衛騎士們的動作都明顯有了變化。然而這次即使得到庇佑，看來仍然陷入了苦戰。

「危險！……啊，可惡！」

現在單靠中級騎士已經抵擋不了所有眷屬，下級騎士們正拚命打倒跑到這裡來的眷屬。達穆爾咬牙切齒，一臉恨不得馬上衝出去支援大家的表情，護手甲底下的手不停握緊又鬆開。我非常明白他想支援大家的心情，也明白他身為騎士想上場戰鬥的心情。但是，達穆爾的任務是保護我，雖然我很想對他說「你可以去沒關係」，但我說不出這種會讓他違反命令的話。

「要是我也能幫上忙就好了……」

「您已經給了大家英勇之神安格利夫的庇佑，已經非常足夠了……況且斐迪南大人也再三囑咐過您，要保留魔力，您忘記了嗎？」

即使看到夥伴們陷入困境，達穆爾還是提醒我別再使用魔力。雖然明白，但只能眼睜睜看著也很痛苦。我心急如焚，更別說還看到同伴們陷入苦戰。

「每年艾倫菲斯特的騎士團都要討伐冬之主。儘管在冬之主當中，司涅圖姆是特別巨大的對手，但也不是絕對無法打倒。」

因為等同是在與冬季對抗，演變成長期戰鬥也是當然的，每年都是這樣——聽到達穆爾這麼說，我要是還衝出去，在別人眼裡只會覺得我是笨蛋吧。

「上級貴族的騎士們也在奮戰。羅潔梅茵大人的任務是保存魔力，靜候指示。」

雖然目光一直忍不住投向在附近奮戰的騎士，但中級與下級騎士們努力撲滅著接連出現的眷屬時，上級騎士們也在攻擊巨大的雪虎。

好幾頭騎獸都朝著巨大的司涅圖姆衝去，到處都能看見亮起的小光點，隨後飛向司涅圖姆。雖然威力看起來比不上斐迪南和卡斯泰德，但多半是同樣的攻擊吧。但是不管被多少亮光擊中，司涅圖姆的動作絲毫沒有變化，攻擊好像全然無效。

膠著狀態持續了好一段時間。不管打倒了多少次，眷屬都會重新出現，騎士們不斷地努力消滅。由於漸漸地開始陷入苦戰，我還以為會不會就這樣兵敗如山倒，但並沒有發生這種情況。騎士們喝下了各自準備的藥水，恢復體力，繼續戰鬥。正如達穆爾所說，大家都做好了會長期戰鬥的覺悟，早已為此做好準備。

「……真希望大家可以在陷入苦戰前就先喝藥水呢。」

「因為不知道戰鬥會持續到什麼時候，大家也想盡可能保存藥水。」

我不曉得究竟過了多久時間。雖然確實是不管再怎麼打倒，眷屬都會重新出現，但籠罩在司涅圖姆四周的暴風雪有慢慢減緩的趨勢，每次咆哮所生出的眷屬數量好像也減少了。

「司涅圖姆的力量好像稍微變弱了。」

達穆爾才剛這麼說完，司涅圖姆的左右兩側再度出現了兩道格外耀眼的強光，光芒的耀眼程度等同第一次攻擊。達穆爾的雙眼亮起了希望光輝，微微往前傾身，注視著司涅圖姆的方向。

「是騎士團長和斐迪南大人！」

看見他像是發現了獲勝希望的眼神，我也握緊方向盤，探出身子凝神細看。

兩人放出的亮光瞄準了司涅圖姆的右前腳。光芒交錯般地飛出後，貫穿前腳，轟隆一聲爆炸。大概是進入了司涅圖姆體內以後才爆炸，所以這次並沒有巨浪般的衝擊襲來。想必兩人都使出了十成的力量，司涅圖姆的右前腳斷成兩截落地。

下一瞬間，周圍的上級騎士們動作一致地朝著左前腳展開攻勢。集中攻擊似乎相當有效，司涅圖姆大聲怒吼。

與剛才生出眷屬時的低嗥聲完全不同，司涅圖姆發出了充滿痛苦與憤怒的低吼，開始大力扭動掙扎。就在這時候，牠四周的暴風雪徹底散開，騎士們努力對抗著的眷屬也悉數消失。

「贏了……嗎？」

「不知道，但暴風雪平息了……不行！傷口開始癒合了！」

還以為這次贏定了，結果沒有。司涅圖姆是把用來引發暴風雪的力量，用在治癒自己的傷口上。遭到集中攻擊的左前腳傷口開始逐漸癒合。即使得花上一點時間，但再這樣下去，好不容易砍斷的右前腳也會重新再生吧。

我張大著眼睛注視司涅圖姆時，發現有頭騎獸以極快的速度朝著這裡飛來。

「羅潔梅茵大人，是斐迪南大人！」

我先出去以免礙事！達穆爾這樣大喊著在小熊貓巴士外變出自己的騎獸，跨坐上去。我也立刻抓起萊登薛夫特之槍，等著斐迪南過來。

「羅潔梅茵，過來！」

斐迪南朝著小熊貓巴士伸出大掌。但就算要我過去，現在小熊貓巴士可是停在半空中。我雖然讓車門變寬變大，卻不知道接下來該怎麼做。就在我拿著長槍猶豫不決時，斐迪南嘖了一聲，取出思達普。

他振臂一揮，一條光帶旋即飛來，纏繞住了我的身體。咦？咦？在我還沒搞清楚狀況的時候，斐迪南就像釣魚一樣用力一拉。我的身體「咻」地飛進半空中，回過神時已經坐在斐迪南的騎獸上了。

「真會給人添麻煩。」

「……給、給神官長添麻煩了。」

我把自己的騎獸變回魔石，坐在斐迪南的騎獸上移動。和搭乘小熊貓巴士時的感受完全不同，空氣幾乎要扎穿皮膚般冷冽刺骨，高速移動下更是難以張開眼睛。

「想贏就得趁著司涅圖姆尚未完全再生，絕不能錯過這個機會。」

「……是。」

「雙手握緊長槍，全力注入魔力。」

斐迪南的左手臂攬住我的腰，以免我掉下去。我用雙手牢牢握緊萊登薛夫特之槍，注入魔力。由於魔石已經變色了，長槍應該早已盈滿魔力，然而我繼續傾注後，魔力還是流入了長槍裡。

澄澈清朗的藍天再度變作陰天，飄起雪花。司涅圖姆左腳上的傷口似乎完全癒合了，牠用力地揮動左腳。右前腳看來也有一半已經再生。

「還沒。」

頭頂上方傳來斐迪南的話聲。我注視著不斷逼近的司涅圖姆，繼續往長槍注入魔力。斐迪南忽然讓騎獸仰頭朝上，一骨碌地往上飛。

「還不夠。」

我卯足了力量讓魔力流入長槍。大概是飽和了，魔力開始迸出劈哩啪啦的火花，萊登薛夫特之槍的槍尖也發出藍色光芒。

「右手握好長槍，隨時準備投擲。」

我點頭回應斐迪南的指示，握好萊登薛夫特之槍，作好了隨時能夠擲槍的準備。斐迪南邊說著「握緊了」，邊用右手握住我的手腕，以免自己的手碰到長槍，握著轠繩的左手則像安全桿一樣牢牢地固定在我的肚子上。

「準備！」

斐迪南說完這一句話，騎獸開始往正下方俯衝。因為是加速往下飛行，比自由落體還要恐怖。我耳中只能聽到斐迪南的披風啪答啪答的拍動聲，空氣像用搧的不斷打在臉上，再加上胃裡的東西快要逆流的漂浮感，都讓我不由自主地眼眶泛淚。我發出了不成聲的尖叫，和斐迪南一起朝著司涅圖姆衝去。

「投擲！」

斐迪南大喝道，捉住我的右手腕幫忙轉動，讓我能夠擲出長槍。我能做的，就只是配合時機放開發出藍光的長槍。

一鬆開手，萊登薛夫特之槍有如閃耀著藍光的流星，筆直地朝著司涅圖姆落去。

確認擊中目標後，斐迪南立即讓騎獸轉向。由於他突然間轉彎，壓力也變成了來自不同方向。突如其來的重壓讓我「唔唔」地發出呻吟。

下一秒，轟隆的地鳴聲伴隨著劇烈的衝擊從下方傳來。斐迪南藉由讓騎獸上升避開了衝擊，一度在空中停止不動。不同於只能緊抓著斐迪南左臂的我，斐迪南向外傾身，往下察看地面。

「討伐完畢，下去回收魔石吧。」

斐迪南彷彿一切都在計畫之中似的淡然說道，往司涅圖姆原本的所在位置下降。

「羅潔梅茵，妳振作一點。魔石必須由妳來回收，要暈倒還是不支倒地等回收完後再說。」

真是強人所難呢……我一邊心想著，一邊緩緩吐氣。

萊登薛夫特之槍與魔石正躺在地面上剛形成的大洞裡。司涅圖姆已經不見蹤影，刺在魔石上的萊登薛夫特之槍完好如初，魔力早已釋放殆盡。我照著斐迪南所說的，拔起萊登薛夫特之槍，回收魔石。白色魔石因為我魔力的關係，幾乎變成了淡黃色。

「還差一點，繼續注入妳的魔力吧。如果現在剩下的魔力不夠，也可以先用皮袋包起來，帶回去後再注入魔力……」

但我想盡可能排除染上他人魔力的風險，斐迪南說。難得最高品質的材料就在眼前，我也想在最好的狀態下持有它。

「我現在就做。」

我拿起魔石，開始注入魔力。期間，騎士們對自己施以治癒，回復體力，準備返回城堡。

「今年的討伐比預期還早結束，都是多虧了羅潔梅茵。」

卡斯泰德輕輕把手放在我的頭上，咧嘴笑道。雖然看來像是陷入了苦戰，但聽說往年的情況更嚴重。卡斯泰德說因為有我給予英勇之神的庇佑，又使出了全力給予致命一擊，今年才能這麼輕鬆，還大幅提早結束。

「嗯，看來可以了。」

斐迪南說道，我注視著已經徹底染上了自己魔力的魔石。採集材料第一次成功了。我安心地逸出嘆息，把魔石放進採集袋裡。

隔天暴風雪散去，碧空如洗。聽說城堡裡的孩子們看到久違的藍天，全都高興地發出歡呼聲，飛奔到屋外。好像還玩了類似溜冰的遊戲，坐在雪橇上玩耍。天氣這麼晴朗，孤兒院的孩子們一定去森林採帕露了吧。

大家都開心地在屋外玩耍時，我卻發著高燒躺在床上。

……唉，好想吃帕露煎餅喔。

聽見我的低喃，只有達穆爾用重重的點頭回應我。

冬末

討伐了冬之主後，天氣晴朗的日子慢慢一點一點增加。當然還是有幾天會下雪，天氣仍然十分寒冷，但這陣子零零散散地從貴族院回到城堡的學生變多了，好像是上完了課和做完作業的人會先回來。

見習騎士會參加騎士團的練習，出席騎士團的聚會；見習文官也會幫忙文官處理公務，出席文官們的聚會。沒有任何活動時，也會來兒童室露面，所以可以看見年紀較大的孩子們開始在兒童室裡出沒。

這時候，從貴族院回來的學生們正和韋菲利特他們在玩歌牌。由於太過輕敵，以為弟弟們看不懂多少文字，學生們在慘敗後臉色都很難看。

「……好耶！贏了！」

「是的，韋菲利特大人。我們贏哥哥大人了！」

學生們滿臉錯愕。他們本是抱著輕鬆的心情接受挑戰，結果幾乎搶不到歌牌。畢竟初學者本來就贏不了有經驗的人。還有學生因為輸給了自己的弟弟或妹妹，抱頭哀嚎。

「看，大家已經厲害到可以贏過哥哥大人和姊姊大人了呢。」

目前在玩歌牌上我還沒有輸過。怎麼玩也贏不了妳嘛——由於韋菲利特開始鬧脾氣，我才為他準備了可以滿足他自尊心的比賽對手。

「哥哥大人們都已經識字了，所以只要記住奪取牌，也許很快就能反敗為勝，但今年冬天我們還不會輸給你們喔。請哥哥大人們也加油吧。」

姑且不說領主的兒子韋菲利特，但要是再輸給弟弟妹妹，自己身為哥哥和姊姊的面子可會掛不住，所以回到城堡來的學生們都意外認真地玩起歌牌。

「羅潔梅茵大人。」

由於兒童室裡還有其他人，柯尼留斯會加上大人稱呼我。我轉頭看向柯尼留斯，不慌不忙地偏過頭說：「怎麼了嗎？」

「這個歌牌似乎有好幾副，請問有在出售嗎？我從沒看過這種東西……」

「哎呀，柯尼留斯沒有看過嗎？之前秋季中旬我曾帶來城堡，給韋菲利特哥哥大人當作是學習文字的教材呢。」

原來柯尼留斯因為是我的護衛騎士，不能進入韋菲利特的房間，所以都在門外待命，才會沒有看過歌牌。

「雖然您說這是用來學習文字，但我看大家好像連諸神的名字都學會了？」

「是的，不只諸神的名字，還知道是哪位神祇的眷屬，和負責掌管什麼事情喔。」

我拿來繪本和歌牌，說明我們在冬季期間做了哪些事情。

「羅潔梅茵大人，這是我明年才要在貴族院學習的內容……」

聽到柯尼留斯這麼說，我環顧四周，發現有幾名學生在看到歌牌以後，都頹喪地垮下肩膀。看來他們今年在貴族院學習的內容就是關於神祇，還費盡心思才背下來。

「那麼今年冬天玩過歌牌的孩子們，日後的成績想必會很優秀吧。我本來預計冬季尾聲才要在城堡裡販售，看來應該稍微提早，賣給貴族院的學生呢。」

畢竟要有競爭對手才會成長啊——我低聲說完，柯尼留斯用力點頭。他還握起拳頭說，這下子明年就輕鬆了。那副模樣既讓人想笑的同時，也讓人覺得可靠，但我忽然間擔心起了說過她討厭讀書，所以才成為騎士的安潔莉卡。

為了取得販售教材的許可，我拜託黎希達向齊爾維斯特提出會面請求。結果齊爾維斯特表示也有話對我說，很快敲定了時間。

「羅潔梅茵，妳來啦。」

我也好久沒有見到齊爾維斯特了。冬季期間，午餐自是不用說，晚餐時間他也經常受邀參加貴族們的聚會和宴會，所以幾乎沒有機會見到面。

齊爾維斯特身後站著卡斯泰德，斐迪南的身後是艾克哈特。這也是我第一次看到艾克哈特在城堡裡擔任斐迪南的護衛騎士。由於要討論複雜機密，我的護衛是達穆爾。

「聽說妳在討伐冬之主上出了不少力，卡斯泰德都告訴我了。」

「不敢當，斐迪南大人和騎士團才真的出了不少力。我能做的，只是往神具注入魔力而已。」

我只是坐在小熊貓巴士上待命，由騎士們保護我而已。會往神具注入魔力，也是因為我需要魔石，而且我還是在斐迪南的協助下，才能夠在大家削弱了力量後給魔獸致命一擊。我實在無法抬頭挺胸說自己立下了功勞。

「哪裡的話，妳不只給了我們英勇之神安格利夫的庇佑，還用那一擊就解決了司涅圖姆，這次騎士團才沒有多少損傷，也省下了不少經費。」

卡斯泰德哈哈大笑，斐迪南也滿意地點頭。

「不枉犧牲了其他材料。因為以冬季的材料來看，我們得到了最高品質的魔石。」

聽說原本會所有人齊心協力，慢慢削弱司涅圖姆的力量，等到牠瀕臨垂死邊緣，再開始進行解體，回收材料。因為一旦摘下魔石，其餘所有部分就會融化消失，所以大家會一邊小心別碰到魔石，一邊取下所有能用的材料，比如毛皮、肉、骨頭等等。

這次因為更重視要當作材料使用的品質，不希望摻雜到其他魔力，才以獲取魔石為最主要目的，所以除了我的魔石之外，大家沒有任何收穫。賣掉材料的所得對騎士團來說是非常重要的收入來源，所以這次要由我給予補償。只要想成是魔石費和護衛費，就一點也不心疼。

「羅潔梅茵，那先討論妳的事情吧。妳想販售教材和繪本嗎？」

「是的。如同已經向您報告過的，今年冬天我把歌牌、繪本和撲克牌帶到了兒童室，尚未就讀貴族院的孩子們，都照著和我們一樣的課程表在學習。」

為了提升領地內全體孩童的水準，才開始了兒童教室。齊爾維斯特往前傾身，詢問成果：「那結果怎麼樣了？」

「結果包含下級貴族在內，現在所有人都會寫基本文字了，也利用歌牌記住了諸神的名字和屬性，也學會了個位數的加法和減法。而聘請不到好的樂師，只能由父母教導自己的下級貴族孩子們，飛蘇平琴的琴藝也進步了許多。」

因為知道只能趁現在向好老師討教，下級貴族的孩子們無不積極向上地練習飛蘇平琴。看到他們那麼努力的模樣，中級與上級貴族的孩子們也心想不能輸給下級貴族，全力以赴練習。結果整體的水準都往上提升了許多。

「另外柯尼留斯哥哥大人告訴過我，聽說在貴族院有一門要學習諸神名字的課。」

「嗯，是啊。那些名字麻煩又難背，就算好不容易背下來了，也只會用那麼一次，只要是和自己沒什麼關係的神祇，最後都會忘光光。」

到最後都淪為了只求過關的死背。齊爾維斯特含蓄地這麼說完，聳一聳肩。卡斯泰德與艾克哈特也面帶著同樣意味的笑容，多半是心有戚戚焉。

「比起上過那門課的學生，現在反而是韋菲利特哥哥大人對諸神更熟悉喔。」

「……妳說什麼？韋菲利特嗎？」

齊爾維斯特瞪圓了眼，一臉錯愕。也難怪他這麼吃驚，初秋時連基本文字都寫不出一半的韋菲利特，現在居然比貴族院的學生更了解諸神，這種事情有誰會相信呢？

「從貴族院回來的學生們，現在都很努力想贏過韋菲利特哥哥大人他們呢。為了不輸給弟弟和妹妹，全都卯足了勁。趁著有這麼多競爭對手，也有助於大幅提升大家的學習能力，所以我想提早開始販售歌牌和繪本。能請您允許我在城堡裡頭販售嗎？」

目前我帶來了三副歌牌，讓孩子們可以一起玩。然而現在競爭非常激烈，大家都得你爭我搶。而且一旦搶奪起來，贏的果不其然都是哥哥和姊姊。

「好，准了。教材的販售就在兒童室裡進行，沒問題吧？」

「是。但是，因為總不能由我直接販售商品給貴族，做為我指定的商人，想請養父大人也允許奇爾博塔商會的人進入城堡。」

雖然飛蘇平琴演奏會那時候動員了所有侍從，由她們負責販售，但這本來並不是侍從的工作，況且現在冬天客人多、工作也多，不能再為她們增加額外的工作。

「奇爾博塔商會嗎……嗯，好吧。至於時間和流程，記得要和負責監督兒童室的侍從商量，決定好後再向我報告。如果想增加銷量，需要通知所有貴族吧？」

「我之後會向養父大人報告，但請不必通知所有貴族。這次販賣的對象僅限有孩子的貴族，我想由孩子們口耳相傳就足夠了。」

不只齊爾維斯特，斐迪南和卡斯泰德也詫異地看著我。

「為什麼？妳不打算像之前的畫像那樣，賣給更多的人嗎？」

「我當然希望買的人越多越好，但因為這些東西是手工製作，數量有限，我也不希望想與我打好關係的貴族們因此一窩蜂跑來。」

目前做好的數量比孩子的人數還多，但並不足以讓所有貴族都能買到。萬一有人是為了打好關係才買，真正有需要的人卻買不到，那就沒有意義了。

「嗯，既然妳在教育孩子上做出了成績，那就交給妳吧，依妳的想法去做。」

「感謝養父大人。」

既然得到了販售許可，之後得回一趟神殿，把商品搬過來，順便還要聯絡奇爾博塔商會。我在寫字板上做著筆記，再抬起頭來。

「我想問的事情都問完了，那麼養父大人要對我說什麼呢？」

「嗯，妳所構思的那些餐點大受好評……」

「意思是趁著冬季期間，成功在貴族間造成轟動了吧。」

由於與其他貴族的接觸受到了嚴格限制，我和韋菲利特並沒有出席與貴族的聚餐，所以我不清楚貴族們品嘗了餐點以後有什麼反應，但聽說受邀參加聚餐的貴族們都對餐點很感興趣。在領主母親的失勢與嶄新的餐點交互作用下，今年想受邀參加聚餐的貴族好像也比往年要多。

「想知道食譜的人實在多不勝數。」

大概是想藉著新餐點的食譜，在各種交易場合上取得優勢吧。齊爾維斯特希望我能想出辦法推廣食譜。

「美味的食物是生活的根本嘛。那不如做本食譜書吧？……把之前教給養父大人和父親大人的廚師的食譜都收錄進去，售價訂為兩枚大金幣。」

當初花了三枚大金幣購買三十種食譜的齊爾維斯特立刻橫眉豎目。

「羅潔梅茵，這價格比我們買的還便宜吧？」

「那當然啊。沒有任何人知道的新情報，和已經有人知道的情報，兩者的價值當然不一樣。而且只是販賣食譜集而已，沒有廚師會去教他們怎麼做。」

齊爾維斯特還是一臉無法接受的表情，我對他聳聳肩。

「我的食譜和以前的料理方式完全不一樣，又有許多需要預先處理的步驟，所以相當費工。光有食譜，我想也煮不出一模一樣的東西。即便食譜集開始販售了，我想接下來幾年的時間，讓廚師學習過正確步驟的養父大人和父親大人，仍然能夠得到他人的欣羨與讚美。如果還想得到更直截了當的稱讚，需要新的食譜，今後我也可以賣給您。」

妳還想從我這裡坑錢嗎？齊爾維斯特挑起了眉，但這是當然，該拿的錢還是要拿。

我還得賺到等同一顆魔石的錢付給騎士團。

「總之食譜書也不可能馬上完成，如果要印好並販售，也是明年冬天的事情了。既然大家會拿來當作是交易的籌碼，那得盡可能提升食譜書的價值吧。乾脆別訂兩枚大金幣，而是只賣給先下訂的前一百人，藉此提高價格吧？」

就像ＶＩＰ一樣，感覺應該不錯吧。然後再規定除此之外的人得等到下一年才能購買，說不定能再提高點價格。我「嗯……」地發出沉吟，思考著食譜書的定價時，齊爾維斯特用十分難以苟同的眼神看向斐迪南。

「……斐迪南，這也是你教育的成果嗎？」

「這應該是奇爾博塔商會教育的成果吧，做生意不是我擅長的領域。」

斐迪南說著「別把所有事情都推到我身上」，瞪向齊爾維斯特哼了一聲。但被瞪了以後，齊爾維斯特也只是輕輕擺手，一臉一點也不覺得抱歉的表情說：「噢，抱歉抱歉。」但轉瞬之後，他忽然正色看我。

「羅潔梅茵，還得與妳討論的另一件事是哈塞。雖然斐迪南已經大概向我報告過了，但妳究竟打算怎麼煽動哈塞？」

我挺直腰桿，先是看向斐迪南，再看向齊爾維斯特。

「現在最重要的關鍵，在於哈塞他們自己會得出什麼結論，但我會讓他們把襲擊小神殿的責任都推給鎮長派，並且改正對貴族的態度。至於應該要怎麼與貴族應對，我請了奇爾博塔商會利用傳聞與自身的經驗，提供了消息給他們。」

「嗯。但是，他們可是襲擊了小神殿，妳打算就只懲罰這麼一次嗎？雖然不派遣神官會苦了農民，但僅只一次而已，這樣的教訓不算慘痛吧。」

如果這樣便是攻擊領主一族的處罰，未免太輕了──齊爾維斯特靜靜地凝視我。

「掌管一座城鎮的人若是做錯了事，便該全體一起受罰。他們犯下的罪行之重，不該只是一次祈福儀式不派神官前往便了結。」

之前不得不思考要怎麼懲罰戴莉雅時的壓迫感與緊張感再度襲來，我嚥了嚥口水。攻擊領主一族是重罪，必須讓周遭的人清楚明白這一點，還要讓齊爾維斯特能夠滿意，究竟該訂定什麼樣的處罰才好？我讓大腦全速運作。

「……那、那麼，提高十年的稅賦如何呢？要有農民，才會有稅收。雖然摧毀哈塞對養父大人來說易如反掌，但為了往後著想，長時間地一點一點壓榨不是更好嗎？」

與其因為反叛的罪名處分掉這麼多人，能用錢解決的方式應該好多了。我以為這樣的處罰算是十分溫和，齊爾維斯特的臉頰卻微微抽搐。

「……真搞不懂妳是寬容還是嚴厲。與其慢慢折磨他們，不如給他們個痛快才是慈悲吧？也省了以後的麻煩。」

聽了這麼駭人的提議，我如波浪鼓般搖頭。站在貴族的角度來看，為了杜絕後患，直接一舉殲滅更能省下麻煩，速度也快得多，但人一旦死了，就什麼都沒了。

「也罷，我倒是很歡迎增加稅收。哈塞的懲罰就決定是處分鎮長派，以及提高十年的稅賦。」

「那可以去舉行祈福儀式嗎？畢竟沒有收成，也沒辦法繳更多稅。」

「不行，今年還是不會派遣。這已是定案。」

齊爾維斯特的深綠色雙眼綻放出了不容分說的利光。我也不再有異議。我既無法推翻領主的決定，而對哈塞的處罰也不會再減輕分毫了吧。

「那就由妳前往哈塞，宣布懲罰的內容吧。去告訴所有人，是因為聖女的慈悲才減輕了他們的處罰。但是，萬一哈塞的居民還是不明白自己究竟犯了什麼罪……屆時妳知道會有什麼下場吧？」

倘若他們無法理解自己犯下的罪行，屆時會被徹底消滅吧。而要我自己去宣傳自己是慈悲為懷的聖女，大概是想懲罰我對哈塞的處置太寬容了。斐迪南勾著嘴角低頭看我，臉上的表情只差沒大喊痛快。

「還有一件事，是關於祈福儀式……去年由妳直接給予祝福的土地，和只是送去小聖杯的土地，收穫量出現了差異。」

齊爾維斯特拿出了幾片木板擺在我面前，似乎是徵稅官對收穫量與徵收物品所做的紀錄。我看了看，但不覺得有什麼差異。

「……基貝的土地和直轄地的收穫量看起來差不多啊？」

「就是差不多這一點和往年不同。這些年來因為神官和巫女減少，直轄地的收穫量比起其他地方總是明顯要少。然而，今年的收穫量卻與基貝的土地相差無幾。」

聽說基貝們除了小聖杯裡原有的魔力，還會注入自己的魔力，希望自己管理的土地能夠物產豐饒，這幾年來又因為青衣神官的品質下降，所以貴族土地與直轄地的收成量始終有著明顯的差距。

「……羅潔梅茵，雖然對妳很過意不去，但我希望今年的祈福儀式，一樣能由妳前往艾倫菲斯特各地。」

大概是因為我之前控訴過自己太忙了，齊爾維斯特一臉非常難以啟齒地說。若是要求神官長斐迪南以貴族的身分幫忙處理城堡公務，這件事雖然可以拒絕，但如果是領主判定為了領地有其必要，而向神殿長提出請求，我便無法說不。想到成天都得喝藥的可怕日子又要重來一遍，我的心情就很鬱卒，但也莫可奈何。

「我明白了。」我答應同道。斐迪南像要保護我般地往前一站，用夾帶著嘆息的語氣喚道：

「齊爾維斯特，羅潔梅茵只負責前往直轄地。小聖杯會交由其他青衣神官，帶往基貝的土地。否則我們會搶了青衣神官的工作，也會影響到春季材料的採集。」

「嗯，沒問題，那就麻煩你們了。我要說的都說完了。」

取得了齊爾維斯特的諒解後，斐迪南輕輕地敲起太陽穴，想必正在腦海裡頭規劃祈福儀式的行程吧。

「羅潔梅茵，妳可以退下了。」

「那麼要販售奇爾博塔商會的商品那天，我再帶養父大人所託的小聖杯過來。」

齊爾維斯特與斐迪南似乎還有許多事情要討論，我向兩人致意後，告退離開，坐著小熊貓巴士往兒童室移動。

「各位，我已經向奧伯·艾倫菲斯特取得了許可，將在這個房間販售歌牌、繪本與撲克牌。有意購買的人，還請和父母親商量吧。」

我向正在兒童室裡遊玩的孩子們宣布這則消息。孩子們都高興地露出燦爛笑容，挺直了背，往我走來。

「那只要買了歌牌，就算回到夏之館也能繼續玩囉？」

「是的，請在明年的冬天來臨前好好練習吧。」

首次贏過了哥哥的少年開朗應聲，臉上帶著鬥志滿滿的笑容，少年的哥哥則咧嘴笑道：「等買了歌牌回去練習，我很快就能贏過你。」

「羅潔梅茵大人，請問每一種繪本都會販售嗎？」

「當然。」

讓繪本普及反而才是我的首要目的，我甚至還想順便推出新的繪本。其實內文已經完成了，葳瑪也幾乎畫好了所有插圖。只要催促大家趕工，也許有機會販售。

……要不要把販售的日期稍微往後安排，先按著孩子的人數做好幾本呢？

我正思考著這些事情時，一名與柯尼留斯年紀相仿的女孩子面露遲疑地問我。

「羅潔梅茵大人，我想在明年上課之前學會諸神的名字。請問是否有秋天和冬天眷屬神的繪本呢？」

「……目前還沒有準備好。至於秋季眷屬神的繪本，只要拜託工坊的人趕工……或許能趕在大家快要打道回府前完成吧，但冬季眷屬神的繪本要等到明年了。」

我會拜託看看路茲和吉魯，但現在還無法肯定新繪本能不能趕上這次的販售。不確定的事情，最好別輕易答應。

「因為這些繪本真的非常出色，我很希望可以購買……」

「很高興妳這麼喜愛這些繪本。我想想……星結儀式那時候應該可以完成，屆時我再詢問奧伯・艾倫菲斯特，能否向前來城堡參加星結儀式的貴族販售繪本吧。這樣一來，就能趕在冬季前往貴族院之前買齊了。」

星結儀式本身雖然是成年人參加的祭典，但如果訂在那段時間販售繪本，擁有騎獸的學生應該就能前來購買。

那麼期待您的好消息──那位小姐帶著優雅的微笑後退離開，另一名貴族千金隨即興奮地喊著她得央求父母親，買下所有的繪本才行。在場眾人都興奮地討論著要買哪樣商品。我一邊側眼看著大家，一邊和負責監督兒童室的侍從們討論教材販售的日期與時間。不經意地，一臉黯然的菲里妮躍入眼簾。

教材販售

回到神殿，我拜託吉魯聯絡班諾。在一個沒有下雪的日子，請他送信去了店裡。大概是冬天工作不多，吉魯帶回了班諾潦草寫著希望能在下午會面的回覆。

「那麼我會安排下午在孤兒院長室面談。請幫我轉告路茲。」

「遵命。」

回去吃午餐的路茲想必幫我傳了話，奇爾博塔商會的人在第五鐘來到神殿。有班諾、馬克和路茲。馬上讓大家進入秘密房間後，我撲向路茲，一邊平撫冬季期間幾乎見不到面的寂寞，一邊告訴班諾要在城堡販售教材的事情。

「妳說要在城堡販售商品?!給我等一下！」

「咦?不能再等了喔，因為要快點開始販售才行。」

「我不是這個意思!是現在我們店裡還沒有訓練好能帶去城堡的員工。」

目前奇爾博塔商會的主要客戶都是下級貴族，正慢慢地往中級和上級貴族開拓客源。雖然因為我的關係，一舉得到了艾薇拉這位高級客戶，但從現在還只能由班諾和馬克帶著商品前往拜訪的情況來看，就能知道言行儀態足以帶往城堡的員工還少得可憐。雖然先前急就章地教導了幾個人禮儀規範，讓他們在義大利餐廳服侍客人用餐，但如果要帶他們前往城堡，班諾說他還是不太放心。

「……員工嗎？那要不要改帶我的侍從和幾名受過教育的灰衣神官前往，再讓他們穿上像是店員的服裝呢？因為這次並不是要接受訂製，只是要販售已經做好的成品，所以我想只要談吐上沒有問題、懂得計算就夠了。」

與貴族的交易，基本上都是在接到訂單後才開始製作。只要不是植物紙那類的消耗品，從來不會直接帶著商品前往販售。最近販售給上級貴族的絲髮精，也都是專為每位客人量身訂做。先依據當季可以採集到的油類和可以做成磨砂的原料，組合成幾種樣品，再請貴族自行搭配出自己喜歡的組合，然後接受訂單。雖然我都是直接購買供作參考的樣品，但為了保全上級貴族的顏面，還是會特地寫份訂單，假裝我有訂做。

「妳要直接販售冬天手工活做好的東西嗎？不是在城堡裡接受貴族們的訂製？」

班諾瞪大眼睛，我點一點頭。

「因為有立即的需求，所以我會直接販售。如果有貴族希望再做得講究一點，不介意明年才取貨的話，到時再由班諾先生和馬克先生負責接待。但如果是馬上就要用到的貴族，可以當場把成品賣給對方，所以只由懂得計算的灰衣神官來應對應該沒問題。」

「……我明白了。那我這邊會由我、馬克和萊昂過去，麻煩妳再挑選兩位已經成年的灰衣神官。既然要前往城堡，得另外準備一套衣服吧。」

總不能讓他們穿著灰衣神官服前往城堡。既然要與奇爾博塔商會的人同行，得準備好體面的正式服裝。

「吉魯，你有推薦的人選嗎？因為我要請法藍拿小聖杯，其中一個確定是他了。」

「弗利茲侍奉過青衣神官，我認為他應該沒有問題。」

「好，那我再拜託法藍和弗利茲吧。」

決定好了同行人員以後，接著是確認價格與數量。

「繪本的定價是一本一枚小金幣，歌牌是五枚大銀幣；單色的撲克牌一副是三枚大銀幣，彩色的是一枚小金幣。」

比起最一開始賣給富豪的繪本，如今植物紙和墨水的價格都已經成功壓低，成本稍微下降以後，價格也變得比較便宜。歌牌的圖畫畢竟不可能要求葳瑪一張張手工繪製，所以利用了謄寫版印刷。歌牌的原料又是木板，成本比紙張更便宜。撲克牌則是張數比歌牌要少，價格也必定比歌牌便宜。但如果是使用了稀有彩色墨水的撲克牌，更為美觀的同時，價格也會上升許多，適合想與他人作出區別的上級貴族。

「每一種都先各準備一百份吧。考慮到小孩子的人數，我想這些應該夠了。」

「了解。我們會各別準備一百份，放在木箱裡帶去。」

然後也討論了現場的販售流程。畢竟對象是貴族，最大的問題點在於不能像面對平民那樣販售物品。討論著要怎麼販售的時候，馬克說著「我即刻回去準備」，一個人先回去了。班諾請求了法藍與弗利茲的協助後，量了兩人衣服的尺寸，開始教導他們要怎麼販售商品。吉魯和路茲去工坊確認商品和裝箱。

達穆爾抿著嘴唇，不發一語地微微垂首，看著奇爾博塔商會一行人手忙腳亂。他沉著臉微低下頭的樣子，讓我聯想到了兒童室裡菲里妮的表情。

「達穆爾，怎麼了嗎？要是發現我們有哪裡做錯了，請告訴我們吧，因為有些事情我們根本不會注意到。」

我不只各方面的常識都十分缺乏，班諾雖然在做生意上會與貴族往來，但仍然是平民，這還是生平頭一次要進入城堡販售商品。如果達穆爾站在貴族的角度，發現有哪裡出了問題，得請他告訴我們，否則販售當天有可能犯下無可挽回的大錯。

「並不是有哪裡做錯……我知道羅潔梅茵大人的繪本十分出色，價格也比其他書籍要低，但對下級貴族來說，依然不是可以輕易購入的金額。我只是擔心有孩子會因此感受到自己與旁人的差距，在內心感到不平。」

因為我也不是家境富裕的貴族──達穆爾再補上了這一句話。下級貴族中比較拮据的貴族，有些比平民階級的富豪還要貧窮。這麼簡單的事情我居然沒有馬上想到，我對自己感到生氣。請不到優秀老師的他們，反而更需要淺顯易懂又易於學習的繪本，但是連在這種事情上，家境的寬裕與否也會帶來莫大影響。

「就算是貴族，也未必每個人都買得起……但是，現在的價格不能再壓低了。」

班諾目光兇狠地看向我。畢竟是要賣給貴族的商品，班諾不會允許再壓低獲利，而且考慮到以後，也不能從一開始就賣得很便宜。

「因為現在的價格已經壓低過了嘛，可是，還是該想想怎麼做才能讓想要繪本的人都買得到書。有沒有什麼好方法呢？路茲，你覺得呢？」

「我認為如果買不起，就只能用借的。」

書本很昂貴。甚至昂貴到了若個人能夠擁有，還是種富裕的證明。別說買了，其實連借也不是容易的事情。神殿的圖書室規定只有神殿的人才能進入，即便是神殿的人，也只有青衣神官和青衣巫女才能借書，還需要神殿長和神官長的許可。城堡的圖書室會要求你證明自己的身分，也要準備保證金才能借書。因為一旦發現書籍有污毀或是破損，就能直接轉為賠償金，所以保證金的金額很高。圖書館免費借閱的原則在這裡根本是天方夜譚。

「如果現在要借書很困難，要不要想想看有沒有什麼辦法，能讓大家今後都可以輕易地借到書？」

「……那如果是因為保證金太高，大家才沒辦法借書，只要降低保證金就好了嗎？」

先降低借書的費用，再請父母寫張字據，確保書籍有污損和破損的時候會支付賠償金。雖然我這樣可能是濫用權力，但身為領主的養女，若從出借我的書本開始推動這種做法，應該可以讓大家徹底遵守我訂的規定，例如小心對待書籍、有損傷就要賠償。

「那要是讓大家提供新的故事，來代替借書所需的費用，這樣子行得通嗎？」

菲里妮和其他女孩子已經對我說過了好幾個故事。如果用稿費的名義支付給她們報酬，雖然不足以買下繪本，但也許借得起書本和教材。

「我覺得應該用字數計算比較好，因為每則故事的長度都不一樣。」

「對，支付稿費的時候我是打算這麼做。」

如果依照字數計算稿費，讓孩子們當作是打工，我既可以開開心心地獲得更多新故事，字寫得還不漂亮的孩子們還可以趁機練習寫字，也能賺到零用錢，簡直一石二鳥。我自顧自地興奮起來，班諾的臉頰卻在抽搐抖動。

「羅潔梅茵大人，事關金錢，我認為不該臨時起意就急著更動。請您先與神官長好好討論，溝通清楚，完成了事前該作的所有準備以後，再付諸實行。」

班諾的赤褐色雙眼很明顯在生氣，彷彿在說：「在別忙得要死的時候還想那些有的沒的！」這肯定是即將發出怒吼的前兆。我要不是領主的養女，他早就開罵了。

「看來關於稿費這件事還是再想想，這次就試著壓低出借的金額吧。」

我「呵呵呵」地笑著迴避班諾的怒火，邊在心裡面的寫字板記下這件事。之後再參考租書店和只要支付少許費用就能利用的私人圖書館，想想看要怎麼把教材借給下級貴族吧。

一晃眼就到了販售日當天。我在神殿的正門玄關變出小熊貓巴士，看著大家把行李搬到車上。繪本、撲克牌、歌牌各準備了一百份，都放在木箱裡。

法藍和弗利茲因為是以奇爾博塔商會員工的身分一同前往，所以穿著班諾拿給他們的、和馬克及萊昂類似的衣服。不同於已經習慣穿上神官服以外的衣服去平民區的法藍，弗利茲像是很不習慣自己身上的衣服，顯得有些坐立難安。

「羅潔梅茵，妳真的打算讓奇爾博塔商會的人坐上這個嗎？」

斐迪南看著小熊貓巴士，表情有些厭惡。

「現在積雪這麼深，要是坐馬車去，有可能在半路上動彈不得喔？」

我指著厚厚的積雪說。斐迪南環抱手臂，看看積雪，再看看商人們。

「我明白妳的主張，但從來沒有貴族會讓商人和商品共乘騎獸，一同前往城堡。」

「放心吧，我已經作好要創下先例的覺悟了。」

「沒有貴族會想追隨妳的腳步，只有妳而已。」

斐迪南夾帶著嘆息說完，視線從我身上移動到旁邊的其他人。

「法藍、弗利茲，不得不配合主人的任性妄為，真是辛苦你們了，但你們還是要打起精神。班諾，我想你精神上的壓力肯定不小，但既然今後還會與羅潔梅茵往來，類似的情況想必層出不窮。這也是你自己選擇的緣分，早點看開吧。」

聽完斐迪南這一席話，所有人先是瞄了我一眼，然後一本正經地頷首。

……等等，什麼看開吧，而且大家居然全員同意，未免太過分了吧？

我對大家的反應感到不滿，鼓起臉頰，大幅地敞開小熊貓巴士的出入口。

「作好準備的話，請坐上去吧。」

已經習慣的法藍最先上車，班諾坐進去的時候，表情像在看著什麼讓人發毛的東西。馬克面帶著一如往常的微笑，萊昂則是摸了摸巴士內部，邊發出「嗚哇！」的叫聲邊走進去。弗利茲戰戰兢兢地上車，看到出入口倏地縮小，「噢哇！」地驚叫出聲。

「請各位繫上安全帶吧。法藍，請你教大家怎麼繫安全帶。」

「遵命。」法藍回道，教大家怎麼繫上安全帶，同時布麗姬娣也坐進了副駕駛座。聽說像今天這樣有商人共乘的時候，必須要有護衛跟在身邊。

小熊貓巴士飛上天空後，後座的人們一陣嘈雜。畢竟平民平常根本不會有飛在空中的體驗，這也難怪，但多數人的意見都是「我頭好暈」「我覺得不太舒服」。回想之前小熊貓升空後，吉魯和妮可拉的反應都是興高采烈，我想是因為今天的乘客都比較年長，腦筋也比較死板吧。

「羅潔梅茵大人，歡迎您的歸來。」

見了接連從我的騎獸當中走出的人，諾伯特瞪大眼睛。有平民不斷地從我的騎獸裡頭走出來，果然很讓他驚訝吧。諾伯特看著卸下行李的一行人，掩藏不住困惑地閉上眼睛，然後慢慢吐一口氣。

「羅潔梅茵大人，這幾位是奇爾博塔商會的人員嗎？」

「是的。這是奧伯．艾倫菲斯特給我的許可證。諾伯特，我們要直接前往兒童室，請為我們帶路吧。」

「……遵命。這邊請。」

諾伯特有那麼一瞬間顯露出了遲疑後，和煦地微笑。這時收起了騎獸的斐迪南按著太陽穴，深深嘆氣。

「羅潔梅茵，商人是平民，原本該從其他入口進入城堡。」

供領主一家出入的玄關，和供商人出入的入口並不一樣。經斐迪南提醒，我才「啊」一聲驚覺，沮喪地垂下腦袋。這種事只要稍微動腦想想，我應該就要明白了。連進入貴族區時的大門，商人和領主養女用的都不一樣了，進入城堡時的入口當然也不一樣。聽說商人得從下人們使用的平民出入口進出。

「呃……對不起，我……」

我為難地歪過頭，抬眼往上看，斐迪南只是輕輕搖頭。

「諾伯特，抱歉了。我也是直到準備出發的時候，才知道羅潔梅茵打算用騎獸載著商人們前來。發現的時候已經沒有時間準備馬車，才演變成了這種情況。羅潔梅茵，妳不能在這裡把商人他們放下來，這次雖是迫於無奈，但往後切記要小心。諾伯特，很抱歉，這次就從這裡帶他們進去吧。」

「遵命，斐迪南大人。」

我坐上變成一人座的小熊貓巴士，跟上諾伯特與斐迪南。奇爾博塔商會一行人搬著裝有商品的木箱，跟在我們身後。

「羅潔梅茵大人，早安。」

「各位早安。在我們準備就緒之前，請你們先去玩耍吧。」

孩子們充滿期待的眼神一如既往，但今天多了不少看著這邊的父母。想必是判定這是與我建立起關係的絕佳機會吧。

「羅潔梅茵，妳真慢！」

韋菲利特張開雙腳，氣勢十足地站在原地迎接我。今天我拜託了他一起販售教材。頭一次接到工作的他明顯有幹勁過了頭，呼吸甚至有些急促。

「韋菲利特哥哥大人，請您在那邊和大家一起玩歌牌，向聚集來此的大人們展示歌牌要怎麼玩吧。知道玩法以後，才會更願意付錢購買，所以這是很重要的任務喔。」

「嗯。那我們來比一場吧！」

今年冬天跟在韋菲利特身邊的跟班們活力充沛地回道：「是！」開始排起歌牌。男孩子們率先示範起歌牌的玩法，貴族們也一臉興致勃勃地聚集到他們四周。看見女孩子們閒得發慌，我也對她們開口說道：

「請妳們唸繪本給父親大人和母親大人聽吧。父母親聽了，馬上就能知道妳們學會了多少文字喔。」

「是，羅潔梅茵大人。」

女孩子們興奮得唧唧喳喳，抱著繪本跑向自己的父母親，開始朗讀。就和平常老師唸給她們聽的那樣，今天換她們唸給父母聽。聽得出來朗讀繪本的聲音都有些緊張。

「柯尼留斯，麻煩你和朋友一起玩撲克牌吧。」

我把撲克牌放進柯尼留斯的掌心，他一臉不服氣，看著撲克牌說：「但我是羅潔梅茵大人的護衛……」可是在我的近侍當中，叫得動學生的人只有他而已。

「但現在安潔莉卡不在，只有柯尼留斯還是學生，所以我只能拜託你了。」

「……原來如此。如果是這樣，那只有我能勝任了吧。謹遵您的吩咐。」

安潔莉卡還沒有從貴族院回來，所以無法拜託她。柯尼留斯帶領著學生們，開始用撲克牌玩類似二十一點的遊戲。貴族們分散開來，有些也聚集到了柯尼留斯這邊。

眼看貴族們的注意力都放在了各種教材的示範上，我立刻用眼神向奇爾博塔商會示意，開始作起販售的準備。看到如同先前討論過的，兒童室的一角已經準備好了桌子，我對負責監督兒童室的侍從們表達慰勞之意。

「桌子已經準備好了呢，謝謝你們。班諾，把商品擺上來吧。」

「遵命，羅潔梅茵大人。」

一行人照著事前說好的順序擺放商品，準備了零錢方便結帳。放置商品的桌子前方還有一張桌子和兩張椅子，是我和韋菲利特的座位，可以與購買商品的貴族交談。

另外在可以環顧整個房間的位置上，還為這次負責監督教材販售的斐迪南準備好了座位。他負責觀察貴族們的一言一行，確認奇爾博塔商會的應對進退是否得體，往後才能進出城堡，同時也負責盯著我，以免我犯下愚蠢的疏失。準備期間，斐迪南興味盎然地一一探頭參觀了所有教材的示範。

在我和韋菲利特的座位兩邊，站著懂得怎麼和貴族做生意的班諾與馬克，以便應付各種狀況，萊昂負責拿撲克牌，法藍負責繪本，弗利茲負責歌牌。

「羅潔梅茵大人，準備已經就緒。」

我對班諾點一點頭，等到韋菲利特贏得勝利，才開口對大家說：

「讓各位久等了，接下來將由奇爾博塔商會販售教材。」

韋菲利特丟給身旁的少年收拾歌牌後，跑過來坐下。

「有意購買教材的人請往這邊移步。本日因為販售的商品是教材，所以請帶著孩子的父母優先上前吧。」

我微笑說道，帶著孩子的貴族於是上前跪下。之前雖然接受過孩子們的問候，但還沒有接受過父母的問候，因而開始了又臭又長的寒暄。當然，問候的順序也是按照身分高低。因為往來問候起來太久了，我無法一個人從頭應付到尾，才拜託了韋菲利特幫忙。不知不覺間變成了男孩子都排在韋菲利特前面，女孩子都排在我前面。若想成為近侍，果然還是會優先選擇同性吧。

結束了長長的問候，我請兩人站起來，遞出訂單。

「基貝・葛雷修，請問您需要哪樣商品呢？」

「羅潔梅茵大人的繪本十分精采，連妹妹也對歌牌和撲克牌十分感興趣，央求我每樣都買……既然是可愛女兒們的要求，我全部各買一份吧。」

葛雷修伯爵拿起筆，露出沉穩的笑容，低頭看向身旁注視著訂單的女兒。一頭深紅髮絲令人印象深刻的少女「唔呵呵」地得意微笑。

「羅潔梅茵大人的繪本非常簡單易懂，父親大人也可以自己看看喔。」

少女的稱讚讓我露出燦笑，確認過了訂單後，我交給在旁邊待命的班諾。

「商品已在此作好準備。」

葛雷修伯爵的侍從與班諾依據訂單上的內容一手交錢一手交貨，交易便宣告結束。

「希望能為令嬡的學習帶來助益。」

「是，羅潔梅茵大人。」

葛雷修伯爵離開後，下一位貴族上前來，再次開始寒暄。我瞥了旁邊一眼，只見韋菲利特一派落落大方地接見貴族。他把請貴族寫好的訂單交給馬克。

「基貝・克倫伯格，這些教材非常有用喔。我也是靠著這些教材學會了文字和諸神的名字，你們也要勤奮學習。」

「感激不盡，韋菲利特大人。」

我和韋菲利特分頭並行，消化了長長的人龍。能夠購買所有教材的，果然只有家境比較富裕的上級貴族。到了中級貴族，多數人都是購買兄弟姊妹可以一起玩的歌牌和撲克牌，漸漸地很少有人一次購齊昂貴的繪本。大概是因為歌牌的詠唱牌中會出現諸神的名字，所以比起繪本，更優先購買歌牌吧。到了下級貴族，感覺上更是能買其中一樣就很勉強了。

但是在這當中，能夠拿著買來的歌牌或撲克牌，鬥志旺盛地說著「我明年一定要贏！」的孩子們已經算不錯了。有幾個孩子手上空空如也，只能羨慕地看著別人。多半是打從一開始就知道買不起，他們的父母都沒有來。神色陰鬱的菲里妮也是其中一人。

「菲里妮，妳的父母親今天都沒有過來嗎？」

「……是，他們今天有其他事情。」

菲里妮難以啟齒似地說，強顏歡笑。她附近其他父母也沒有來的孩子們全默默別開眼光，像是希望我別把話題轉到他們身上。

「這樣呀。對了，我還打算在冬季尾聲的時候，出借現在大家正在使用的繪本和歌牌，想借的人請和父母商量看看吧。」

「羅潔梅茵大人，您的心意我很感激，可是我們家……」

沒有錢……菲里妮沒有發出聲音，只是微微掀開嘴唇說。

「如果想借用我的教材，並不需要付錢唷。」

咦？所有人不約而同抬起頭來，愣愣地看著我。意料中的反應讓我輕笑起來，我把手貼在嘴邊，說悄悄話似地稍微壓低音量。

「我希望你們提供的，是我從來沒聽過的故事。請你們收集各種故事來給我吧。」

「呃，請問，像是我母親大人告訴過我的那些故事嗎？」

「沒錯。菲里妮已經告訴過我三個故事了，所以可以借妳三本繪本喔。」

菲里妮等下級貴族的孩子們全部小臉發亮。

「羅潔梅茵大人，如果我也告訴您故事，那可以借歌牌嗎？」

「當然。只要是我沒聽過的故事，就能把歌牌借給你。但是，請務必小心使用，不能弄髒也不能弄壞。萬一損壞了，就必須賠償喔。」

「是！」

關於必須小心使用，以及若有污損和毀損時必須賠償等注意事項，再請父母寫下字據。於是我以沒聽過的故事做為條件，從明年的春天到冬天為止出借教材。

春天的來臨與安潔莉卡

教材販售進行得十分順利。即將結束之際，艾薇拉也來到兒童室，為柯尼留斯購買了所有教材。她還順便對班諾投去優雅的微笑，迂迴地表示絲髮精快要用完了，請班諾之後前往宅邸接受訂製。身為上級貴族的艾薇拉與班諾攀談後，奇爾博塔商會受到矚目的程度立即直線攀升。班諾雖然掛著笑容欣然答應，瞳孔卻看得出來有些左右飄動。畢竟是在城堡裡頭一下子吸引了所有貴族的注意力，視線所帶來的龐大壓力和緊張感，一定非常人能想像吧，曾在洗禮儀式和首次亮相上受過矚目的我非常可以了解。

……班、班諾先生，加油啊！

教材販售結束後，幾名貴婦人前來詢問絲髮精的事情，班諾和馬克於是上前應對，談起了生意。

「斐迪南大人，我想面見奧伯．艾倫菲斯特，向他報告教材販售已經結束了，還有把之前說好的東西交給他……」

「嗯，由我去吧，妳留在這裡。」

斐迪南看著班諾和馬克說，指示身旁的侍從搬運放有小聖杯的木箱，前往齊爾維斯特的辦公室。法藍、弗利茲與萊昂負責收拾剩下的教材，保管今日的營業額。

教材販售和生意上的事情都結束以後，我帶著法藍、弗利茲與奇爾博塔商會一行人回到神殿。我只在神殿住一晚，很快又要回去，所以日後再聽取有關營業額的報告。

隔天我前往兒童室，要拿著自己教材的孩子們，在上頭寫下自己的名字以免遺失。因為大家都拿著一樣的東西，所以寫上名字是基本該做的事情。

「撲克牌要寫在這裡，歌牌是這裡，繪本是這裡，請寫上自己的名字或是姓氏吧。因為大家都是一樣的東西，要寫上名字才不會搞錯。」

有的孩子和自己的兄弟姊妹分工合作寫上姓氏，也有的孩子看著父母買下的所有教材，為要寫這麼多份絕望嘆氣。我心有不忍地出聲說了：「大家先寫今天會用到的份，剩下的可以回家再請人幫忙。」上級貴族的孩子們明顯鬆一口氣。

「今天只會用到繪本，所以在繪本寫上名字就好了。」

然後我一邊觀察兒童室裡的情況，一邊聽著下級貴族的孩子們告訴我的新故事，記錄下來。之前都只有女孩子向我說故事，這還是第一次有男孩子加入。他們不時講到一半停下來，「咦？」地一臉納悶，不然就是用些前後邏輯不通的劇情想要搪塞過關，一聽就知道是臨時編出來的，讓人覺得好笑，十分有趣。

春天的腳步明顯近了，即使還飄著雪花，放晴的日子也逐漸增加。想當然耳，孩子們跑到屋外玩耍的次數也變多了。我也往屋外邁進，想要增強體力。在貴族們騎著騎獸出發與降落的地點附近，有座聚積形成的雪山，可以坐著類似雪橇的東西從上面滑下來玩耍。我本來也想參加玩雪橇和打雪仗。

「羅潔梅茵大人，走吧。」

然而，儘管我雄心壯志地跑到了屋外，卻在雪地上跑沒幾步路就跌倒，又走沒幾步路就往後摔得四腳朝天，所以孩子們一個個地拋下了我。雖然我嘗試挑戰了好幾次，最終還是一次也沒能走到雪山。而在我氣喘吁吁地放棄了玩雪橇，蹲下來想捏雪球的時候，又被雪球砸中失去了意識，接著發了高燒，在真正有玩到雪之前就結束了。

……但我有種在雪中行軍的感覺，所以好像還是增加了點體力啦。

就這樣日復一日，冬天來到了尾聲。因為貴族院要舉行畢業儀式和成年禮，畢業生的父母、領主夫婦，以及上完課回來的學生們都前往了貴族院。儀式結束後，所有人都會從貴族院回來。等到大家都回來了，就是貴族全員出席的慶春宴，冬季的社交界也宣告結束，貴族們將各自返回自己擁有的土地。

慶春宴之前，學生們陸陸續續地從貴族院回來，我就是在這時候收到了安潔莉卡父母親的會面邀請函，內容表示想向我俯首認罪。之前表現得那般惶恐的他們居然會主動請求會面，讓我感到相當意外，所以雖然納悶，我還是答應了，並安排在會面室面談。

會面當天，我走進會面室時，安潔莉卡與她的父母親已經跪在地上等候了。父母親把安潔莉卡夾在中間，低垂著頭。一進房間，黎希達才關上房門，她的父母立即用近乎悲鳴的聲音大喊：「羅潔梅茵大人，實在是萬分抱歉！」

「……咦？發、發生什麼事了嗎？」

「都怪我們兩人教育不周，才為羅潔梅茵大人造成如此不便……」

他們道歉的聲音聽起來比上次會面時還要沉痛，我眨眨眼睛。實在太突然了，我完全摸不著頭緒。安潔莉卡的父母親按著肚子，臉色慘白到了好像隨時要喘不過氣來，開始說明。原來是安潔莉卡今年在貴族院上的課沒有拿到及格分數。

……而且已經確定從春天開始要補課，所以暫時無法執行護衛任務。

她的父母用顫抖的嗓音向我懇求，希望能從我的護衛騎士中剔除掉安潔莉卡，理由是「在演變成更難以收拾的醜態之前」。但是，如果解除了安潔莉卡護衛騎士的職務，應該會對她的將來造成莫大影響。畢竟能夠受命成為領主養女的護衛騎士，本來是非常光榮的事情，如今要是因為成績不好就被解任，身為貴族這是很大的汙點。

「黎希達，這種情況我該怎麼辦才好呢？我春天有祈福儀式，暫時都不會待在城堡，只要安潔莉卡能在春季期間補完課程，對我並無影響……」

「由大小姐自己作主就可以了。」

黎希達說如果對方並不上進，那解任也沒關係，但如果認為還有可取之處，也可以讓她留下來。身為主人的我，可以自己決定。

「安潔莉卡，妳想怎麼做呢？」

「……我可以繼續侍奉羅潔梅茵大人嗎？」

安潔莉卡表情一怔。我點點頭。

「只要妳願意努力，並在夏大之前回到工作崗位上，我希望妳能繼續侍奉我。」

聞言，安潔莉卡的父母親互相對望，露出了非常為難的表情。

「我們早已聽聞羅潔梅茵大人慈悲為懷、心地善良，但是把安潔莉卡留在身邊，並不能為您帶來益處。主人不需要會降低自己評價的近侍，還望您三思。」

她父母這番發言，我想確實是侍奉領主一族的侍從該說的話。也是沒有能力的人就捨棄，必須興盛一族的貴族該說的話。但是，我聽了只覺得悲傷。一想到以前不論我有多麼虛弱又沒用，家人還是那麼重視我，這樣的不同就讓我感到心灰意冷。我很高興他們為我著想，但我希望他們也站在安潔莉卡的立場上想想看。我也知道，這是因為我還沒有徹底轉換成貴族的思考方式，才有這麼任性的想法，但就是不由自主。之前韋菲利特的侍從與護衛騎士的情況還更糟，但我還是給了他們改過的機會，所以我也想給安潔莉卡一次機會。

「兩位的忠告我會謹記在心。但是，我希望先觀察安潔莉卡直到夏天為止的表現，再決定是否解任。」

我緩緩搖頭，駁回了安潔莉卡父母親的請求。她的父母露出了死心的表情，看向我和安潔莉卡，垂首說道：「遵命。」

「兒童室的孩子們在今年冬天就背好了諸神的名字，安潔莉卡一定也做得到。」

我說完站起來，示意安潔莉卡的父母親離開。

「那麼接下來，一起討論安潔莉卡上了哪些課程，又是在哪裡遇到瓶頸，哪些事情不了解吧。」

確認安潔莉卡的父母親已經告退離開後，我立刻當場組成了「安潔莉卡成績提升小隊」，強制性地要求了所有護衛騎士加入。因為只有騎士才知道課程內容是什麼，並不需要侍從和文官。又因為男性不能進入我的房間，所以我們先就地召開作戰會議。

「安潔莉卡，是哪些課程讓妳遇到了瓶頸呢？」

在貴族院都是口頭告知成績，不會發布成績單，所以我無從知道安潔莉卡哪些擅長，哪些不擅長，必須著重在加強弱項才行。我這麼心想著，詢問安潔莉卡。她的一雙深藍色眼睛燦亮生輝，豪爽乾脆地回答：「幾乎所有學科。」

聞言，全員啞然失聲。布麗姬娣用力閉上眼睛，達穆爾愣愣張著嘴巴。

「……安潔莉卡，妳這也太……」

「學科並不難吧？」

達穆爾因為哥哥是文官，所以才決定成為騎士，但他說他其實更擅長文官領域。也因為他是下級貴族，魔力量不多，所以術科比學科更讓他感到吃力。

「呃，安潔莉卡，那妳究竟上了哪些課程呢？」

「……我不清楚。」

安潔莉卡把頭一歪回答說道，柯尼留斯立即橫眉倒豎。

「不是要學習諸神的名字和基本兵法嗎?!妳到底有沒有去上課?!」

安潔莉卡是貴族院的三年級生，然而安潔莉卡身為當事人，卻最不清楚三年級生的課程有哪些內容，反而是為了明年正在蒐集情報的柯尼留斯還比她了解。雖然我不是斐迪南，但連我也想按住太陽穴了。

「達穆爾、布麗姬娣、柯尼留斯，能請你們詳細告訴我會上哪些課程嗎？」

「當然。」

領悟到了問安潔莉卡也只是浪費時間，我決定詢問其他三人。參考布麗姬娣與達穆爾的記憶，還有柯尼留斯蒐集來的情報，反而更可靠。

「呃……所以歸納大家所說的，三年級生共通的作業，就是記住諸神的名字及其職責，還要找到與自己屬性匹配的神祇，取得祂的庇佑。騎士的作業則是學習基本兵法、了解武器的特性，還要設法加以活用。這樣子沒錯嗎？」

「如果要再詳加細分，還有許多種不同的課程，但只要這些都理解了，應該不論任何課程都能及格過關。」

雖然在術科上吃了不少苦頭，但學科成績比較優秀的達穆爾歪過頭表示：「真不明白怎麼會不及格。」布麗姬娣也點頭表示同意。布麗姬娣說她所有科目的成績都很平均，沒有在哪個科目上感到特別吃力。

和安潔莉卡最相近的，就是柯尼留斯了吧。他說他也容易仰賴魔力和術科，學科比較不擅長。但是，至少他一直都維持著上級貴族該有的成績。

「既然會不及格，表示有考試嗎？」

「是的。最一開始會有說明和考試，讓學生理解課程的內容。在這個考試上不及格的人，便需要上課。最後一堂課會再次考試。」

達穆爾說明完，布麗姬娣睨向他，微微聳肩。

「雖然說最後一堂課還要考試，但達穆爾從來沒有上到最後一堂課吧？」

「這是什麼意思呢？」

我側過頭，達穆爾為我說明了。

「因為如果課程的內容學生已經學會了，便可以在課程外與老師預約時間，前往接受考試。多出來的時間，我都投注在術科的訓練上了，所以就算學科提早結束了，我還是

在貴族院一直待到冬天結束為止。」

如果有哥哥姊姊，或者在貴族院的住宿期間有學長姊願意教導自己，有信心能夠通過考試的人，就可以提早結束課程。我總算明白為什麼學生們回到城堡的時間都不一樣了。

「多出來的空閒時間，有人會用來學習製作魔導具，有人會強化自己的武器，有人是修習自己感興趣的課程，也有人用來加深與他領學生的交流。」

斐迪南肯定是以驚人的速度修完了課程吧。不間斷地接受考試，然後一舉過關，備受眾人讚揚，那幅情景彷彿歷歷在目。但是，想必他本人卻對身邊人們的讚揚置若罔聞，只是全神貫注地修習起下一個課程。

「……所以只要接受補課，讓考試過關就可以了吧？安潔莉卡、柯尼留斯，那你們兩人一起學習吧。現在若先一起學習，柯尼留斯明年應該也會比較輕鬆。」

我是無所謂啦──柯尼留斯說著，擔心地看向安潔莉卡。

「羅潔梅茵大人，如果要學習諸神的名字，是不是該用歌牌？」

「嗯，是啊。柯尼留斯，你願意拿歌牌過來嗎？」

「遵命。」

護衛騎士們雖然在兒童室看過孩子們玩歌牌，但從來沒有加入過，所以我請柯尼留斯提供他的歌牌，讓大家一起玩。在全是初學者的比賽上，贏的人是達穆爾。柯尼留斯顯得十分不甘心，安潔莉卡卻是輸了也沒什麼反應。必須讓她產生點奮發向上的動力，否則根本不會進步。

「……看來也要和孩子們一樣，必須提供獎勵，才會有努力的動力吧。安潔莉卡，妳現在有沒有想要的東西呢？」

安潔莉卡聽了睜大雙眼，露出了我第一次看見的認真表情煩惱起來。不時還觸碰掛在腰間上的短劍握柄，皺著眉頭。

「在我能力可及之內，也請其他人告訴我想要什麼獎勵吧。畢竟這不是大家原本該做的工作，比方說追加薪水，想到什麼都可以說喔。」

我環顧在場的護衛騎士。身為「安潔莉卡成績提升小隊」，要請他們提供協助。

「那我希望可以追加薪水。」

達穆爾輕聲一笑說道。布麗姬娣手托著臉頰，偏過頭說：

「只要是能為伊庫那帶來益處的事情，我都可以，但想不到具體的希望呢。」

現在因為取消婚約的原由已經傳開，無法再與人聯姻，所以我希望至少能為兄長幫上忙呢，布麗姬娣說。看著她已經不抱希望的表情，我不高興地噘起嘴。我認為布麗姬娣是很好的人，很希望她能找到好的結婚對象。

……不過，我的人脈和交涉能力，都沒有好到可以多管閒事呢。

「我想要新的點心或餐點。」柯尼留斯握起拳頭說。應該是想帶去參加騎士和貴族院同期的聚會吧。身為卡斯泰德的兒子，他說他想藉由新的食譜引領流行。真不知道該說他的想法很符合上級貴族，還是該說他貪吃。

「我明白了。那麼，我會付給達穆爾五枚大銀幣。柯尼留斯是誰也沒有吃過的新點心。至於布麗姬娣，我會再想想其他同等價值的獎勵。」

「感激不盡。」

達穆爾微微一笑說道，柯尼留斯也咕噥說著「這樣很合理」，但看得出來兩人都沒有提起多大的幹勁，看來得再稍微提高成功的報酬才行。我想了一會兒。

「剛才我所說的，是安潔莉卡沒能成功提升成績時的報酬。倘若各位成功地讓安潔莉卡通過考試，我會支付給達穆爾一枚小金幣，柯尼留斯是贈予一份從未給過任何人的新食譜，而不是做好的點心。布麗姬娣一樣也是等同價值的獎勵。」

達穆爾和柯尼留斯瞠大雙眼，緊接著像發現了獵物的肉食性動物般，用亮起利光的雙眼看向安潔莉卡。布麗姬娣因為獎勵的內容還不具體，所以表現十分冷靜。

「安潔莉卡，妳想好獎勵了嗎？」

我回過頭問，安潔莉卡在我面前跪下，輕撫著短劍握柄，略顯遲疑地開口：

「羅潔梅茵大人，真的什麼獎勵都可以嗎？」

「只要在我的能力範圍之內，當然都可以。」

安潔莉卡垂下臉龐，再次抬頭時，眼中有著堅定的決心。

「我想要羅潔梅茵大人的魔力。」

「魔力……嗎？」我不明所以地側頭，安潔莉卡看向自己一直撫摸著的短劍握柄。

「我現在正在培育這把劍，所以想要羅潔梅茵大人的魔力。」

「……安潔莉卡，抱歉，我不太明白妳的意思。」

安潔莉卡不擅長說明，我又不太了解武器和魔力這方面的事情，所以兩人溝通起來相當有障礙。我們看著彼此，一起歪過頭。

「羅潔梅茵大人，能容我為您稍做說明嗎？」

布麗姬娣看不下去，插嘴說道。

「安潔莉卡手上的劍，是稱作魔劍的武器，能夠藉由得到魔力不斷成長。不光主人的魔力，透過得到其他各式各樣不同的魔力，可以為魔劍帶來不同的屬性變化。所以安潔莉卡為了讓魔劍成長，才想要自己以外的魔力。」

培育魔劍時必須注入自己的魔力，偶爾也要在打敗魔獸後注入魔石裡蘊含的魔力，或是拿東西作為交換，請他人注入魔力。我「哦哦」地點頭聽著，安潔莉卡像是突然想到什麼似地，開口又說：「呃，羅潔梅茵大人，我在戰鬥上重視速度。所以戰鬥期間，幾乎都把魔力用在強化身體能力上。」

雖然很難得安潔莉卡為我補充說明，但好像還是少了幾句話，我依然聽不太懂。見我歪頭，達穆爾幫我翻譯。

「羅潔梅茵大人，您看過騎士團的戰鬥吧？多數人都是拿著思達普變成的武器在戰鬥，但是，要維持武器的外形也會消耗魔力。安潔莉卡因為把魔力都用在強化身體能力上，所以沒有使用思達普，而是使用能夠蓄積魔力加以培育的魔劍。為了能在更有利的條件下戰鬥，培育魔劍是非常重要的事情。」

「既然如此，不是可以請騎士團的大家幫忙嗎？」

這樣一來，應該三兩下就培育好魔劍了。我說完，達穆爾搖搖頭。

「沒有人會這麼輕易地把自己的魔力分給他人。」

無論是接到緊急召喚趕赴戰場、讓魔石染上自己的魔力，還是製作回復藥水，這些事情都需要魔力。身為下級貴族，魔力比其他人要少的達穆爾自是不用說，中級貴族的布麗姬娣也捨不得把魔力白白分給其他人。原來魔力這麼具有價值。

「我不介意把魔力分給安潔莉卡，那麼我在注入魔力的時候，有沒有什麼需要注意或小心的事情呢？」

「只要別多過安潔莉卡至今傾注的魔力量即可，但您真的不介意嗎?!」

「只不過，安潔莉卡是成功的時候才能得到這個報酬。妳必須在夏天之前通過所有學科的考試。」

安潔莉卡那雙原本對任何事物都興致缺缺的深藍色眼眸，此刻頭一次亮起了生氣蓬勃的光輝。她用下好了堅定決心的眼神看著我，緊握住短劍握柄。

「我絕對會通過考試，讓羅潔梅茵大人為這把劍注入魔力。」

「既然安潔莉卡有了努力的意願，事情就好辦多了。」

我們決定透過玩歌牌，學習諸神的名字與屬性，再參考達穆爾的哥哥漢力克所抄寫的書籍，利用一種類似西洋棋，會用到魔力的加芬納棋來學習基本兵法。由達穆爾負責擬定短期的密集學習進度表，目標是通過學科考試。

「讀書會就訂在貴族院關閉的土之日這天。所有人都沒問題嗎？」

達穆爾不知為何鬥志高昂，顯然是一枚小金幣魅力非凡。柯尼留斯也幹勁十足。

「安潔莉卡，我把歌牌借妳，妳拚了命也要記下來喔。」

「柯尼留斯、達穆爾，謝謝你們。」

就這樣，「安潔莉卡成績提升小隊」的戰鬥正式開始了。

祈福儀式前夕

護衛騎士們為安潔莉卡舉辦的讀書會開始了。由於慶春宴結束後，安潔莉卡就要返回貴族院補課，所以聽說她趁著最近這段時間，都在騎士宿舍和見習騎士們一起玩歌牌，進行特訓。柯尼留斯還告訴我，安潔莉卡在搶奪已經記住的奪取牌時，手的動作快到根本看不見。

至於基本兵法的主要參考書籍，就是我之前舉行完洗禮儀式後臥病在床那時，蘭普雷特為我帶來的那本書。先前閱讀那本書的時候，因為會用到魔力，所以我完全看不懂，但現在一邊下著會用到魔力、類似西洋棋的加芬納棋，一邊聽著達穆爾的解說，我覺得自己好像也懂了一點。

「達穆爾，所以在這種情況下，只要往這裡移動棋子就好了嗎？」

「是的，羅潔梅茵大人。其他例如像這樣移動也是固定走法。」

達穆爾一邊移動棋子，一邊告訴我兵法書上的幾種固定走法。邊實際操作棋子邊聆聽解說後，大概是很容易就能融會貫通，安潔莉卡頻頻表示佩服。

「原來這段話是這個意思啊？要是課堂上也能使用加芬納……」

以往安潔莉卡與柯尼留斯似乎都是靠著魔力與蠻力，只會遵照上頭的指示行動，現在好像都對兵法產生了點興趣。兩人都看著書本，移動加芬納棋。觀察著兩人學習情況的布麗姬娣，朝達穆爾瞥去一眼。

「達穆爾，你也是用這種方式學習兵法的嗎？」

「這是我的兄長教我的方法，所以在學習兵法時，我幾乎都會使用加芬納。」

加芬納是種騎士團的人也經常拿來當作消遣的遊戲，但因為遊玩時需要消耗魔力，所以比較像是中級到上級貴族專屬的遊戲。看到下級貴族的達穆爾竟然持有加芬納，還一派理所當然地使用，布麗姬娣似乎感到有些不可思議。

「聽說兄長還在貴族院就讀的時候，加芬納曾在宿舍風行一時。連領地對抗的魔獸狩獵與迪塔等競賽也會用到加芬納，由斐迪南大人擬定作戰計畫，向大家說明。當時的學生即使不去聽課，好像也都對兵法瞭若指掌。」

達穆爾之所以會對斐迪南抱有崇拜與敬意，可能是因為聽兄長說了很多關於斐迪南的事蹟吧。

……不過，了解得越多，越發現神官長果真是十項全能。

「等到羅潔梅茵大人前往貴族院就讀時，會是歌牌與繪本非常盛行吧？這兩樣東西的影響力確實足以引起流行，我認為可以再提高價格，賣給他領。藉由創造新的流行，也能鞏固艾倫菲斯特的地位。」

布麗姬娣看著歌牌與繪本說。

「我還沒有學習到領地以外的事情，艾倫菲斯特的地位不算穩固嗎？」

「艾倫菲斯特因為在政變之際保持中立，所以現在的順位算在正中間吧。」

由於比起他領比較沒有受到政變的波及，情勢相對穩定，所以現在的順位在正中間，但聽說以前在二十五個領地當中，艾倫菲斯特的順位還是由下數來比較快。

「雖說順位上升了，但也只是因為那些在政變中落敗、因而失勢的領地影響力下降了而已，艾倫菲斯特自身並沒有任何影響力。」

「原來如此。那麼關於這些教材，得盡可能對他領的人保密，暫時先以提升艾倫菲斯特整體貴族的學習能力為目標吧。」

後來見到齊爾維斯特和斐迪南，我也向兩人轉述了布麗姬娣對教材、學習能力的提升與艾倫菲斯特現有影響力的看法。如果能趁著現在情勢還動盪不安的時候，加強艾倫菲斯特的影響力，對領主來說好像也是求之不得的事情。

齊爾維斯特在慶春宴上宣布，領內孩子們的學習能力在冬季期間有了大幅提升，此外關於奇爾博塔商會販售的教材，要暫時先向他領保密。他還嚴格下令，學生們把教材帶往貴族院的時候，絕對不能拿出宿舍。

慶春宴結束後，我一邊和依依不捨的孩子們談天，一邊請下級貴族孩子的父母親寫下字據，也要求孩子們保證會珍惜使用教材。看見孩子們抱著借來的繪本和歌牌，都露出了開心的笑臉，我也鬆一口氣。

「羅潔梅茵大人，我會在冬天來臨前收集到更多新故事的。」

「菲里妮，我也會準備新的繪本，期待妳帶來的故事。請妳一定要試著自己抄寫，練習寫字喔。」

基貝與住在基貝土地上的貴族們各自返回了自己的居住地。與之同時，安潔莉卡也必須回到貴族院。這幾天來可以看出她有明顯的進步，希望她能持之以恆。

「土之日我會回到城堡。」

「妳一定要專心聽課，善用歌牌和加芬納進行練習喔。」

安潔莉卡抱著父母親買給她的歌牌、繪本和加芬納，回到了貴族院。對於安潔莉卡居然會想要與讀書有關的東西，她的父母親都震驚得瞠大了眼，但也二話不說掏錢購買，更熱淚盈眶地向我表達感謝。

隨著貴族們一一離開城堡，我和斐迪南也回到神殿，舉行了冬天的成年禮和春天的洗禮儀式。接著隔天與青衣神官們召開祈福儀式的會議，由斐迪南負責分配並宣布誰要前往哪些地方。直轄地則由我和斐迪南分頭前往。

會議結束後，斐迪南說要和我詳細討論有關祈福儀式與採集的事情。我回到自己的房間，喝著妮可拉泡的茶，稍做喘息。妮可拉端來點心，輕輕地把盤子放在我面前。

「羅潔梅茵大人真是一刻也不得閒呢，您的身體還好嗎？」

「現在還可以，之後妳們得陪同我前往祈福儀式，到時要乘坐馬車移動，每天都會很忙吧。雖然辛苦，但就麻煩妳們了。」

「是！」

門外傳來了鈴聲，斐迪南與抱著資料的薩姆一同走進來。

「法藍、薩姆，把地圖攤開。今年和去年的祈福儀式一樣，我們會騎乘騎獸，分別在上午和下午去一處冬之館。今年因為只有直轄地，行程上應該會比較寬鬆。」

斐迪南讓法藍和薩姆攤開領地的地圖，開始照著順序指出今年的祈福儀式要前往的地點。開會那時候，本來是一人負責一半的直轄地，但依據斐迪南現在的說明，卻變成了我一個人要前往所有的直轄地。

「呃，神官長，我記得剛才在會議上，神官長是負責去這一帶吧？」

我側過臉龐問，斐迪南用透著無力感的眼神看我。

「當然是因為我要和妳一起行動，才會所有直轄地都得前往，這點小事顯而易見吧。況且還是領主親自拜託妳，要妳前往直轄地，妳已經忘了嗎？」

「這我當然記得，但只要祈禱的時候獻上充足的魔力就好了吧？神官長應該也辦得到，分頭前往不是更有效率嗎？」

去年的祈福儀式我去了所有地方，一路上都得喝藥，強行恢復體力和魔力，實在是豔苦不堪言的旅程。然而斐迪南聽了我的建議，用力哼一聲駁回。

「這是妳答應下來的事情，是妳的工作，我只負責監視妳。」

看來祈福儀式得由我一個人完成了，斐迪南說他只負責協助。他接著開口又說：

「再者，祈福儀式途中也預計採集春季的材料，有可能又像秋天那樣發生意料外的狀況。與其一直忐忑不安地等著通知，還突然接到來自奧多南茲的求援，倒不如從一開始就一起行動，更能減輕我心理上的負擔。」

「啊嗚……那時候真是承蒙神官長前來相助。這次也請你多多幫忙了。」

想起了舒翠莉婭之夜的情況，我改口請求斐迪南同行。有沒有斐迪南在，精神上的安心感與安全程度也會截然不同。

「羅潔梅茵，艾克哈特說他祈福儀式想與我們同行，妳有異議嗎？」

「艾克哈特哥哥大人是神官長的護衛騎士，他來或不來我都沒有異議喔。」

「不，原則上以神官身分行動的我，不能帶著護衛騎士。若要帶他同行，會對外宣稱他是臨時指派給妳的護衛騎士。」

表面上會宣稱是卡斯泰德擔心女兒要離開貴族區，還得前往領地各處，所以動用騎士團長的權限，為領主的養女指派了護衛騎士。

「如果採集春季材料的時候也需要戰鬥，人手越多越好吧？」

「是啊。所以只要妳沒異議，我打算帶著艾克哈特一同前往。還有，這次需要一名文官與我們同行，負責見證在哈塞發生的一切，尤修塔斯如何？」

明明是自己提議的人選，斐迪南卻更用力地皺起了眉，表情非常不甘願。

「尤修塔斯我認識，所以很放心喔。但為什麼神官長露出了這種表情呢？」

「因為每當尤修塔斯這般自告奮勇，往往沒什麼好事。」

斐迪南嘆氣說道，談話也就此宣告結束，確定了要同行前往祈福儀式的人員。

「本日要與奇爾博塔商會的人會面，但您這次召見的人數多了不少。」

法藍在走向孤兒院長室的半路上說道，我輕笑起來。因為今天我不只叫來了班諾、馬克和路茲，還有珂琳娜和多莉。

「因為有很多事情我要一鼓作氣完成。」

抵達孤兒院長室時，奇爾博塔商會的人已經到了。班諾做為代表向我問候，然後我再看向珂琳娜與多莉。

「珂琳娜，我想請妳縫製一套衣服，希望能在星結儀式前提交。」

「……羅潔梅茵大人尚未成年，請問要為哪位縫製衣裳呢？」

珂琳娜眨了眨眼睛。我微微一笑，招手喚來布麗姬娣。

「是我的護衛騎士，布麗姬娣。」

「我、我嗎？」

「我要訂做一件最能襯托布麗姬娣的服裝。這就是我提供給妳的報酬喔。」

我領著一臉驚慌的布麗姬娣進入秘密房間。布麗姬娣顯得不知所措，踏進從來沒有進來過的秘密房間。我也邀請了珂琳娜和她的助手多莉進來。

「法藍，你先和大家討論神官們要前往哈塞的事情吧。」

「遵命。」

把後續事情交給法藍，我帶著莫妮卡，關上秘密房間的房門。

「我在去年的星結儀式上看見過布麗姬娣，覺得當時的服裝不太適合妳。所以我試著想過了，什麼樣的服裝更適合像布麗姬娣這樣身形修長的女性。」

我把莫妮卡捧在手上的設計圖擺在桌上，向布麗姬娣展示。

「這個是稱作『削肩』的服裝，最大的特徵在於布料會從脖子直接延伸到腋下，讓肩膀露出來。然後會在手肘上綁條緞帶，另外加上袖子。」

不同於繞頸式領口，不是利用布料或帶子在頸後打結，前後身有著一樣的剪裁，所以不會大面積地裸露出後背。

「上半身直到腰部為止會做得很合身，裙子再使用大量的布料做出縐摺，所以我想應該不用擔心會太樸素。」

老實說我更想採用魚尾裙的設計，簡單明瞭地強調出布麗姬娣的好身材，但貴族的衣服都得使用大量布料。於是我把重點放在從豐滿的胸圍和緊實的背部開始，直到腰部的線條為止要怎麼完美呈現，腰部以下再使用大量布料。考慮到這是貴族女性要穿的服裝，我避開了禁忌，最後設計出了這個款式。

「我從沒見過這種款式的服裝呢。」

「現在流行的款式肩膀很蓬鬆飄逸，看起來會有種肩膀變寬的感覺吧？身材嬌小纖細的女性穿了，或許會很可愛，但布麗姬娣手腳修長，我覺得強調縱向的線條會比較美麗……布麗姬娣，妳覺得如何呢？如果妳不喜歡，不需要勉強訂做喔。」

我偷瞄了眼布麗姬娣。她放柔表情，露出微笑。

「不，那就麻煩羅潔梅茵大人了。這是羅潔梅茵大人為我設計的服裝，我也知道現在流行的款式，並不適合我和女騎士們。但是我們必須跟隨流行，所以即便不適合，還是得穿在身上。但是，如果是領主的養女羅潔梅茵大人為我設計的服裝，就能讓新的款式成為流行吧。」

想到不光自己，同樣身形的女騎士也能穿上這款服裝，布麗姬娣接受了我的提議。

「珂琳娜、多莉，麻煩妳們為布麗姬娣測量尺寸，再和她討論要用什麼布料與顏色吧。布麗姬娣，我能提供的費用是五枚大銀幣，安潔莉卡通過考試的話，則是一枚小金

幣。訂做的時候還請妳參考這個金額，不要超出預算。」

我把紙和墨水放在珂琳娜前面，請她儘管使用，再把類似小木槌的魔導具交給莫妮卡。

「莫妮卡，等到量完尺寸、討論好細節，再用這個敲打這裡吧，屆時外面的魔石就會發光。我先出去和班諾他們討論事情。」

「遵命。」

交由珂琳娜與多莉為布麗姬娣測量尺寸後，我走出秘密房間。在房外，教材販售的營業額報告已經結束了，關於要送神官他們前往哈塞的行程，也差不多快要討論完畢。因為已經往來過好幾次，討論看來很順利就結束了。

「羅潔梅茵大人，我前些天去察看了哈塞的情況。」

馬克趁著融雪之際前往哈塞察看了情況。依據他的報告，冬季期間鎮民間似乎有過激烈的議論，如今鎮長派完全遭到了孤立。

「畢竟對農民來說，不舉行祈福儀式，等同是領主放任他們自生自滅。聽到新任神殿長是領主的女兒，又努力在向領主求情，自然會倒向新神殿長派。」

哈塞周邊的農民們砲口一致地譴責鎮長思慮不周，所有人都認為應該要請求領主的女兒，也就是新任神殿長為哈塞說情。因為一下子聽到了太多消息，像是前任神殿長已經過世、坎托納被解任、對小神殿的攻擊可說是對領主一族的攻擊等等，哈塞鎮民在封閉的冬之館中陷入了一團混亂。

「鎮上的人似乎都以為小神殿是新任神殿長擅自建造，完全不曉得白色建築物都由領主一族所建。他們不斷聲稱自己從來沒有過想攻擊領主的意圖、這都是鎮長的命令。由於我們之前在散播消息時，事先暗示過了需要有人出來負責，所以聽說鎮長現在過得非常戒慎恐懼。」

在艾倫菲斯特，居民都知道白色建築物是貴族的住處，絕不能任意觸碰。雖然從未踏出過家門一步的我並不知道這件事，但聽說這是常識。

「馬克，謝謝你還特意前去調查。」

「能幫上忙是我的光榮。我也順便放出了消息，告訴大家一到春天，應該會有文官和騎士正式受領主之命前來哈塞，逮捕負責人。我想他們此刻肯定正過得如履薄冰，精神上的壓力也快到達極限了吧。」

看著馬克邪惡的笑容，我心想太過忠心耿耿也是件恐怖的事情，默默別開目光去看法藍。法藍也面帶著讓人感到心底發寒的微笑。

「為免發生危險，我想再拜託大門士兵擔任前往哈塞的護衛。路茲，請把這封信交給東門的士長。」

我把護衛委託信交給路茲。雖然也考慮過交給多莉，但現在所有人都在，如果請多莉轉交給士兵的護衛委託信，好像不太妥當。

「謹遵您的吩咐。」

這時秘密房間前的魔石發出亮光，表示布麗姬娣量完尺寸了。我打開秘密房間，讓四個人出來。布麗姬娣走出來後，向我報告她指定了什麼樣的布料與顏色，我邊聽邊偷偷瞄向多莉。眼神對上後，我們對彼此微微一笑，但多莉現在是裁縫師的助手，我沒有理由能找她說話。我拚命動著腦筋，編出可以和多莉攀談的藉口。

「以上便是我指定的內容。」

「這樣呀，很高興妳喜歡。珂琳娜，這次的服裝款式相當罕見，想必會讓妳費點工夫，但我很期待妳的手藝……還有，多莉。」

多莉彈也似地抬起小臉。我「呵呵」微笑，向她訂做髮飾。

「請妳搭配布麗姬娣的髮色，還有服裝的顏色及整體的感覺，為她設計一款髮飾吧。等我從祈福儀式回來，再叫妳和珂琳娜來。」

我不想在祈福儀式前這麼手忙腳亂的氣氛下，等到事情都告一段落了，再悠悠哉哉地談天吧。大概是察覺到了我真正的意圖，多莉淺淺微笑，然後輕輕遞來一個木盒。

「羅潔梅茵大人，請問您需要春天的髮飾嗎？為了要前往祈福儀式的羅潔梅茵大人，我在冬季期間做了一個新髮飾。」

「當然需要。」

我怎麼可能說不要呢。從木盒中拿出來的髮飾，用了從黃綠色到深綠色等深淺不一的各種綠色，包裹住了外形像是番紅花，宣告春天正式來臨的白色蓮伏洛花。

請多莉為我戴上髮飾，我再輕輕地搖晃腦袋。髮飾下宛如藤蔓的成串葉子輕柔地左右搖盪。

「羅潔梅茵大人，非常適合您。」

多莉露出了滿足的笑容。有了新髮飾和多莉的笑臉，我也心滿意足。

對哈塞的懲罰

在我們出發前往祈福儀式之前，要前往哈塞的神官們坐在奇爾博塔商會的馬車裡，在士兵們的護送下準備出發。聽說大家開始謠傳，每次之所以都只有父親獲得指名，是因為他會在任務一開始就跑來神殿迎接，所以這次負責護衛的士兵們全跑到神殿的後門來一字排開。

「昆特，這次也麻煩你了。」

我加深了笑意說道，父親也裝模作樣，正經八百地跪下。

「請包在我們身上，我們一定會平安地把所有人送到哈塞。」

「交給你我很放心，幾天後在哈塞見了。」

在我拜託士兵們護送時，顯然已經變成了好朋友的瑪塔和戴莉雅正在一旁依依不捨地道別。對於能夠回到哈塞，托爾他們都是一臉歡天喜地。至於這回頭一次被派往小神殿的神官等人，因為從未離開過艾倫菲斯特，看來都有些緊張。

奇爾博塔商會一行人與神官們前往哈塞的兩天後早晨，我和斐迪南他們的侍從及廚師也坐上了馬車，往哈塞的小神殿出發。兩者的出發日期會間隔兩天，是因為要請班諾先把信轉交給哈塞鎮長。

信上寫著我們要前往哈塞處分反叛者的日期。這封信不需要等候回信，雖然我在信上寫了日期，但其實這是蓋了領主印章的命令書。

我預計在第五鐘搭乘騎獸前往哈塞，鎮長應該已經收到信了吧。我想現在哈塞的居民一定都很緊張和不安，大概連午飯也食不下嚥。稍後必須宣布罪狀、處決鎮長的我，老實說心情也很沉重。我一邊想著哈塞的未來，一邊放下筆，再把寫好的紙張整理成一束，交給弗利茲。

「弗利茲，這些是冬天繪本的內容，麻煩你交給葳瑪，請她在我前往祈福儀式的期間畫好插圖。」

我已經拜託了弗利茲和吉魯，要在夏季中旬的星結儀式之前，做好秋冬兩季眷屬神的繪本。秋季眷屬神繪本的插圖幾乎都完成了，只等著開始印刷，冬季眷屬神的繪本則是內容才剛剛寫好。

一大早侍從們便出發前往了哈塞，如今神殿長室裡剩下的侍從，就只有負責管理工坊的弗利茲，還有預計搭乘騎獸和我一起行動的法藍。

除了兩人，現在房裡還有幾名平日都在工坊工作的灰衣神官。今天喚來的灰衣神官全有過侍奉青衣神官的經驗，會請他們過來幫忙，是因為我邀請了斐迪南共進午餐。他把專屬廚師和侍從都送往哈塞後，現在身邊幾乎沒有半名侍從。

「法藍，餐點的準備沒問題吧？但我想只要交給雨果，應該不用擔心……」

艾拉已經出發前往祈福儀式了，所以今天的午餐我拜託公會長和芙麗妲，借來了雨果和一名助手。可以接手義大利餐廳的廚師好像已經培訓好了，雨果多半也希望可以和身為領主養女的我打好關係，所以二話不說就答應了今天的請託。

「雖然他沒有來過神殿長室的廚房，但器具的配置都與孤兒院長室那裡差不多，所以工作上應該不會有問題。神官長也會很滿意吧。」

「艾克哈特哥哥大人和尤修塔斯也是吧。」

因為吃完午餐休息一會兒後，就要在第五鐘搭乘騎獸前往哈塞，所以本來沒有必要邀請艾克哈特與尤修塔斯一起吃飯。然而，他們卻自己捎來了表示「非常期待」的奧多南茲，我不得不邀請他們。

「不說這個了，羅潔梅茵大人。您再不快點寫完，神官長就要到了……」

經法藍提醒，我繼續寫下要請雨果轉交給芙麗妲的信。我在信中為她願意把雨果他們借給我表達謝意，還寫了能在義大利餐廳推出的當季菜單，最後補上一句「等祈福儀式結束，我再前往光顧」。封好後，交給弗利茲。

「支付出差費用的時候，請把這封信交給雨果，指示他轉交給芙麗妲。」

門外傳來了通知有客人來訪的輕微鈴聲。這是神官長的鈴聲。法藍上前開門，斐迪南帶著薩姆走進來，身後還有艾克哈特和尤修塔斯。

「羅潔梅茵，抱歉讓妳準備午餐了。」

「哪裡。畢竟神官長答應了我任性的要求，讓我可以搭乘騎獸前往哈塞。我很感謝神官長。」

「羅潔梅茵，不好意思還讓妳準備我們的份。」

艾克哈特緊接著面帶非常爽朗的笑容走進來。艾克哈特和卡斯泰德一樣，食量都很大，真希望他的表情可以再表現得不好意思一點，難道是我度量太狹小了嗎？

吃完了暌違已久由雨果親手料理的午餐，我們一邊喝著法藍泡的茶，一邊討論接下來將要前往的哈塞。必須先向艾克哈特和尤修塔斯說明哈塞的情況。確認大家都拿好了斐迪南提供的防止竊聽用魔導具，我開始說明。當時為了在領地內推廣印刷業，又能方便我出入，我才想要附了神殿的孤兒院兼工坊。而這一句話，就是一切的開端。

「當時的我太無知了。」

因為那時候的我才剛舉行完洗禮儀式，對於貴族幾乎是一無所知。所以我本來打算委託平民區的建築工坊，建造孤兒院與工坊。事實上如果只是要建造孤兒院兼工坊，那委託平民區的工坊並不會有問題，然而，我卻說了我想要神殿。神殿是有著貴族血脈的青衣神官出入的地方，在我說出這句話的當下，就已經確定了要建造白色建築。

「要是我足夠了解貴族，就不會說出想蓋小神殿這種話，也不會在邀請領主前來用餐的場合下，提出這種要求吧。」

「齊爾維斯特也一樣。他因為對餐點太過滿意，一時間不知節制，才會想也不想就衝出去。但我也應該要更謹慎，了解羅潔梅茵到底有多缺乏貴族的常識。」

連平常總會制止我和齊爾維斯特的斐迪南，當時也以為我是想透過用餐點款待他和齊爾維斯特，讓情況對自己有利，進而使自己的請求得到許可。「羅潔梅茵的行事作風也越來越像個貴族了。」斐迪南說他當時還在心底為此感到高興，想法與常識的差異真是太可怕了。

「結果，當天就在哈塞建好了小神殿。」

不同於聽到驚人內幕後瞪大眼睛的艾克哈特，尤修塔斯的雙眼感到有趣地發光。

「噢噢，真相果然總是充滿驚奇。所以蒐集情報這件事，才會教人這麼欲罷不能。那麼，後來出了什麼問題？快告訴我吧。」

後來動員了平民區的工匠，把哈塞的小神殿整頓成了可以居住的環境後，便去鎮上迎接孤兒。會想收養孤兒，一開始也是以為這樣了能夠減輕哈塞居民得照顧孤兒的負擔，一方面也是想幫助處境令人同情的孤兒。

「最後，我確實幫助了差點被賣掉的女孩子，還有她們的哥哥和弟弟。但是，我的行動卻使得哈塞陷入困境。直到奇爾博塔商會的人告訴我，我才知道原來哈塞的孤兒們，等於是鎮民的共同財產。」

「但不知道孤兒是共同財產也是當然的吧？畢竟在艾倫菲斯特，我聽說都是由店家在照顧已經受洗過的孩子。」

尤修塔斯說完，艾克哈特嘀咕說著：「原來是這樣嗎？」但知道平民孤兒在艾倫菲斯特所受待遇的尤修塔斯，怎麼看都不是普通的貴族。

「然後，他們大概以為既然這是神殿，只要拜託前任神殿長就不會有事吧。所以深信自己擁有強大後盾的鎮長，就攻擊了小神殿想要帶回女孩子。」

「慢著！小神殿是斐迪南大人建造的白色建築吧！」

艾克哈特雙眼圓睜，抬高音量。我點一點頭。貴族居住的白色建築物，是只有得到領主許可的領主一族才能建造的建築，所以攻擊白色建築，等同是攻擊領主一族。之前我也不知道，但不能說句「不知道」就算了。

「小神殿因為設有防護，所以沒有任何損傷，但哈塞成了意圖反叛的城鎮。」

「即刻前往討伐！」

艾克哈特立即取出思達普，斐迪南嘆了口氣制止他。

「艾克哈特，稍安勿躁。哈塞是羅潔梅茵的教材，你別擅自破壞。」

「……您說教材嗎？」

「對，沒錯。哈塞犯下了反叛罪，會有什麼下場都是他們罪有應得。所以我把哈塞當作是羅潔梅茵的教材，讓她學會怎麼挑撥他人、如何讓自己得到自己想要的結果、了解何謂對罪犯的制裁，也是為了讓她思考，自己的行動會帶來怎樣的影響。羅潔梅茵說她不想消滅哈塞，所以我才要求她促使反鎮長派興起，孤立意圖反叛的鎮長，才能保住哈塞。這次就是要去處分哈塞的鎮長與其黨羽，不許你出手。」

斐迪南哼笑一聲說道，艾克哈特一臉費解地看著我。

「竟然有平民膽敢攻擊白色建築，這群人只是禍害而已吧？應該消滅他們才對，羅潔梅茵，妳為何不願意？」

從艾克哈特這番話也能看出，我的常識真的與貴族全然不同。我「嗯……」地偏過頭，雖然不覺得對方能產生共鳴，但還是試著說出我的想法。

「因為在我的常識裡，領主應該要保護人民。居然那麼輕易就要消滅自己該保護的一座城鎮和裡面那麼多的人民，這種想法我實在無法理解。與其讓那些再也無法復活的生命消失，我覺得應該讓他們活下來、好好反省。」

「讓他們活下來？為什麼？」

艾克哈特用力皺起眉，像是真的怎麼也想不通。

「對貴族來說，平民是納稅的人吧？所以我才想到，那向他們徵稅就好了。我向養父大人提議的懲罰，就是增加哈塞十年的稅賦。」

「嗯……平民和貴族的想法在根本上南轅北轍哪。」

艾克哈特知道我以前是士兵的女兒，所以似乎以為我們想法的不同，是貴族與平民間常識的不同。他慢條斯理地摸著下巴，說出表示理解的話語。

「的確，羅潔梅茵說得沒錯，領主會保護人民。因為領主會讓土地盈滿魔力，提供給人民棲身之所。藉由徵稅，才承認平民是領民，允許他們居住，但該保護的，只有那些順從的人民而已。這些人居然忘了領主的恩惠意圖反叛，沒有必要讓他們活著。」

領主會給予土地魔力，讓土地能夠發揮作用，打造並維持人類可以生活的環境。所以平民居住在領地上，蒙受著領主與貴族魔力的恩惠，若還膽敢犯下反叛的罪行，可說是死不足惜。

「可是，如果再加上哈塞周邊農村的農民，那裡的居民有一千人以上。就算排除沒有直接相關的農民，光哈塞的鎮民就有將近兩百人。要是消滅哈塞，導致稅收減少，最終頭痛的還是領主和貴族吧？」

反正動之以情沒有用，階級不同導致的常識不同也不可能相通。既然如此，從稅收的角度說服他們看看吧。然而，我這些話一點效果也沒有。

「目前並不會。」

「我想應該不怎麼感到頭痛吧。」

斐迪南和尤修塔斯立即回道，我眨了眨眼睛。斐迪南的眉心皺出了深刻的紋路，不快地開口說了。

「如今貴族人數不足、神官不足，整體十分缺乏足以盈滿土地的魔力。為了讓現在領地內的人民都能存活下去，已經是把魔力平均分配到了極限。雖然多虧有妳進入神殿，前往各地舉行祈福儀式，魔力才稍微比較充足，但對於必須提供魔力的貴族而言，會致使他們消耗魔力的平民人數還是太多了。所以就算少了個城鎮也是不痛不癢，反而能減輕負擔。」

「請、請等一下！」

始料未及的發言讓我忍不住坐起來，斐迪南先是提醒我：「別突然起身，成何體統。」然後瞪著我說：

「但我還是採納了妳的意見，沒有當場處分那個無禮又愚蠢的鎮長，也因為妳說想盡可能拯救鎮長以外的鎮民，我不也等妳想出了妳認為的最佳解決辦法嗎？」

我一直覺得斐迪南很壞心眼、簡直冷血，在心裡面說了他不少壞話，但原來斐迪南已經對我做出了最大極限的讓步。但是，大概是覺得這樣的斐迪南太優柔寡斷，艾克哈特不滿地瞪向我。

「羅潔梅茵，這群愚蠢之徒明明蒙受了恩惠，卻還敢對領主一族武器相向，應該讓他們消失才對。不用這麼大費周章地讓他們活下去，直接摧毀吧。」

「不，艾克哈特。我同意大小姐長時間慢慢壓榨他們的提議，因為若要等人民長大到可以繳稅的年紀，得等上很長一段時間，所以平民減少太多也不好。況且只要出現一點流行疾病，平民很容易就死了，還是得預留一定程度的人數。」

聽了尤修塔斯很符合他徵稅官身分的意見，我不禁垮下肩膀。我果然無論如何也適應不了貴族的思考方式。

「該動身前往哈塞了，今天要以反叛的罪名處分鎮長派，就讓我看看羅潔梅茵想出來的計畫，究竟成功挑動了多少人吧。希望能如妳所願，反鎮長派的人變多了。」

斐迪南勾起嘴角說。我覺得心臟好像被人緊緊捏了起來。

我在神殿的正門玄關變出騎獸。這次有法藍和薩姆要搭乘小熊貓巴士，布麗姬娣也會坐在副駕駛座上擔任護衛。如今副駕駛座已經成了布麗姬娣的指定席。

「大小姐，我能把這個行李放在妳的騎獸裡頭嗎？」

尤修塔斯請灰衣神官搬來了一個大木箱。大木箱牢牢上了鎖，算是成年男子勉強可以獨力搬運的尺寸，對我來說大小剛好可以當作椅子。

因為這麼大的木箱騎著騎獸不好搬運，我馬上答應。

「嗯，沒關係，請放上來吧。」

法藍和薩姆把灰衣神官搬來的木箱放進小熊貓巴士。我正打算坐上小熊貓巴士時，尤修塔斯燦爛一笑。

「羅潔梅茵大小姐，也請讓我搭乘妳的騎獸吧。」

「尤修塔斯！」

斐迪南立即怒喝。怎麼又來了，和收穫祭那時候一樣。難道尤修塔斯一點學習能力也沒有嗎？我有些無力地垂下頭後，尤修塔斯加深了臉上的笑意。

「我是這個木箱的管理人，不能讓它離開我身邊。斐迪南大人也明白這東西有多重要吧？難道您認為文官可以撇下它不管嗎？」

尤修塔斯挺起胸膛，只差沒說怎麼樣啊？斐迪南強忍著想怒吼的衝動，表情非常兇惡，兩人互相瞪了半晌。十秒過後，斐迪南突然把視線轉向我。

「羅潔梅茵，妳記得千萬別理會尤修塔斯，否則有可能分心掉下來。」

「斐迪南大人答應了呢。好了，大小姐，請讓我坐上去吧。」

「咦？咦？剛才那樣算是答應了嗎？」

斐迪南轉過身背對倉皇無措的我，迅速地變出自己的騎獸，尤修塔斯則催促我：「大小姐，快點快點。」我來回看著兩人，最終無奈地打開小熊貓巴士的入口。

「法藍，請你教尤修塔斯怎麼繫安全帶吧。」

「遵命。」

興沖沖的尤修塔斯坐上小熊貓巴士後，我們也出發了。但是，接二連三地問著「大小姐，這是什麼？這要怎麼用？」的尤修塔斯真是有夠煩。一開始我還會仔細回答他，但再這樣下去，斐迪南提醒的「會分心掉下去」很有可能成真，太恐怖了。

「尤修塔斯，我會分心，請你不要再說話了。」

「好吧，大小姐，這是我最後一個問題。妳是怎麼做出這種騎獸的？」

「就算你這麼問……我只是心想騎獸應該要這樣就做出來了，所以很難說明。」

「真遺憾，我也想要一樣的騎獸呢……」

從空中移動到哈塞無須太久時間。我們不出多久便抵達了哈塞。

我們和收穫祭時一樣在廣場降落，人群迅速往後退開，空出了空間給我們。但不同於收穫祭那時候，大家在往後退開的同時，也馬上在原地跪下。所有人深深低垂著頭，側臉上滿是沉痛。孩子們似乎也感受到了現場的氣氛，沒有人吵吵鬧鬧，不是一臉不安地緊挨在父母親身旁，就是和大人一樣跪下。

從這凝重的氣氛，可以知道大家都已經理解到了現況，我緊抿著唇。今天真的可以只處分鎮長一個人就好嗎？我抬頭看向走在前面的斐迪南，但看不出來他內心真正的想法究竟是什麼。

「……奇爾博塔商會所轉交的信件已經送達，在此恭候諸位大駕。」

舞臺上以利希特為中心，還有幾名應該是周邊農村村長的人也跪在地上等候。我想是因為鎮長將被問罪，所以由利希特當代表在掌管冬之館吧。今天不是鎮長，而是由利希特做為代表向我們問候。

「神殿長、神官長，歡迎兩位來到哈塞。為水之女神芙琉朵蕾妮所牽引的命運獻上由衷感謝。」

聽了面對貴族該說的恭謹寒暄，我們輕輕點頭。跪著的利希特抬起頭來，視線的高度正好與我等高。

「神殿長，請問哈塞……」

「利希特，對不起，對哈塞的處罰就和信上寫的一樣，無論我怎麼向養父大人求情，這件事還是沒有轉圜的餘地。」

我對利希特這麼說完，轉向聚集於廣場上的居民高聲宣布。手上拿著飛蘇平琴演奏會時也用過的、能放大音量的魔導具。

「哈塞的居民們，對小神殿的攻擊，等同是反叛領主一族的重罪。我再怎麼向養父大人求情，這點還是不會改變，況且反叛還是連貴族也必須受罰的重罪。而這次的攻擊是由鎮長指使，還有不少鎮民參與其中，所以哈塞被視為是對領主抱有敵意的危險城鎮，罪行之重，足以讓整個城鎮遭到摧毀。」

廣場上的人們喧譁起來。「鎮長他到底幹了什麼好事！」「這跟住在農村的我們完全沒關係吧。」「根本是無妄之災！」各種含恨的話聲不斷從前方傳來。

「但是，哈塞這裡也有平常都在農村生活的農民，也有人是受到鎮長的脅迫與欺騙吧。所以，我盡己所能地拜託了養父大人，請他重新考慮，不要因為連帶責任而摧毀整個哈塞，他也重新考慮了處罰的內容。」

眾人「噢噢」地發出驚嘆，臉上的表情都染上喜悅。我趕在大家內心的期待不斷膨脹前急忙補充說：

「養父大人只是重新考慮了處罰內容而已，並非不會有任何懲罰。對哈塞的懲罰，是今年的祈福儀式禁止派遣神官前來，以及提高今後十年的稅賦。我雖然保住了各位的性命，但哈塞還是必須面臨嚴厲的懲罰。還請原諒我力有未逮。」

在場眾人發出了喜悅的歡呼。有人撫著胸口，有人高興得和其他人擁抱。

「光是可以免除連帶責任，我們就感激涕零了。神殿長，非常謝謝您。」

廣場上正歡聲一片，斐迪南靜靜上前，從我手中拿走了加大音量的魔導具。他拿著魔導具，冷聲說道：

「把反叛者帶上來，即刻進行處分。」

廣場登時鴉雀無聲。靜得都能聽見吞嚥聲的沉默籠罩全場。利希特先是緊緊閉上眼睛，點頭說道：「遵命。」

選別之門

在斐迪南的命令下，利希特說著「請先恕小的失陪」，暫時離開。

緊接著，鎮長在好幾個男人的押解下被帶上舞臺。如今的鎮長面頰消瘦，身上穿著破破爛爛的衣服，看起來可憐兮兮。但是，其實平民平常都是這樣的打扮。他的動作雖然有點蹣跚不穩，但乍看之下並沒有被人拳打腳踢過的痕跡。看來冬季期間，應該沒有遭到太過殘忍的虐待。

鎮長被逼著在我面前跪下後，稍稍抬起頭來，僅一瞬間看向我，很快又低下頭去。那一瞬間露出的眼神莫名尖銳。在他微微瞇起的眼睛裡，我確實感受到了輕蔑。視線中隱含著嘲弄，多半是心想既然人人都說我慈悲為懷，那麼只要說得天花亂墜，應該就能騙過我這個年幼的小女孩吧。

……換作以前的我，大概不會察覺到鎮長輕蔑的視線吧。

這一年來我都在貴族社會裡打滾，面對表情少有變化的斐迪南，還有雖然面帶溫柔微笑，卻不會讓人看出真正心思的芙蘿洛翠亞，一直很努力想從他們的神情當中讀取出訊息，看來我也因此稍微成長了。雖然居然是在這種情況下實際感受到自己的進步，讓人高興不太起來，但我也很慶幸自己不是毫無所覺。

「神殿長，我是真的什麼也不知道。」

鎮長低垂著頭，用悲痛的嗓音開始為自己辯解。他滔滔不絕地解釋說著，自己根本不知道攻擊小神殿相當於反叛的重罪。但是，說他完全不知道是騙人的。收穫祭那時候，法藍把攻擊小神殿一事告訴了利希特後，他說利希特臉色丕變。連負責輔佐的利希特都知道，鎮長更不可能不曉得。他只是打好了如意算盤，打算請前任神殿長幫他掩蓋掉這件事。就是因為知道「這麼做不妙」，鎮長才會趁利希特不在的時候襲擊小神殿。

不自覺間內心的不快越來越強烈，我想站在我一步後方的斐迪南，表情恐怕更是殺氣騰騰。後頸一帶寒毛直豎。

「你不斷聲稱自己不知情，那又如何？」

斐迪南厲聲打斷了鎮長的辯解。鎮長揚起頭來，瞬間語塞，但大概是覺得我比斐迪南更好說話吧，他把視線固定在我身上，看也不看斐迪南的方向，又繼續對著我說：

「拯救了哈塞脫離險境的善良神殿長啊，我這麼做，全部都是為了保護哈塞。我也知道先前是我太愚昧無知，還請您也對我大發慈悲……」

鎮長畢竟曾是管理階層，很清楚該怎麼發聲，又要說哪些話就能打動人民。廣場上的人們也開始請求道：「神殿長，請您大發慈悲。」

……這下糟了。

我這麼心想。可以的話，我很希望只犧牲鎮長一個人，就能拯救哈塞其餘所有的居民。萬一站在鎮長那一邊的人增加了，受到處分的人也會增加。

「您不是連對孤兒也有著憐憫之心嗎！」

鎮長口沫橫飛地訴說著我有多麼憐憫哈塞的孤兒、對他們多麼寬仁大度，並哀切地懇求我能把對孤兒懷有的慈悲之心也施捨給他。利希特一臉「你快閉嘴！」的表情，對著鎮長微微動了動身體。我猜他是想阻止鎮長吧。但利希特往上抬頭後，霎時面無血色，手的動作也停下來。恐怕是因為看到了斐迪南在瞪他。

緊接著，有人用指尖輕敲了我的背。我立即回頭仰望，發現斐迪南的雙眼綻放著凜冽兇光，嘴角只是單純往上彎成了微笑的形狀。感受到了他彷彿在說「快點結束」的無言壓力，我的嘴角不禁抽搐。

……這下該怎麼辦呢？

我必須維持住剛才建立起的聖女形象，同時又要讓事態發展成處分掉鎮長是最佳的解決辦法。我好一會兒注視著不光用嘴巴，現在更開始比手畫腳地哀訴的鎮長，靜靜垂下目光。

「……鎮長，你不斷說著，希望我能對你大發慈悲，但你平常都會對孤兒們拳打腳踢吧？我收養托爾和瑞克的時候，他們全身傷痕累累。」

打算要賣掉的諾拉和瑪塔，營養狀態還算比較良好，但托爾和瑞克卻骨瘦如柴，身上到處都有著可以看出平日常常挨打的傷口和瘀青。「對於會對弱者暴力相向的你，我還有必要大發慈悲嗎？」我問道，鎮長明顯急了起來，他竭盡所能想說動我，讓我讓步，激動地繼續辯解。

「呃，對了，那是處罰。要是他們乖乖聽話，我也不用處罰他們。既然做了不好的事情，那當然要接受處罰。」

「我不明白，究竟什麼樣不好的事情，需要動用暴力處罰他們呢？……舉例來說，如果托爾和瑞克攻擊你的家人，這樣算是不好的事情嗎？」

我用手托腮，更是佯裝人畜無害地偏過頭說。鎮長點頭如搗蒜，只差沒搓手了，想要繼續哄騙不諳世事的小女孩。他移動跪地的膝蓋，不斷朝我挨近，強烈表達著主張的炯炯雙眼有點恐怖。

「這當然是不好的事情。孤兒若是攻擊我的家人，我一定會生氣地質問他們在做什麼，動用到暴力也是無可厚非。沒人會說我做得不對，而且也得讓孤兒們明白自己的處境，是我們哈塞在撫養他們。」

鎮長身後的利希特緊緊閉上雙眼，頹然垂下了頭。跪在利希特四周的農村村長們也臉色陰沉。我筆直地望著鎮長，問了最後一個問題：

「就算兩人告訴你，他們不知道那是你的家人，還是要處罰嗎？」

「他們怎麼可能不認識我的家人，這種謊話誰會相信。」

我慢慢地吐了口氣，低喃說道：「真遺憾。」轉頭看向斐迪南。

「神官長，以上便是鎮長的主張。」

斐迪南冷笑著瞇起雙眼，嘴角上揚，說著「原來如此，我明白了」，上前一步與我並肩。斐迪南上前一步後，我往後退了一步，把發言權讓給他。

「依據你的主張，攻擊領主為了女兒，也就是為了神殿長所建造的小神殿的人，自然應該要受罰。白色建築是貴族的住所，是以領主的力量所建造的建築物，這件事無人不知，無人不曉。」

「不，這我真的不知情……」

發現辯解的對象換成了斐迪南，鎮長立刻開始後退，臉色變得慘白，也不再像剛才那樣饒舌多話。他看向往後退了一步的我，拚命用眼神發出求救訊息，但我不予理會。斐迪南再往前一步，逼問不斷後退的鎮長。

「你身為鎮長，理應有機會與貴族往來，不可能不知道這件事。你唯一不知道的，就只有能夠隱瞞你的罪行、為你粉飾太平的前任神殿長已經過世一事。所以你早就知情，還是指使了鎮民攻擊小神殿。」

鎮長驚嚇得張大雙眼，繼續想要推託說：「不是，我沒有……」然而，廣場上剛才還在為鎮長求情的人們，此刻眼神都變得非常冰冷。說不定一直以來，鎮長都只是對哈塞的居民堅稱他不知道。

「無妨，你知不知道都無所謂。哈塞人民的行為，是對領主一族的攻擊，是反叛。必須接受處罰，也沒有任何人會說下達懲處的領主做得不對。因為必須讓平民明白，是貴族在養活他們，一如你剛才的主張。」

「但是……」

「住口，我不想再聽到你滿口謊言的辯解。」

斐迪南聲色俱厲地制止了鎮長的反駁後，一骨碌轉身，走回到我旁邊。然後，他用低頭看著鎮長時的凌厲眼神，惡狠狠地低頭看我。

「羅潔梅茵。」

發現要挨罵了，我挺直了背，收起下巴。見狀，斐迪南十分刻意地大嘆口氣，臉上帶著完全可以去演壞人的表情，發出了讓人直打冷顫的話聲。

「妳向領主請求減刑的時候說過，哈塞居民都明白自己犯下的罪行有多麼重大，而且也在深刻反省……然而在我看來，我一點也不認為他們明白了。」

斐迪南的視線從我身上轉到鎮長，最終再掃向廣場上的所有人。在迎上斐迪南目光的同時，所有人都緊緊閉上嘴巴，噤若寒蟬。

「羅潔梅茵，人稱艾倫菲斯特聖女的妳，真有必要對哈塞施捨妳的慈悲嗎？」

眼看事態有可能演變成連我剛才宣布的減輕連帶責任都被取消，廣場上的人們僵硬不動，現場安靜得彷彿連根針落地的聲音也聽得見。因為不曉得斐迪南接下來要說什麼，凝重的沉默籠罩全場，誰也不敢隨便亂動。在這種壓迫感非常強烈，甚至讓人不敢吞嚥口水的氣氛下，利希特像是強行撐起沉重的腦袋，慢慢抬起頭來。

「神官長、神殿長，還請允許我發言。」

利希特用顫抖的聲音請求許可，臉色鐵青。大概是緊張到直冒冷汗，髮際顯得濕黏。

「准許你。」

得到了斐迪南的許可，利希特先是道謝，「感激不盡。」接著開口說了：

「神官長，對於在鎮長的命令下，我們所犯下的罪行有多麼嚴重，全體居民都非常了解。原本整個城鎮還有可能遭到摧毀，都是多虧了聖女慈悲為懷，才救了我們一命，對此我們也都銘感五內……所以，只有鎮長不明白而已，居民全都非常明白。」

利希特在斐迪南的無聲壓迫下一邊瑟瑟發抖，一邊拚命為哈塞的鎮民說話。我正為此大受感動時，有人推了下我的背。我抬頭看向站在身旁，同樣一臉嚴肅地低頭看著利希特的斐迪南，他朝我投來的眼神好像在問：「妳的角色是什麼？」

……對喔，我是聖女。

現在不是為利希特的言行深受感動的時候。我迅速轉身，像在與斐迪南對抗一樣，急忙張開雙手保護利希特。

「神官長，利希特也這麼說了。居民一定都明白了。」

「……神殿長。」

感動不已的叫喚聲從背後的利希特和村長他們，還有從廣場傳來。充滿敬意與感動的視線讓我覺得很有罪惡感，真想挖個地洞鑽進去。我好想大叫「我真的沒辦法扮演聖女這種角色！」，然後逃離現場。可是，面對神態有如大魔王一般的斐迪南，我不能逃跑，因為這也是我必須克服的難關。

斐迪南看著站到他面前的我，緩緩搖頭。

「羅潔梅茵，善良有時反倒是縱容，若有反叛的徵兆，必須盡早剷除。」

「神官長，哈塞居民絕對沒有反叛的念頭，請你放心。大家，你們說對嗎？」

我轉頭問向身後的利希特他們和廣場上的居民，利希特立即回答：「當然！」廣場上的人們也紛紛表示贊同，到處湧起了熱切的附和聲。

「大家都這麼說了，所以……」

我正想讓這件事就此和平落幕，斐迪南倏地將右手舉到肩膀的高度。

「既然如此，那就證明給我看看吧。」

「咦？」

……不好意思，事情為什麼會演變成這樣？那我現在該怎麼辦？

不曉得該怎麼辦才好，我內心惶惶不安地抬頭看向斐迪南，只見他取出思達普。

「我要趁著這個機會，徹底摘除反叛的幼苗。」

斐迪南如此宣告後，低喃說著「哥替特」，人力揮下思達普。

舞臺的正下方，也就是廣場的最前面，忽然出現了一片透明得可以看見另外一邊的琥珀。

……舒翠莉婭之盾？

上頭的圖案和我祈禱後做出來的舒翠莉婭之盾一樣。但是，我所做的舒翠莉婭之盾是圓形的，斐迪南的舒翠莉婭之盾卻是四方形，厚度偏薄，看起來像是一道正好可以容兩個大人並肩通過的門。

「那你們就走過這道門吧。倘若確有反省之心，應該可以通過這扇選別之門。」

利希特朝我投來慌亂無措的眼神。只要不懷有惡意與害人之心，應該就能通過舒翠莉婭之盾。我直視著利希特的眼睛，慢慢點頭。

「利希特一定可以通過的。」

利希特聽了，眼中浮現強烈的光芒，踏出腳步走下舞臺，站到四方形的琥珀門前。

廣場上的人們都稍微保持著距離，但也屏著呼吸，想看清楚究竟會發生什麼事。在眾人的注視之下，利希特朝著風盾跨出步伐。他一臉提心吊膽，但什麼事也沒有發生地通過了。

「神官長你看，我就說沒問題吧？」

「嗯，看來利希特可以相信。但他又如何？」

斐迪南說完，冷冷地低頭看向鎮長。利希特和幾名村長合力把鎮長帶到舞臺下方，想讓他通過選別之門。

「嗚哇?!」

但結果不出我所料，鎮長無法通過，被一陣強風往後吹飛。緊接著下一秒，艾克哈特的思達普飛出了一條光帶把鎮長綁起來。

「斐迪南大人，反叛者已經逮捕。」

「有勞了。」

廣場上的人們都發出了抽氣聲，用驚懼的眼神望著利希特通過了，鎮長卻沒能通過的選別之門。襲擊過小神殿的鎮民們大概都知道這扇門的作用就和之前一樣，明顯有些人的臉色非常難看。

「利希特，讓所有哈塞居民走過這扇門吧，我要藉機處分掉所有危險份子。」

「神官長。」

不需要做到這個地步吧。我輕拉了拉斐迪南的袖子，但斐迪南眼神冷峻地看向聚集在廣場上的人們，以及被光帶綁住後倒在地上的鎮長。

「……無人知道在這些人當中，還有多少人和這傢伙一樣。既然妳不想處死哈塞所有的居民，篩選也是必要的吧？」

「我、我相信哈塞的居民，所以篩選並……」

並不需要——但我話還沒說完，斐迪南就揚起嘴角說：

「那麼就算進行篩選，應該也沒問題吧？」

面對咄咄逼人的斐迪南，我無法反駁，只好丟給別人來決定。「確實是沒問題。對吧，利希特？」然而，利希特非但沒有拒絕，還笑著欣然接受。

「是，神殿長。當然沒有任何問題……假使有人和鎮長一樣無法通過那扇門，若不加以排除，日後有可能再害得哈塞陷入險境。我們不能再讓領主對哈塞起任何疑心。」

對於要過濾掉可能有反叛意圖的危險人物，利希特的態度非常坦蕩。因為不能再觸怒領主一族，一定要想辦法避免哈塞徹底遭到摧毀，所以他反倒樂見其成。

「接下來要檢驗誰有資格得到艾倫菲斯特聖女施捨的慈悲。如各位所見，我已經通過了。如果不想被當作是反叛者、遭到處刑，就通過這扇門吧！」

利希特說完，指示廣場上的人們穿過選別之門。農民以村落為單位，由村長領頭，相繼上前，但因為農村的農民很少與鎮長接觸，也沒有參與小神殿的攻擊，所以全都順利地通過了風盾，甚至讓人有些錯愕。問題在於參與了襲擊小神殿一事的鎮民。有些人裹足不前，不敢跨過選別之門，擔心會像鎮長那樣遭到彈飛。

「不敢上前也無妨，和鎮長一樣拿下吧。」

「是！」

斐迪南說道，艾克哈特便取出思達普。見狀，鎮民們發出慘叫，倉皇地跑向選別之門。

「啊哇?!」

「呀啊?!」

在相繼通過風盾的鎮民當中，有幾個人被門彈飛。艾克哈特立即用光帶綁起他們。

所有人都接受了檢驗後，斐迪南消除了選別之門，遭綁的六人被帶上舞臺。

處分

「這些便是無法通過選別之門，證實對吾等抱有惡意的人。當場予以處刑。」

「我們沒有異議。他們全是根深柢固的鎮長派，我們也無意為他們辯解，反而非常感謝神官長能讓我們透過選別之門，證明自己的清白。」

利希特說完，在斐迪南和我面前跪下。

我的心臟用力地撲通跳動。面對接下來將要進行處分的事實，我的血液開始逆流。斐迪南從一開始就說過要處分鎮長，我也早就知道會有處刑的場面。然而，心臟還是發出了不快的跳動聲，背部淌下冷汗。

「羅潔梅茵，妳仔細看好了。」

「……是。」

不只利希特，聚集在廣場上的所有人，好像都對害自己身陷險境的這些人即將遭到處刑沒有任何感覺。不對，並不是沒有任何感覺，應該說是看不出有半點的厭惡和不忍才對。現場的氛圍彷彿在說他們是被迫擔下反叛者污名的受害人與加害人，加害人遭到處刑也是理所當然。

「尤修塔斯。」

「遵命，斐迪南大人。」

斐迪南指名喊道，尤修塔斯於是把手伸向搬到舞臺上來的大木箱，喀嚓一聲開鎖。側面的木板往前倒下，我看見了箱子內部。內部就好像是文件櫃，有五層淺底的抽屜。但是，從我的位置看不見抽屜裡頭放了什麼東西。

「神官長，那個木箱是什麼？」

「裡面裝了哈塞的登記證。」

登記證似乎就是洗禮儀式的時候，領民要蓋血印進行登記的那個小牌子。住在艾倫菲斯特的平民，不論洗禮登記、結婚，還是舉辦了喪禮要刪除登記，這些事務都由神殿負責處理，所以登記證是由神殿保管。但除此之外的直轄地，都是在秋季的收穫祭上統一進行所有登記，若有需要刪除，再由鎮長通報。神官與徵稅官在收到通報以後，會通知文官，文官再於城堡裡頭處理登記證。

「今天因為不知道有多少人要遭受處分，所以把所有登記證都帶來了哈塞，但原本不能帶出城堡。」

……就像是從戶政事務所把戶籍登記簿帶出來一樣嗎？

那難怪負責管理的文官要寸步不離，嚴加看守。

尤修塔斯拿出一張紙後，對艾克哈特說道：

「艾克哈特，幫我守著，別讓任何人靠近。」

艾克哈特聽了取出思達普，變作長劍的形狀，擺出了「擅自接近者斬！」的警戒姿態。可想而知那個木箱有多麼重要。

「尤修塔斯，開始吧。」

「遵命，斐迪南大人。」
尤修塔斯握著思達普，輕聲唸著「密撒」，思達普變成了小刀的形狀。他拿著小刀和那張紙，走向成了反叛者的那六個人。
被光帶牢牢綑住，倒在舞臺上的六個人目不轉睛地注視著尤修塔斯的行動。他們看著尤修塔斯逐漸逼近的雙腳，恐懼地臉龐扭曲，小聲沙啞地喊著「救命啊」。但是，沒有人回應他們的求救聲。尤修塔斯大步走向倒在最前方的那個男人，拿著小刀在他身旁蹲下，「幫我蓋個血印吧。」
尤修塔斯把小刀按在男人從光帶中露出一截的手指上，輕輕劃下，切開一道傷口。然後邊看著膨脹起來的血珠，邊按在自己帶來的紙張上。上頭多了一個鮮紅的圓點。
……好痛、好痛！
明明是看到別人的手指被小刀劃傷流血，我卻覺得自己的手指好像也痛了起來。我按著自己的手指，稍微別開視線，盡量不去在意紅色的鮮血。
確認了血印上蓋有清楚的指紋後，尤修塔斯輕甩了下小刀。沾染在小刀上的細微血跡好像消失了。
……小刀變乾淨了？
尤修塔斯把蓋了血印的紙張朝向廣場高舉，像要讓大家親眼確認。廣場上發出了「哇」的歡呼聲，斐迪南點一點頭。尤修塔斯再走向倒在一旁的男人，同樣蓋了血印，又是朝著廣場舉高。如此重複了好幾遍。
「神官長，尤修塔斯到底在做什麼呢？」

「他在篩選登記證。因為管理登記證，也是神官和文官的工作。」

登記證是依據受洗的年份順序排列，貴族的登記證是登記魔力，但平民的登記證只有登記鮮血。我因為在梅茵的洗禮儀式上登記過，所以還記得這件事。當時只是把血印蓋在一塊平坦的白色小石頭上而已，連名字也沒有問，所以登記證上當然也沒有標註名字。雖說登記證是依照受洗的年份順序在保管，但是這樣一來，根本不知道誰的登記證是哪一個。為此，如果要找出登記證，一樣得透過蓋血印來進行。例如喪禮的時候，也是把登記證放在屍體上，確認是否是本人的。當時梅茵的喪禮需要登記證時，原來是斐迪南先取了我的鮮血，再去找出來。

……但那時候的我暈倒了沒有意識，所以完全沒有記憶就是了。

艾倫菲斯特以外的地區在舉行喪禮時，會先把死者的血抹在木板上，等到秋季的收穫祭再向文官報告。文官會把木板和稅收徵得的物品一起送回城堡，隨後各自貼著登記證的木板再被送回來，人們再把木板接在墓碑上。

在我聽著有關登記證說明的時候，尤修塔斯走向最後一個人。

「怎麼會變成這樣……」

六名反叛者中，最後一人是女性。鎮長的太太被光帶牢牢綁起，淌淚的雙眼帶著赤裸裸的敵意瞪著這邊。

……好可怕。

正面迎上了情感那麼強烈又直接的視線，我的喉嚨抖動了下，上手臂也冒起雞皮疙瘩，指尖在微微發抖。我好想後退，躲到斐迪南身後，至少別開視線也好。可是，斐迪南已經吩咐過我了，我必須從頭到尾觀看處分的執行。我，不能別開目光。

我使力咬住牙關，緊緊交握手指，抑止自己的顫抖。就在我與鎮長的太太互相瞪視時，尤修塔斯不為所動地讓她蓋了血印，完成這項作業。

取得了所有人的血印後，尤修塔斯低聲唸了些什麼，輕甩了甩小刀變回思達普。他再揮著思達普唸道：「厄斯乏爾。」轉眼間，蓋了血印的紙張就被如同契約魔法那般的火焰包覆，一邊燃燒著，一邊飛向了艾克哈特守著的木箱。紙張拖曳著金色的火光飛到木箱上方，灑下光粉，燃燒完後平空消失。

接著下一秒，明明沒有任何人觸碰，抽屜卻兀自喀答喀答地動起來。第一和第二層的抽屜逕自跳開又關上，實在是不可思議，然後從中飛出了六個登記證。

「噢噢噢噢！」

在廣場人們發出的興奮吶喊聲中，用來登記成為領民、外形如同白色小牌子的登記證咻地飛進尤修塔斯手中。拿到了六個登記證後，尤修塔斯先是看向自己掌心確認，再以流水般的步伐走到斐迪南面前跪下。

「斐迪南大人，六人的登記證在此。」

「有勞了。」斐迪南說完，接過尤修塔斯恭謹地捧在手中的登記證。聽見慰勞，尤修塔斯畢恭畢敬地行了一禮，起身之後，迅速地走回到放有登記證的木箱旁邊。他用謹慎的動作重新牢牢鎖上鑰匙，站在木箱前嚴加警戒。

「羅潔梅茵，後退到尤修塔斯那裡去。」

斐迪南左手握著登記證，右手輕輕一揮取出思達普。我知道他將要施展某種魔法，所以聽話地移動到尤修塔斯旁邊。
現在，只剩下斐迪南站在舞臺中央。
斐迪南轉頭察看四周，確認了與周遭人們的距離後，靈巧地舉起思達普揮動。魔力從思達普的前端流出，勾勒出了發光的文字與複雜圖騰。
「噢，這還是第一次……」
一旁的尤修塔斯發出興奮的話聲，褐色瞳孔綻放著喜悅的光彩。他微微張著眼睛，身體還往前傾，出神地望著斐迪南畫出的魔法陣。
「尤修塔斯，會發生什麼事情嗎？」
「大小姐，就是處刑啊，這是用來處分反叛領主的罪人。這種魔法只會教授給領主候補生，所以施展的時候，會像這樣不讓任何人靠近。」
尤修塔斯告訴我，為了避免被人聽見詠唱咒語的聲音，也為免讓人看清魔法陣上的複雜圖案，施展的時候不會讓任何人靠近自己。
「我雖然知道有魔法是用來處死反叛者，但目前為止從來沒有親眼目睹過。」
他說因為極少有人會反叛領主，所以這種處刑的執行場面非常罕見。
「哎啊，真是幸好我厚著臉皮，拜託斐迪南大人和負責人讓我來哈塞。」
尤修塔斯握著拳頭，用感慨萬千的語氣熱切說道：「我一直很想親眼看看這種處刑。」聽了這種怪人才有的發言，我突然明白了對於要讓尤修塔斯同行，斐迪南為什麼會露出那麼厭惡的表情。我悄悄移動一步，與尤修塔斯拉開距離。
「大小姐往後也會學到這個魔法吧。若有機會使用，請務必知會我一聲。」

「……我會向神祈禱，希望這種機會不要到來。」

有也不會叫你——我在心裡頭嘀咕，再次看向斐迪南。

斐迪南在舞臺中央揮下思達普。用魔力繪製的魔法陣大概是完成了，一團黑霧如火焰般搖動著從魔法陣中飄出。這可能是與黑暗之神有關的魔法。看著從魔法陣中飄出的黑霧，我覺得和去年在祈福儀式半路上遇襲時見過的、那種會吸取魔力的黑霧很像，才產生了這樣的推測。

斐迪南目不轉睛地凝視著魔法陣，掀開嘴唇，好像唸了什麼咒語。緊接著，他把登記證丟向搖曳著黑色煙霧，令人感到毛骨悚然的魔法陣。登記證隨即停在半空中，彷彿與魔法陣結合在了一起，漸漸地被黑色煙霧吞沒。

「艾克哈特，解開束縛！」

「是！」

艾克哈特聽見指示，迅雷不及掩耳地揮下思達普，解除綑住六人的光帶。六人身上的光帶在一眨眼間消失了。

束縛突然解除的六人反應各自不同。有人像是不知道現在發生了什麼事，眨著眼睛，依然待在原地不動；有人發出悲鳴，想要拔腿就跑；也有人大概是想報一箭之仇，朝著斐迪南衝去……

「神官長?!」

就只有鎮長的太太衝向了舞臺中央，我不由自主大喊：「危險！」但是，斐迪南不僅眉毛，連目光也沒有移動分毫，看也不看動了起來的人們，雙眼始終緊盯著魔法陣，開口說了：

「放心吧，沒問題。」

因為六人的行動，僅僅持續了幾秒鐘的時間。

不論是霍然起身，想要拔腿逃跑的鎮長，還是衝上去想攻擊斐迪南的鎮長太太，都只移動了幾步路後就往前摔跤，撲倒在地。他們好像想要站起來，拚命揮舞著手臂掙扎，雙腳卻一動也不動。

「腳！我的腳！」

六人發出了淒厲的哀嗚，紛紛喊道：「不要啊！」「救命！」「我錯了！」我皺著眉仔細一看，發現六個人的腳都變成了淡灰色。一開始我還以為是他們都穿著一樣的灰色鞋子，但並不是。首先是雙腳，再來是衣服下襬逐漸變成了灰色，與之同時，他們可以動彈的部位也越來越少。

「……看來好像是雙腳變成了石頭。」

「我猜那種變化會蔓延到全身。」

尤修塔斯毫不掩飾自己興奮難抑的表情，聚精會神地觀察六人。

我實在無法像他這樣樂在其中。要不是斐迪南不時會朝我這裡投來凌厲的目光，我早就因為不想再聽他們的慘叫聲，不想再看他們掙扎的樣子，馬上摀起耳朵、閉上眼睛了。

黑色煙霧宛如火舌般慢慢地吞噬了登記證，就好像紙張在燃燒一樣，白色的登記證從尾端開始逐漸化作灰燼，在大半都被燒毀的時候，六人也同樣直到腰部一帶都無法動彈。轉眼間硬化的部分蔓延到了胸口，再蔓延到了脖子，他們甚至無法發聲。

等到登記證徹底化作灰燼，六人也徹底化作了一尊尊的石像。斐迪南輕輕地揮下思達普，魔法陣轉眼便消失了。

下個瞬間，六尊石像開始瓦解。起先是劈哩一聲，出現了一條巨大的裂縫。裂縫接著變大，發出叩咚的沉重聲響往下崩塌。巨大的石塊在落地後粉碎成了無數的小碎片，碎片又如沙雕般潰散開來，最終散落成了粒粒塵埃，被還帶著冷意的春風吹散。原地沒有留下本應當作墓碑的登記證，也沒有遺體。是甚至不被允許埋葬，也不被允許憑弔的反叛者的末路。

……好噁心。

他們帶著恐懼與絕望的表情在我腦海裡揮之不去。慘叫聲也彷彿還在耳際，眼前仍然是他們痛苦地掙扎到了最後一刻的模樣。最終所有人都變成了石像，然後如塵土般瓦解消逝。這不是人應該有的死法。

「太精采了。大小姐，妳不這麼認為嗎？」

尤修塔斯用興奮的語氣說，但我甚至沒有力氣掛上假笑，點頭應和他。看見這種等同剝奪了人的尊嚴的死法，為什麼他還能發出那麼興奮的聲音？我簡直無法理解。

……好噁心。

我覺得手腳異常冰冷。胃裡面的東西好像在翻攪打轉，不快的感覺遲遲難以平息。要是可以就這樣失去意識，一定會很輕鬆吧。但是，我既沒有消耗體力，也沒有消耗魔力，所以就算想讓自己失去意識也沒有辦法，也不被允許閉上眼睛，只能一直站在舞臺

邊緣。

靜寂無聲的廣場上，對貴族的恐懼與畏怯明顯開始蔓延。親眼目睹了貴族擁有的強大力量後，大家都深刻體會到了貴族有多麼輕易就能奪走自己的性命吧。哈塞的居民恐懼得臉龐僵硬。這種情況下，跪在舞臺另一邊的利希特站起來，環顧廣場上的居民高聲說道：

「各位，這下子反叛者消失了，他們是害得我們哈塞所有居民陷入險境的罪魁禍首。因為他們，我們才會背下反叛者的污名。為了洗刷污名，一直到受洗完的孩子都成年了，直到十年的期限到來為止，我們都必須贖罪。是艾倫菲斯特的聖女大發慈悲，我們所有人才沒有被視為是反叛者遭到處刑。為了報答她，我們必須同心協力。」

往後才是最重要的，利希特拚命向大家訴說。他的表情也有些僵硬。但是，他還是竭盡全力，想要重振哈塞，現在這樣並不是結束。只是開始要向領主一族贖罪，哈塞不能就此滅亡——他那極力求生的姿態吸引了我的目光。

……一切還沒有結束。不只是利希特，我身為聖女該盡的職責也是。

我做了個深呼吸，稍微調整氣息。

雖然他們的悲鳴還在耳畔縈繞不去，但我不能一直被絆住腳步。在處分完鎮長之後，如何處置哈塞也是我的課題之一。我必須盡可能協助利希特，讓哈塞團結起來。

我極力表現得優雅又從容，緩步地走到舞臺中央。感覺得到身體一晃動，胃裡的酸液好像就要湧上來，但我還是上前站到斐迪南身邊。除了廣場上的居民，舞臺上人們的目光也都集中在我身上。

我先閉上眼睛。他們恐懼得不斷掙扎的樣子又清晰浮到眼前，我搖了幾下頭，用力站穩雙腳，抬起臉龐，不讓自己低下去。

「羅潔梅茵，拿去。」

斐迪南把可以放大音量的魔導具放進我手裡，往後退了一步。我緊握住魔導具，拿到嘴邊，慢慢地吸了一口很長的氣。

「哈塞的居民。」

聲音在顫抖。我吞了吞口水，再一次慢慢吸氣。

「哈塞的居民啊，請忍耐一年的時間。」

這次發出的聲音比較正常了。我為此感到安心，繼續說話。能用強大魔力讓人跌進恐懼深淵的是貴族，但能用強大的力量拯救人民的，也一樣是貴族。既然我被賦予了聖女的角色，至少要為哈塞的居民帶來一些希望。

「領主會依據哈塞未來一年的表現，再決定明年是否要舉行祈福儀式。我當然也會為各位求情，但最重要的還是你們的表現。」

只要努力一年，明年也許就能舉行祈福儀式。聞言，農民們抬起頭來，開始有人在說：「如果只要一年，那勉強還撐得住。」「我們要堅持下去。」發現仰望著我的臉龐都逐漸變得樂觀明朗，我緊繃的肩膀有些放鬆下來。

「如今已經證明了，在場沒有人具有反叛的意圖。還請各位以實際行動來證明，自己是真心想要贖罪。我希望明年能在這裡舉行祈福儀式，為哈塞獻上祝福與祈禱。」

在震耳欲聾的歡呼聲中，我照著斐迪南的指示坐上騎獸，前往小神殿。巴士上還有尤修塔斯和他的大木箱，以及法藍、薩姆、布麗姬娣。

「羅潔梅茵大人，您表現得很好。」

「布麗姬娣，謝謝妳。」

我勉為其難擠出了笑容，但腦袋昏昏沉沉，胸口也很悶。好想把這種噁心的感覺一吐為快。我只想逃避現實，沉浸在書的世界裡。至少大睡一覺也好，什麼都不用去想。

在小神殿門前走下騎獸後，灰衣神官、奇爾博塔商會的人和各自的侍從也從小神殿內魚貫走出。眾人一字排開跪下。

「尤修塔斯、艾克哈特、達穆爾、布麗姬娣，你們各自去禮拜堂安置好房間吧。」

斐迪南把紅色魔石分別給了四人後，四人與他們的侍從隨即開始動作。尤修塔斯指示著自己的侍從，從我的騎獸裡頭搬出重要的木箱。

所有人都下來後，我收起騎獸。不光是情緒，好像連整個心也沉甸甸的，我一低下頭，有股酸味便逆流而上。現在所有人都在，我不可以吐。我拚命把那股酸味嚥回肚子裡，很快地用袖子抹掉快奪眶而出的淚水。

「至於羅潔梅茵……妳臉色很糟，最好去休息吧。你們快去作好歇息準備。」

聽了斐迪南的指示，我的侍從們慌忙站起來，走進神殿。我派吉魯先來小神殿的時候，已經給了他可以打開秘密房間的魔導具，所以房內應該已經差不多整理好了，但如果我馬上就要休息，還是得準備不少東西。

我出神地望著走進神殿的侍從，不經意地看向四周後，在出來迎接的人群中看見了父親。他一臉擔心得不得了的表情，顯得坐立難安，一眼就可以看出他正煩惱著能不能幫上忙。我好想叫著「爸爸」衝過去，撲倒在他身上大哭。

「羅潔梅茵。」

「……啊。」

斐迪南按住我的肩膀，我才猛然回神。這種事情不可能被允許。我放下抬到一半的雙手，把幾乎要踏出去的腳步收回原位。

我在斐迪南的催促下開始移動，這時父親向我遞來自己的披風。

「羅潔梅茵大人，倘若您不嫌棄的話……因為您看來十分寒冷。」

我看向父親遞來的披風，再看向斐迪南。斐迪南瞪著父親，但父親還是捧著披風，靜靜地回望向他。

斐迪南好一會兒眯著眼睛，低頭看我，最後用力地皺起眉心問道：「羅潔梅茵，妳會冷嗎？」

「是的……我正好覺得很冷。昆特，謝謝你。」

我接過父親的披風，緊緊抱在懷裡。父親的氣味中伴隨著些許塵埃的氣味，我為此感到安心的同時，淚水也湧上眼眶，急忙把臉埋進披風裡頭。

「神殿長，倘若您還感到寒冷的話，也請用我的披風吧。」

「不，我這件更溫暖！」

突如其來的話語讓我的眼淚瞬間縮了回去。抬頭一看，有五名士兵都朝我遞來了披風。看著眼前一整排的士兵披風，我忍不住輕笑出聲。光是這樣，心情就輕鬆了一些。

「再拿更多件我就走不動了，所以你們的好意我心領了。謝謝你們這麼體貼。」

然後我抱著父親的披風回到秘密房間。侍從們正忙碌地作著準備，讓我可以上床歇息。為免妨礙到大家，我在房間一角攤開父親的披風，準備要把自己包起來。

「羅潔梅茵，披風給我。」

「不要。」

斐迪南伸出手來，我立刻緊緊抱住披風，守在懷裡。斐迪南按著太陽穴，接著大掌一伸抓住披風。

「妳不能就這樣帶上床鋪。我只是要洗淨披風，給我吧。」

「……洗淨？」我還在歪頭納悶，斐迪南已經抽走了父親的披風。他當場取出思達普，唸了某些咒語，隨即平空出現了一團水球包覆住披風，但眨眼間水球又消失了。

「這個魔法是什麼？」

「我說了，是洗淨。」

騎士出外前往討伐魔獸的時候，有時得在野外露宿幾天，所以聽說都需要學會這項魔法，用來潔淨自己的身體和清潔工具。

「……原來有這麼方便的魔法啊，我第一次聽說。」

「因為有侍從也有僕人的妳不需要學。」

只有在必須在外過夜，也沒有侍從服侍的無可奈何情況下，才會使用洗淨魔法，所以平常並不會把魔力浪費在只要命人處理即可的洗淨上。

「但今天是特例。若讓妳直接帶到床上，事後會很麻煩，現在也沒有時間清洗。」

斐迪南一邊說著，一邊把沒有了塵埃的氣味，變得乾淨的披風罩在我頭上。

「奇爾博塔商會那邊由我過去說明，妳今天好好休息吧。」

說完這句話後，斐迪南便走出房間，像是在說沒有其他事了。

我聞著披風的味道時，正好聽見搬運熱水的法藍對吉魯說：「這些應該夠了。」接著莫妮卡把法藍和吉魯趕出房間。

「羅潔梅茵大人，沐浴準備已經就緒。好了，男士們請先離開吧。」

那天，我把父親的披風從頭裹在自己身上，沉沉睡去。

不快的心情逐漸遠去，也沒有作討厭的夢。

春季材料與祈福儀式的討論

一覺睡到了天亮。

我神清氣爽地張眼醒來，慢吞吞地爬出父親的披風，伸了一個大大的懶腰，然後在床鋪上攤開披風。其實這本來該交給侍從去做才對，但我想自己來。我用掌心盡可能地熨平縐褶，小心翼翼地摺好披風。

「很好，完美。」

我請法藍拿著披風，前往食堂用早餐。因為貴族若不先吃，侍從和平民也無法吃飯，所以在小神殿，都是包含護衛騎士在內的所有貴族階級一起用餐。畢竟現在斐迪南也在，總不能再跟大家說不必拘禮。

我抵達食堂的時候，其他人都已經起來用餐了。

「各位早安。」

「羅潔梅茵大人，早安。」

布麗姬娣和達穆爾似乎才剛開動，而不同於明顯一看就知道是被侍從叫醒、不情不願起來用餐的尤修塔斯，斐迪南大概是最早起床的，已經快要吃完了。

「羅潔梅茵，早安。看來妳昨晚睡得不錯。」

「是的，想必是因為覺得很溫暖吧。」

我趁著莫妮卡和吉魯還在準備餐點的時候，請法藍叫來父親，把披風還給他。其實我很想親手歸還，但貴族大人不能這麼做，我只能請法藍轉交，再向父親道謝。

「昆特，這件披風還給你。多虧你的披風，我昨晚覺得十分溫暖。」

我對跪著的父親說道，他微微抬起頭來。看到我後，他像是稍微放心了，瞇起淡褐色的雙眼露出微笑。

「非常榮幸能為您盡棉薄之力……聽說羅潔梅茵大人接下來還要前往各地農村，舉行祈福儀式，還請您多加保重。」

「謝謝你，昆特。也請代我向你的家人問好。」

「感激不盡。」

雖然真的非常短暫，但可以說到幾句話，我還是很開心。內心暖洋洋的。

「羅潔梅茵大人，您與那名士兵感覺十分親近呢。」

我目送著父親走回士兵們那裡，布麗姬娣訝異地眨著紫水晶般的眼眸說。在場的貴族當中，只有布麗姬娣不知道我是父親的親生女兒。斐迪南和達穆爾自是不用說，調查過梅茵背景的尤修塔斯，和當時負責協助他的艾克哈特也知道我的真實身分。我微微一笑，搬出早就準備好的設定向布麗姬娣說明。

「因為昆特與奇爾博塔商會有很深的淵源。我早在受洗之前，便會向奇爾博塔商會訂做髮飾，妳還記得有對母女名叫伊娃與多莉，兩人專門負責製作我的髮飾吧？」

「我記得在孤兒院長室與她們有過幾面之緣。多莉是在為我測量尺寸時，也前來擔任助手的那名少女吧？我聽說羅潔梅茵大人對她青睞有加。」

布麗姬娣似乎還記得會帶著髮飾出入孤兒院長室、為自己量過衣服尺寸的多莉。我點頭說「沒錯」，接著說明：

「昆特是多莉的父親，也是負責為布麗姬娣縫製服裝的珂琳娜丈夫的上司。舉行洗禮儀式之前，我因為孤兒院工坊的關係得出入平民區，還有孤兒院的孩子們要前往森林時，常常都是昆特代替護衛騎士與我們同行。」

「原來有這層關係啊。」布麗姬娣表示明白地頷首。其實只是設定成有這樣的關係，能說服布麗姬娣真是太好了。

「羅潔梅茵，今天一天先休息，明天再動身前往祈福儀式。我下午會去找妳討論事情。」

先吃完早餐的斐迪南告知了本日行程後，回到自己房間。我回答「知道了」以後，急急忙忙吃起早餐。聽說奇爾博塔商會和士兵們今天上午要返回艾倫菲斯特，再不快點換他們吃，會延誤到出發時間。我努力保持著優雅的動作，盡快吃完早餐。

吃完早餐，我回到房間以免妨礙到大家。坐在椅子上，稍微閉上眼睛後，昨天在哈塞發生的事情便鮮明地浮現到眼前，心情變得陰鬱沉重。

「羅潔梅茵大人，所有人都已經吃完早餐，準備出發。能請您去說幾句話嗎？」

法藍的聲音讓我回到現實，我輕輕甩頭站起來。離開房間，走向正門玄關，看見了一整排堆好行李的馬車。只有一輛馬車看似還沒有堆放好行李，士兵與灰衣神官們正在幫忙。

「一切都準備好了嗎？」

奇爾博塔商會一行人止站在已經放好行李的馬車前討論事情，我出聲攀談後，所有人不約而同回頭。班諾往前一步跪下，馬克和路茲也緊接在後。

「羅潔梅茵大人，斐迪南大人已經告訴我們，哈塞一事已經順利了結，也聽聞了您當時的表現非常出色。」

「這都是因為有奇爾博塔商會提供協助。各位真的幫了大忙，我非常感激。」

幸虧有班諾他們提出建言，利用商人間的情報網在平民之間散播消息，又多次出入哈塞觀察情況，才能讓這一切發展成我們想要的結果。

「多虧了奇爾博塔商會，哈塞的居民才能趁著冬季這段時間，仔細地討論和思考。我認為就是因為這樣，哈塞的居民才幾乎都能夠接受這次的結果。要是沒有得到任何資訊，不知道發生了什麼事，也不明白自己到底做了什麼，無法自己思考得出結論，卻突然就接到貴族通知說要處死鎮長，恐怕會引起非常強烈的反彈吧。」

我不了解貴族的常識，所以不認為自己能臨機應變地指揮文官。今後必須要不斷學習貴族的做法吧，但目前真的是處在一無所知的狀態下，要是沒有班諾和馬克，恐怕會有更多的人遭到處分。

「能為羅潔梅茵大人分憂解勞，是我們的榮幸。經過這次的紛擾，我們奇爾博塔商會也成了眾人眼中深受羅潔梅茵大人信賴的商會，在艾倫菲斯特及哈塞做起生意來都十分順利。往後若有需要效勞之處，還請儘管開口。」

班諾的前半段話，應該可以直接照著字面上的意思解讀，但後半段話，我聽得出來他是在提醒我：「一定要事前報告、聯絡、商量。」有沒有什麼事情該先向奇爾博塔商會報告的呢？我翻找記憶，拍了下掌心。

「啊，對了，我想到有件事情要先告訴你們。雖然不是現在馬上，但我日後想拜訪伊庫那，尋找新的做紙材料。到時候我會再找各位商量。」

我只是報告了自己想起來的事情而已，班諾的視線卻在剎那間飄向遠方，馬克則是垂下目光，路茲垮下肩膀嘆氣。我不解歪頭，班諾接著笑容滿面地看向我。但是，他的赤褐色雙眼中毫無笑意。這裡如果是孤兒院長室的秘密房間，他早就怒聲咆哮了吧。

「……遵命。我們會衷心期盼羅潔梅茵大人舉行完祈福儀式，回到艾倫菲斯特。屆時還請您為我們詳細說明。此外，多虧羅潔梅茵大人的厚愛，願意與我們往來的貴族也增加了，對此我們也想表達感謝，也要和您討論珂琳娜接受的服裝訂做一事。」

班諾發出「呵呵呵」的笑聲，非常客氣有禮地說道。然而，我彷彿聽見了他在怒吼說：「妳這蠢丫頭！現在不停有貴族召見我們，忙得要死，別再額外丟工作給我們了！」

不——！感覺祈福儀式結束後會很可怕！

但我沒有表現出內心的吶喊，表面上和平地結束了與奇爾博塔商會的對話。

出發的準備已經就緒，所有人也都坐上馬車後，我從法藍手中接過請班諾幫忙準備的現金，把小銀幣發給每一個士兵。

「從艾倫菲斯特到哈塞這一路的護送想必很辛苦吧。這次尤修塔斯和奇爾博塔商會一行人一樣拜託你們了。」

「遵命。」

「請交給我們吧。」

士兵們望著手中拿到的小銀幣，嘴角都微微上揚。如今護衛工作的競爭好像非常激烈，所以此刻有了回報，他們都感到心滿意足吧。雖然只有父親我會給他一枚大銀幣，但多莉在難以解讀的信上說過，父親因為都把大銀幣拿去慰勞大家喝酒，所以最後幾乎所剩不多。

但儘管大家都已經作好了出發準備，卻有一個人還沒坐上馬車。正是尤修塔斯。

「實在是太遺憾了。其實接下來的行程，我也很想一起同行……」

由於尤修塔斯必須盡快把放有登記證的木箱帶回城堡歸還，所以要在這裡與我們分道揚鑣。而他的騎獸載不動那麼大的木箱，所以得乘坐馬車返回貴族區，他的侍從也會一起回去。在場的貴族當中，只有尤修塔斯一個人要打道回府，他用依依不捨的眼神輪流看著我和斐迪南，但斐迪南輕揮了揮手要他趕快坐上馬車，用受不了的語氣說道：

「舉行祈福儀式是神官的工作。你是文官，既然哈塞這件事已經結束，沒有你的事了。你都已經搶了負責人的工作跑到這裡來，也該滿足了吧？」

「哈塞一事是滿足了，但總覺得若能與大小姐同行，可以看見有趣的事情。」

「你多心了。」

斐迪南兇狠地瞪向尤修塔斯，果斷結束對話，然後催促說：「都因為你的關係，隊伍遲遲無法出發吧。」命令尤修塔斯坐上馬車。

尤修塔斯百般不願地坐上馬車後，隊伍總算出發。最前頭的馬車慢慢開始移動，負責護衛的士兵也配合著馬車的速度，緊守在馬車四周邁步前進。負責殿後的父親注視著最前方開始移動的車輛，我對父親說道：

「昆特，一路小心。」

「羅潔梅茵大人，您也請小心保重身體。」

父親露出微笑的時候，最後一輛馬車也動了起來。父親隨著馬車踏步前進。

昨晚我在睡覺時曾用來包住自己的那件披風隨風飄揚。眼看著披風越變越小，我才轉身走進小神殿。

人數一下子驟減後，神殿內部變得很安靜。吃完午餐，歇了一會兒後，斐迪南和艾克哈特來到我的房間討論事情。

「侍從留下法藍即可，其他人退下吧。」

「那除了法藍，其他人請退下吧。」

我說完，法藍以外的侍從都離開房間。現在房內只剩下法藍和兩名護衛騎士。

法藍為所有人泡好了茶以後，退到緊掩的門口待命。房內有張和神殿的神殿長室一樣的長桌，我和斐迪南面對面就座。艾克哈特站在斐迪南旁邊，達穆爾和布麗姬娣分別站在我左右兩邊。

「首先，我想先討論有關祈福儀式途中要採集的材料。」

斐迪南開門見山說道，護衛騎士們的表情都變得緊繃。發現氣氛變得嚴肅，我也挺直腰桿。

「既然討論的時候還集結了所有護衛騎士，表示又會有魔獸出現嗎？」

「魔力豐富的地方，本就容易引來魔獸，所以數量想必不少。根據尤修塔斯提供的消息，聽說會有妥庫羅什。」

光聽名字，我也不知道到底是什麼樣的魔獸。但是，所有騎士似乎一聽就知道了。布麗姬娣剎那間還厭惡地皺起臉龐，所以我猜可能是女性討厭的魔物類型。

……嗚嗚，我討厭昆蟲類。

「只不過，考慮到舒翠莉婭之夜發生的狀況，芙琉朵蕾妮之夜最好也別太掉以輕心。目前還不知道屆時魔獸的力量是否非常強大，數量是否眾多。」

「既然如此，是不是該帶更多騎士同行呢？至少可以考慮再帶柯尼留斯哥哥大人，他也是我的護衛騎士。」

我知道製作藥水這件事要盡可能保密，但像柯尼留斯也是自己人，應該可以請他幫忙吧。但是，斐迪南搖頭拒絕了。

「不行。柯尼留斯是未成年的見習騎士，不能讓他執行會出城的任務。」

「可是建造小神殿的時候，我記得他也一起來到了哈塞呢……」

記得當時還讓他載著某人飛到哈塞，難道是我記錯了嗎？我偏過頭後，斐迪南和艾克哈特一致垮下了臉。

「……羅潔梅茵，那是例外。因為原本我們也沒有打算出城。」

當時在義大利餐廳舉辦試吃會時，我確實也沒有預計要去哈塞建造小神殿。

「聽起來是不能再增加更多人手了，但這樣真的沒問題嗎？」

「有斐迪南大人在，幾乎所有魔物都不是他的對手。羅潔梅茵，妳放心吧。」

艾克哈特顯然對斐迪南寄予了全面的信賴。而且，大概是很高興可以擔任斐迪南的護衛騎士，看得出艾克哈特有些浮躁。有斐迪南在，確實多數的問題都能迎刃而解吧。我決定把安全上的部署問題都交給斐迪南處理，自己則專心了解這次要採集的材料。我取出寫字板，拿好鐵筆。

「神官長，春季材料要採集什麼樣的東西呢？」

「嗯，是人稱女神鍾愛之花的萊靈嫩之蜜。」

斐迪南說，我們要前往一處到了春天便會盈滿魔力的泉水，那裡甚至還因此被人稱作春之女神的水浴場。在泉水中心盛開的萊靈嫩的花蜜，就是這次要採集的材料。

「萊靈嫩會在夜間閉上花朵，慢慢蓄積花蜜，並在拂曉時刻開花，所以我們要小心別讓任何魔力觸碰到花朵，也要小心別被魔物奪走，在天明的同時採集花蜜。因此我們會在天亮前出發，作好萬全的準備後，等待黎明到來。」

我把斐迪南說的都記錄在寫字板上。

「神官長去過那處泉水嗎？」

「不，我以前雖然經常在貴族院周遭採集，但畢業以後回到艾倫菲斯特，一直沒有多餘的時間。我對於必須出動騎士團討伐的兇殘魔獸比較清楚，至於沒有什麼危害的魔物和材料，就不太了解了。」

所以關於在艾倫菲斯特能夠得到的材料，都得仰賴尤修塔斯的資訊，斐迪南說。雖然尤修塔斯是無庸置疑的怪人，但他手中握有的資訊量非常龐大，又富有行動力，會自己前往採集，所以與材料有關的情報相當可信。

「採集所需的工具我已經準備好了，之後再借給妳。」

「感謝神官長。」

說明完了有關萊靈嫩之蜜，還有尤修塔斯親身遇到妥庫羅什時的情況後，斐迪南又命令護衛騎士們和法藍退下。

「接下來我要和羅潔梅茵討論有關哈塞的事情，所有人都退下吧。」

「是！」

法藍重新泡了杯茶後離開，達穆爾和布麗姬娣也接著走出房間。艾克哈特看來很想留下來繼續擔任護衛，但斐迪南並不允許。

喝了口法藍重新泡好的茶，斐迪南叩咚一聲放下茶杯，淡金色的雙眼靜靜注視我。單獨兩人面對面相處的時候，就是嘮叨和說教要開始的信號。我在大腿上交疊雙手，端正坐姿。

「羅潔梅茵，經過這次哈塞的事情，告訴我妳學到了什麼吧。」

斐迪南劈頭便問。我先是輕輕閉上眼睛，回想昨天的景象，用力握起拳頭。緊接著，我直視斐迪南的雙眼，盡可能不帶情感起伏地開口。

「……首先，我深刻地體會到了，我應該要盡快學習貴族的常識。」

關於貴族的行事作風，關於白色建築，關於平民與貴族在想法與常識上的差異，我都一無所知，而這正是一切的開端。為了不再重蹈覆轍，我必須盡快吸收貴族的常識。

「是啊。如果妳也和其他貴族的孩子一樣，一直是在父母的庇護下長大成人，那麼只要隨著年歲漸長，慢慢學習常識就夠了。但是，如今妳要經營工坊，要在領地內拓展印刷業，已經開始在大人的世界裡活動。」

由於我現在在做的，是其他貴族孩子一般根本不會做的事情，所以我才需要加快腳步學習。我已經不是平民了，行動時不能再以商人，而要參考貴族的行事原則。

「就算妳想聲稱那是平民商人的常識，對貴族也不管用。在哈塞，我們還只是增設孤兒院，建造工坊而已。雖然事前完全沒有作好協商，毫無預警就展開行動，但因為對象是領主直轄地的平民，才沒有演變成嚴重的事態。」

「我倒覺得這樣的事態已經很嚴重了……」

處死了那麼多人，如果這還不叫嚴重，到底什麼才叫嚴重？我忍不住反駁，斐迪南卻哼一聲。

「這都是因為妳想拯救成了反叛者的哈塞居民，饒他們不死。一般都是徹底消滅，一了百了，既省下了時間，也幾乎不會留下後患。」

「咦？應該會留下很多後患才對吧？」

「這就是想法上的不同吧。對我來說，留下哈塞而非消滅，反而更麻煩又費力。」

人命之於我們的重量並不一樣，平民與貴族間的隔閡太大了。我緩緩搖頭。

「我一直都知道我的常識與這個世界互相衝突，可是，這麼輕易就奪走他人性命的這種做法，我實在無法習慣。」

「……這是因為妳有平民的家人吧。要讓自己的思考方式變得像個貴族也許不容易，但妳也只能盡量吸收。」

如果有人教導我、為我說明，那我當然會努力吸收。可是，就算我自認為了解了，還是有可能忽然在無意識之間，思考的方式和基準還是以麗乃那時候的常識為主，要完全覆蓋掉真的很難。

「如果只是生活習慣，我還可以有樣學樣，想辦法學起來，但思考方式很難改變。因為根本上的中心思想和大家不一樣，我完全不知道自己和這個世界有多大的代溝，要磨合也不是容易的事情。」

「但是，今後妳必須以領主養女的身分，在領地內推廣印刷業，屆時妳要面對的是貴族。倘若不了解貴族的常識，發生問題時和哈塞不一樣，收拾起來會非常麻煩，有時還會演變成僅靠領主的權力也無法平息的事態。」

光是與平民之間出了問題，解決起來就這麼麻煩了。要是再和貴族起糾紛，絕對不會只有這樣就了事，所以行事上必須慎重、小心。

「所以我在做事的時候一定要謹言慎行，以免讓人留下話柄，或是做錯了事。也就是說，首先必須改掉我急躁的個性吧？」

斐迪南像是得到了想聽的答案，微微勾起嘴角頷首。

「雖然我無法理解妳為何最想要的東西是書，又滿腦子只有書，但任誰都看得出來妳對書有多麼渴望，但是，大概沒有人會像妳這樣嗜書如命吧。妳一定要改掉為了推廣印刷業，就急著想進行下一步的個性。」

意思是直到有人提出要求之前，暫時都不要擴張嗎？看來讓現有的工坊都投入生產，一邊做書，一邊把精力放在推銷和改良上比較好。

「那麼，為了不引起反彈的聲浪，印刷業的拓展就拉長時間慢慢進行，我先致力於紙張的改良和識字率的提升吧。」

之前已經投注心力在貴族孩子的教育上了，接著我也想提升平民的識字率。必須藉此創造出往後的顧客才行——我講述著計畫時，斐迪南在我面前輕抬起手打斷。

「慢著，妳到底在說什麼？」

「我在打算先不往外擴張，而是往下奠定基礎啊！」

我說完，斐迪南卻扶著額頭說了：「明明前半部分還很順利，為何變成了這樣？真是奇怪了。

「呃……既然前半部分很順利，那先不說印刷業的事情，把話題拉回到我對哈塞的反省上吧。經過這次事情，我覺得也不能忽視平民與貴族間想法及常識的不同。尤其是任職鎮長和村長的人，更應該告訴他們貴族的想法吧。」

「為何？」

斐迪南不明白把貴族的想法告訴平民有什麼意義，但我認為正因為這些人會接觸到貴族，更應該預先有所了解。

「不管對象是神官還是貴族，哈塞的鎮長都以為只要獻上金錢、女人和美酒，對方就會答應自己的要求，所以才發生了那種憾事。與前任神殿長交情良好的其他直轄地上，一定還有其他權力者也有同樣的誤會。我覺得應該鄭重提醒他們，以前那一套現在已經行不通了。」

我說完，斐迪南露骨地一臉厭惡。

「難道我還得一一向每個人說明這種事嗎？」

「因為我還是小孩子，不能受邀前往只有大人能出席的晚宴嘛。」

我既沒有機會和他們交談，況且一個小女孩就算這麼提醒他們，也不知道他們能聽進去多少。但是，如果能由一看就知道個性一絲不苟，還頑固又死板的斐迪南來說明，所有人一定都能牢記在心，一下子就了然醒悟。然而，斐迪南搖搖頭。

「面對不同的對象，本來就該採取不同的應對方式。連這點小事都做不到，我又何必浪費時間為這種無能之輩說明？」

「……只是在祈福儀式和收穫祭的時候稍微提醒一下而已吧？要是因為懶得說明，結果發生問題，還要過來摧毀城鎮或處死居民，這樣子更麻煩又浪費時間吧。考慮到效率，事先說明清楚，更能溫和且有效地杜絕後患喔。」

斐迪南用指尖咚咚地敲著桌面，「原來如此，妳的主張也有道理。」然後看著我說：

「既然妳這麼想說明，那就由妳來吧。畢竟若只在留宿的地方由我說明，又會因此產生差異，有些地方有聽到，有些地方卻沒聽到。妳只要以神殿長的身分，在祈福儀式之前提醒一下即可，別把麻煩的事情推到我頭上。」

「……是～」

於是從隔天開始，為了祈福儀式分別於上午和下午造訪冬之館時，我對著前來迎接的鎮長和村長們，簡單扼要地說明了在哈塞發生的事情。「我想同樣的事情在這裡應該不會發生吧。但是，不知道前任神殿長的影響力滲透到了多少地方，真教人不安呢。」還附上了聖女該有的演技，故意表現出擔心。

我發現有的鎮長視線都有些左右游移，想必多少避免掉了一些危險吧。

女神的水浴場

單就直轄地來看，前任神殿長會前往的地方，好像就只有比較靠近艾倫菲斯特的地區而已。所以一過某個地帶，鎮長和村長的態度明顯變得不同。

「身為領主，難道都不會發現這種事情嗎？」

「……畢竟後盾的力量太過強大，他當神殿長也有很長一段時間，還能自己指定對自己有利的徵稅官，比下級貴族的文官還有影響力。只要稅賦有確實上繳，便不會去追查他與平民的關係吧。」

如今已經過世的父親大人也對齊爾維斯特的母親毫無招架之力……雖然最大的原因是因為收養了我。斐迪南補上這句話後，露出苦笑。

「齊爾維斯特當上奧伯．艾倫菲斯特也不過幾年的光景。先前並沒有足夠的力量與名義可以排除掉幾十年來都擔任神殿長、坐擁著龐大勢力的舅父，更別說是自己的母親了。總之，貴族就是這麼麻煩，就算是做對的事，也會引來反彈。很多事情都需要時間累積力量、作好事前準備。要是操之過急，有可能反而在其他地方出現負面的影響。所以即便有些不愉快，妳也要學著能夠置之不理、靜觀其變。」

我一邊在心裡想著，要對不愉快的事情視而不見真難呢，一邊還是點頭。豈料斐迪南立刻瞪著我說：「妳根本沒聽懂吧？」

「……只要不牽扯到書和我身邊的人，我會努力靜觀其變。」

但一旦牽扯上了，我應該就無法悠悠哉哉地靜觀其變了吧。斐迪南聽了更是板起臭臉，緊按著太陽穴。

到了冬之館後，除了稍微提醒鎮長和村長以外，祈福儀式本身的流程都和去年一樣，所以進行上十分順利。當然與去年相比，還是有許多地方不同。去年因為由我給予了祝福，收穫量增加，今年不管去到哪裡的冬之館都受到了非常熱烈的歡迎。今年我又從青衣見習巫女變成了神殿長，從視線和現場熱烈的氣氛來看，就能感覺到大家都對我寄予了更甚於去年的期待。另外今年的行程也比較寬鬆，上午和下午只要各造訪一處冬之館，不像去年得拚命趕路，一路上都要喝藥。

每天我都在上午造訪一處冬之館，舉行祈福儀式。一邊吃午餐一邊與有力人士談天，下午再移動到另一處冬之館，舉行祈福儀式，之後與有力人士一起吃晚餐。因為都要和鎮上或村裡的權勢者們一起吃飯，每次都得繃緊神經，非常疲累。但我是以領主的養女，還有神殿長的身分出席，必須適度地做做樣子。但光是吃完飯後，還能以年紀小為由火速撤退回房間，我就已經比斐迪南幸運多了。

現在對方若在用午餐時挽留我說：「希望能再與您多聊一會兒……」我也習慣了掛上聖女的微笑拒絕說：「我也很想悠哉一些，但我想盡可能給更多的土地祝福。」

早上侍從們會坐上馬車，前往預計投宿的冬之館，我則搭乘騎獸移動。乘坐小熊貓巴士一起移動的侍從有法藍和薩姆。因為他們要負責管理神具，也要服侍我們用午餐。

午餐由各自的專屬廚師，我的話是由艾拉幫我準備便當。表面上的理由，是因為現在冬季剛過，各地糧食都所剩不多，不能再為冬之館造成負擔。但是除此之外，也是因為專屬廚師做的餐點不需要試毒。另外最主要的原因，也是斐迪南無法讓步的一點，就是「想吃合自己口味的餐點」。斐迪南表示：「偶爾的話我還能忍受，但我不想連續這麼多天都吃庶民的食物。」對於這樣的意見，我也無法反對。既然要吃飯，當然要吃好吃的。我們用從神殿帶來的穀物，換取春天能在農村附近採到的山菜和類似萵苣的稍硬生菜，或是花錢購買，持續著祈福儀式的旅程。

「這裡是離女神的水浴場最近的村莊。」

抵達馮多道夫的冬之館時，斐迪南這麼說道。

舉行完了下午的祈福儀式，便和連日來一樣受邀與村裡的長老們共進晚餐。一邊吃著晚餐，我一邊向村長等人打聽有關女神水浴場的消息。

「哦？女神的水浴場嗎？那裡的水對小病和小傷很有療效。現在山中的積雪尚未融化，所以還沒有旅人的蹤影，但一到了夏天，還有人會從更遠的地方來這裡求水。」

「泉水具有療效嗎？所以是水之女神芙琉朵蕾妮的泉水嗎？還是治癒女神洛古蘇梅爾呢？」

我舉出了司掌治癒的女神名字後，長老便一派老好爺爺的模樣，像在教導感到好奇的孫女，把有關泉水的事情告訴我說：「從來沒有人親眼看見過女神，但聽說春天的眾女神都會往那裡聚集。」

「我可是非常期待芙琉朵蕾妮之夜，才來到了這裡喔。」

「咦？難道神殿長想在芙琉朵蕾妮之夜抵達那處泉水嗎？那恐怕來不及了。雖然說近，但那裡位在與這兒有段距離的深山之中……」

村長神色慌張地交互看向我和斐迪南。人稱女神水浴場的泉水據說位在遠離人煙、地勢等同一座小山的森林深處。如今因為山中還有積雪，所以就算騎馬前往，也要花上幾天的時間才能抵達。如果現在才啟程，再怎麼趕路也來不及吧，村長說。

但是，斐迪南對此緩慢搖頭。

「放心吧，我們會騎乘騎獸前往，所以無須花上數天的時間，也不用擔心積雪。」

「啊……嗯，對喔，原來如此。若有能在空中飛行的騎獸，確實是不用擔心。」

村長安心地撫著胸口，其他幾人也一樣放心吐氣。但是，其中一人又憂心忡忡地盤起手臂。

「但是，現在泉水裡頭的妥庫羅什應該變強了不少。都有騎士大人同行了，兩位也許會覺得我們的擔心只是多餘，但還是請小心為上。」

「感謝你的關心。」

對方說妥庫羅什不會離開泉水，又對村子沒有危害，所以大家都放任不管。但妥庫羅什應該因此變大了不少，才會提醒我們若要前往那處泉水，還是要多加小心。

「我們其實不需要多少時間便能抵達那處泉水，但我想趁著天色還亮的時候，先消滅妥庫羅什，所以提早過去吧。」

於是在斐迪南的指示下，我們決定在森林中野營。他說消滅妥庫羅什之餘，也會順便剷除附近的魔物。

「接下來我們得先消滅那些害獸才能耕種田地，兩位若願意為我們消滅森林裡的魔獸，實在不勝感激。」

村長笑得十分開心，眼尾的皺紋更明顯了。現在小型魔獸都待在糧食還很豐富的森林裡，但一旦開始耕種田地，牠們就會跑到農村來。由於魔物還很小，不足以請求騎士團的支援，村民們要自行討伐，但如果得和農活同時進行，應付起來會疲於奔命。

「你們就把消滅魔獸，當作是我們對這些情報的報答吧。」

一名老爺爺邊感謝斐迪南，邊拍向掌心說道：

「那我再提供一項消息吧。如果要前往女神的水浴場，可以帶甜食過去。」

「甜食嗎？」

我側過臉龐。「雖然各位要騎乘騎獸從空中前往，也許沒有必要吧。」老爺爺先這樣說完，開始說明怎麼供奉甜食。

「聽說那處泉水的女神喜歡蜂蜜、牛奶和果實等甜食，只要在森林入口處的女神像前供奉甜食，就不會迷失方向，可以順利抵達泉水的所在。」

「這樣子啊。那我們會準備甜點。感謝你提供這麼有幫助的消息。」

在這個世界只要注入魔力向神祈禱，就會形成魔法。如果獻上供品能幫助自己順利抵達目的地，那最好多準備點甜食吧。

「羅潔梅茵，甜食就交給妳了。明天也記得作好出發的準備。」

我們說好讓大半侍從都留在馮多道夫的冬之館，只帶著少數精銳前往女神的水浴場。騎士們因為都能自己照顧自己，不需要侍從。而我的騎獸因為可以載很多人，所以由我載著自己的侍從，讓他們來照顧我。

要一同前往的侍從有法藍、莫妮卡、妮可拉、艾拉和羅吉娜。除了要有照顧我生活瑣事的人，艾拉是因為斐迪南說：「若帶廚師一同前往，就能吃到美味的飯菜吧。」至於專屬樂師羅吉娜本來可以留下來，但也因為她說「無法自己一個人留在這裡」，才決定帶她同行。由於到時候妮可拉和莫妮卡會幫忙煮飯，所以我也打算在不會傷及手指的前提下，請羅吉娜幫忙做些侍從的工作。

我和服侍用餐的法藍一同回到房間，對妮可拉和莫妮卡說道：

「妮可拉、莫妮卡，我們要在森林裡頭野營幾天，請妳們作好準備。也幫我向艾拉和羅吉娜轉告這件事吧。」

「若要前往女神的水浴場，那得準備水、食材、換洗衣物和藥水等東西吧？」

莫妮卡表示明白後，法藍也輕輕點頭。

「羅潔梅茵大人，準備工作請交給我們吧，神官長已經吩咐過該準備哪些東西了。」

「所有行李都會放在我的騎獸上，所以準備食材的時候，請別忘了也要包含護衛騎士們的份。」

我邊下達指示，邊環顧侍從，目光最後停在妮可拉身上。

「妮可拉，請幫我轉告艾拉，要準備蜂蜜和果醬這類的甜食。」

對於和食物有關的事情，妮可拉的反應向來最熱烈。甜食只要交給她去準備，肯定不用擔心。她在擔任艾拉助手的時候也總是眉開眼笑，與艾拉的感情最好。

「這些甜食是要獻給女神的供品。聽說只要供奉甜食，我們就不會迷失方向，可以順利地抵達泉水的所在地。」

我轉述了從村裡老爺爺那裡聽來的消息，妮可拉高興得小臉綻放光彩。

「羅潔梅茵大人，如果女神喜歡甜食，除了蜂蜜以外，也準備點心當作供品吧。看到從沒吃過的點心，女神說不定會更加高興。」

「說得也是呢。那麻煩妮可拉去拜託艾拉了。」

妮可拉大力搖晃著接近橘色的紅色麻花辮，朗聲回應：「是！」然後，她又偷偷地瞄了我一眼。

「……羅潔梅茵大人，那除了要供奉給女神的點心呢？」

「其他的就帶到泉水那邊，大家一起當甜點享用吧。」

「是！」

為了方便拿起來吃，便請艾拉烤了餅乾。但因為這裡沒有烤爐，就只有艾拉自己帶來的平底鍋，所以最終做出了味道雖然是餅乾，但外觀像是一口鬆餅的點心。我拿了一個試吃味道，沒問題。

我們在上午作好準備，吃完午餐後，把斐迪南和護衛騎士的侍從們留在馮多道夫，騎著騎獸出發前往女神的水浴場。沿著農田間綿延的小徑，向著森林在空中飛行。事前就已經聽說這段路程騎馬得騎上好幾天，所以果然花了一點時間，但我們還是趕在第五鐘響起前抵達了水浴場所在的上空，底下是座小山和廣袤的森林。從山腰開始直到山頂都還覆蓋著潔白的積雪，但山腳下的原野已經出現一片嫩草色的綠意，可以感受到春天來臨了。

我們先在森林的入口處降落，斐迪南開始對護衛騎士們下達指示。

「艾克哈特、達穆爾，我們從空中去尋找泉水的位置。布麗姬娣和羅潔梅茵就留在這裡待命。」

三人再度跨上騎獸，蹬上天空，前去尋找人稱女神水浴場的泉水。

被吩咐要在森林入口待命的我們暫時走出騎獸，伸展身體。雖然小熊貓巴士坐起來比馬車舒服，但一直駕駛著它也會感到疲憊。侍從們也和我一樣來到外頭，吸進還帶有寒意的空氣，伸展身體。這時，莫妮卡指向森林的方向。

「啊！羅潔梅茵大人，那個會不會就是要獻上供品的女神像呢？」

從馮多道夫一路延伸到這裡，再接著直入森林的路口處，有座全身纏繞著枯萎植物，因冬季期間無人聞問而蒙上了灰塵的女神像。這座雕像長年來都矗立在這裡吧。臉部和飾品等細節都被風沙磨平，再怎麼凝神細看，也看不出來祂是哪一位女神。

「羅潔梅茵大人，我們可以稍做打掃嗎？」

「看見女神這麼髒亂的模樣，真教人坐立不安。」

我的侍從們在神殿出生長大，全都垮下眉毛。對於經常要清潔神像的他們而言，看到髒兮兮的女神像似乎無法坐視不管。

「大家可以撥掉枯萎的植物，稍微打掃乾淨，因為神官長他們沒過多久就會回來了，所以動作要快喔。」

法藍、莫妮卡和妮可拉動作一致地衝上前，迅速地開始打掃女神像四周。他們撥開枯葉和枯草，再拿塊乾燥的布把放置供品的地方擦乾淨。只是這樣而已，看起來就乾淨清爽多了。

「艾拉，準備供品吧。」

艾拉從慎重捧著的木盒裡拿出蜂蜜、牛奶、晒乾的果實和餅乾，交給妮可拉，妮可拉再拿過來我這裡。我在妮可拉端來的供品旁邊，也獻上了幾朵宣告春天到來，開在附近的蓮伏洛白花。

「請保佑我們大家可以平安抵達女神的水浴場。」

許願的時候我忍不住合掌拍了兩次手，真是改不掉的老毛病。感受到了大家難以形容的視線後，我回過神來，急忙再一次正確祈禱。

「祈禱獻予諸神！」

我高舉雙手，抬起左腳。「祈禱獻予諸神！」侍從們也跟著複述，獻上祈禱。

姿勢筆挺地獻上祈禱後，我們馬上回到騎獸裡頭。雖然春天的花朵開始盛開了，但天氣還是很冷。我們決定坐在騎獸裡頭，一邊吃著多帶過來的果乾，一邊等著斐迪南他們回來。

「讓你們久等了。」

以斐迪南為首的三頭騎獸下降落地。我連忙擦了擦手，走出騎獸迎接大家。

「你們回來了。有沒有找到女神水浴場的所在呢？」

「很遺憾，從上空無法找到。既未看見不自然的水流，也沒有看見樹木之間有斷開

處。我猜是用魔力隱藏起來了，讓人無法從空中抵達。尤修塔斯說他夏季來這裡的時候，很輕易便從上空抵達了泉水處。畢竟芙琉朵蕾妮之夜即將到來，現在是魔力最強大的時期，情況果然不同往常吧。」

既然和舒翠莉婭之夜一樣，都是魔力最強大的特殊時期，這表示事前蒐集好的情報也有可能派不上用場。任何事情都喜歡做好萬全準備的斐迪南，大概不太喜歡事情不在自己的掌控之內。他交叉著手臂像在警戒什麼，環顧四周後，目光停在了女神像所在的入口。

「……看來只能從這裡進入森林了。」

我也一樣看向女神像，確認前面都擺好了供品，用力點頭。

「沒問題的。我們已經稍微打掃過了，還獻上供品，也對女神祈禱過了，所以我們一定可以順利抵達泉水的所在。」

「妳的樂觀還真教人吃驚……但也罷。由我帶頭，接著是布麗姬娣、羅潔梅茵、達穆爾，最後是艾克哈特。跟上吧。」

斐迪南操縱著騎獸，飛入森林。他收起了騎獸平常總是大幅張開的翅膀，貼著地面往前飛行。布麗姬娣也騎著騎獸跟在斐迪南身後，我則操控著小熊貓巴士，跟緊了前方布麗姬娣的披風。由於斐迪南和護衛騎士的騎獸都是稍微浮在空中飛行，所以我的小熊貓巴士也一樣微微浮在空中。只要有心，我也做得到！

雖然在入口附近已經看不到了，但進入森林後不久，就能看見到處還殘留著許多積雪。再加上周圍的樹木高聳參天，陽光很難照得進來，森林裡頭顯得很昏暗。

「達穆爾，有薩契！」

「是！」

艾克哈特喝道，達穆爾便驅策著騎獸前去討伐外形像貓的魔獸。雖然他馬上就回來了，但艾克哈特還是教誨他說：「要一擊就擊中魔石。」「你瞄準太慢了。」

「達穆爾，是亞梵特。去吧！」

這次是長得像松鼠，體型和貓差不多大的魔獸。頭上還長了兩隻短短的角。這隻魔獸的動作非常矯捷，靈活地在樹枝之間穿梭逃竄，達穆爾緊追著牠。直到達穆爾回收魔石，回到原地之前，我們都停下來等候。

「達穆爾的動作還是不夠快，大概是因為魔力量少，戰鬥時盡量不用到魔力的習慣完全改不掉吧？」

「看來不只要強化他的體能，還要加強訓練他怎麼在戰鬥中使用魔力。」

斐迪南和艾克哈特觀察著達穆爾的動作，討論今後的訓練方針。看來在騎士團對達穆爾進行的嚴格熱血教育，還會再持續一段時間。

目前出現在我們面前的魔獸都不大，數量也不多，所以一下子就撲滅了。達穆爾獨自一人揮汗奮鬥時，我們也來到了一處有些空曠的平地，應該是用來野營的場地吧。但我們沒有停下來，直接經過，繼續往山裡的泉水前進。

「……這下子該往哪裡前進？」

我們一路上打倒魔獸，經過了幾處可以野營的空地，繼續探往森林深處，但現在前面卻沒有路了。正確來說是被積雪掩埋，根本看不到路。看見斐迪南東張西望，我也模仿他環顧四周。雖然觸目可及都是樹木，但我發現只有一個地方有光透出來。

「神官長，是不是那裡呢？那裡隱約可以看到亮光。」

「哪裡？」

「這裡。」我說，駕駛著小熊貓巴士移動後，周遭的樹木突然間沙沙退開，空出了通道。樹木們出乎意料的移位讓我眨了眨眼睛，看向斐迪南。

「這、這是供品的效果嗎？」

「……也許吧，也可能不僅如此。」

斐迪南沉著臉嘀咕說，騎著騎獸往空出的通道前進。緊接在布麗姬娣之後，我也進入這條新出現的通道。

我們在彎彎曲曲的羊腸小徑上行進，漸漸地這一路越變越明亮，最終視野忽然變得開闊。明明剛才還身在群樹環繞下的幽暗森林裡，下一秒眼前卻出現了灑滿明亮日光的遼闊空間。

「……這裡就是女神的水浴場嗎？好漂亮喔……」

令人驚愕的是，只有眼前這個地方春天已經完全到來。難以想像我們剛才還緊貼著覆滿積雪的路面飛行，炫目的陽光傾瀉而下，還有一處湧出清水的泉水。泉水四周不見任何積雪，反而盛放著宣告春天來臨的蓮伏洛白花，還能聽見小鳥的啁啾聲。

柔和的風吹過水面，波光粼粼，湧出的泉水更往深處形成了一條小溪流。在分不清是藍色還是碧綠色的泉水中心，開著淡粉色的花朵，乍看之下我還以為是睡蓮。

「那個正是人稱女神鍾愛之花的萊靈嫩。」

「所以要採集那些花的花蜜嗎？」

「沒錯，但現在還不能繼續前進。我感受到了魔物的氣息，恐怕是妥庫羅什吧。現在有太多非戰鬥人員了，先退回野營地吧。」

斐迪南說完，我們於是原路折返，回到距離最近的一處野營地。在看過風光明媚的春日景色以後，回到還留著積雪的野營地一看，突然覺得氣氛很陰鬱灰暗。

「羅潔梅茵，稍微往後退。」

我和布麗姬娣一起後退到樹邊，斐迪南與艾克哈特像在彈指一樣，朝著開闊的野營地丟出了某樣東西。

一眨眼工夫，野營地上的積雪便迅速融化消失。我呆若木雞地看著眼前的畫面，斐迪南騎著騎獸靠近。

「羅潔梅茵，把這個魔導具放在騎獸裡頭，這樣一來即使妳不在這裡，騎獸也不會消失。」

我依言把魔導具放在小熊貓巴士裡，讓巴士在我離開後仍然會繼續保持，接著走到外頭。大概是因為四周還有殘雪，也可能是因為周遭環繞著高聳的樹木，陽光照不進來，空氣十分寒冷，彷彿可以穿透肌膚。

「羅潔梅茵的隨從們負責準備食物。我們要前往討伐妥庫羅什。羅潔梅茵，等妳作好採集的準備，和布麗姬娣共乘騎獸吧。討伐結束後，我再教妳怎麼採集萊靈嫩之蜜。」

斐迪南命令我的專屬和侍從們準備食物，也分別對其他人下達了指示。確認過斐迪南借給我的採集道具都沒有遺漏後，我坐上布麗姬娣的騎獸。

「大家，就麻煩你們準備餐點了。」

「還請羅潔梅茵大人多加小心。期盼您及早歸來。」

芙琉朵蕾妮之夜

由布麗姬娣載著我，我們再次前往女神的水浴場。穿過樹林形成的大弧度彎道，來到灑滿了明亮日光的泉水前方。領頭的斐迪南才騎著騎獸靠近泉水，水面就突然噗嚕嚕嚕地往上隆起。

「是妥庫羅什！羅潔梅茵，快給大家祝福！」

帶頭往前衝的斐迪南立即下達指示，我急忙往戒指注入魔力。由於已經向英勇之神祈求過祝福好幾次了，動作變得相當熟練。

「願火神萊登薛夫特的眷屬，英勇之神安格利夫給予眾人庇佑！」

從戒指飛出的藍光灑向四人。我的戰鬥力可以說是無限趨近於零，又沒有體力，只會扯大家後腿，所以這是我唯一能幫上忙的事情了。

「達穆爾、布麗姬娣，你們和羅潔梅茵一起待命！艾克哈特，上！」

「是！」

泉水的中心附近竄出了三道黑影——不對，是四道黑影從泉水中高高彈起，往外飛出。原來妥庫羅什的真面目，是和成人張開雙臂一樣大的蟾蜍。和採集秋季材料時戰鬥過的戈爾契還有冬之主司涅圖姆比起來，感覺相當迷你，但是若論外觀令人反胃的程度，倒是讓其他魔獸無法望其項背。

「為什麼每次擋在我面前的敵人都是『蟾蜍』呢。」
我忍不住咳聲嘆氣，布麗姬娣和達穆爾一臉不太明白地看著我：「蟾蜍是……？」
「是一種長得和妥庫羅什非常相像的生物。達穆爾應該能明白吧？你不覺得長得和賓德瓦德伯爵一模一樣嗎？連遭到神官長討伐這點也是……」
達穆爾噗哧噴笑。喀鏘一聲，只見他用戴著護甲的手摀住嘴巴，雖然面向前方，但全身都在微微抖動，看來是戳中了他的笑點。布麗姬娣似乎沒有親眼見過賓德瓦德伯爵，只是低喃說著：「長得像是妥庫羅什的人嗎？那務必要和他保持距離呢。」
「要合體了！」
艾克哈特的大喊讓我回過頭，只見最大的那隻妥庫羅什伸出了長長的舌頭，捲起自己身旁比較小隻的妥庫羅什，咕嚕一聲吞下肚子。在吞下的同時，妥庫羅什也隨之變大。變大到了一定程度後，牠又咻地伸出舌頭，接二連三地吞下其他小隻的妥庫羅什。
「哇哇哇！」
「羅潔梅茵大人，請您冷靜。區區妥庫羅什不足為懼……只是會讓人感到不快。」
布麗姬娣似乎不喜歡妥庫羅什，覺得很噁心。我完全可以明白她的心情。她固定住我的左手臂比平常還要用力。
斐迪南和艾克哈特讓思達普變作劍形，一邊瞪著妥庫羅什，一邊注入魔力。緊接著兩人舉起長劍，朝著妥庫羅什在吞下同伴後不斷膨脹變大的肚子準備揮下。
但說時遲那時快，妥庫羅什以電光石火般的速度伸出了牠長長的舌頭。快到我都還沒搞清楚發生了什麼事，就已經連同布麗姬娣的騎獸被牠捲起來，下一秒我和布麗姬娣飛進空中。

「什麼?!」

「呀啊?!」

布麗姬娣還來不及取出思達普並變化好形體，我們就這麼被拉進了妥庫羅什張開的大嘴裡頭。

舌頭縮回了口中後，妥庫羅什閉上嘴巴，四周旋即陷入伸手不見五指的黑暗，而且溫暖潮濕，帶有著腥臭味。在口中重獲自由的同時，布麗姬娣也消除騎獸，把思達普變成了長刀般比身高還高的武器。多半是魔力的關係，武器四周在淡淡發光。

「羅潔梅茵大人，您沒受傷吧？」

布麗姬娣先確保了若妥庫羅什想把我們吞下去時，武器會刺入牠的口腔，接著立即開口確認我的安危。

被布麗姬娣抱在懷裡的我完全沒有受傷。但因為她並沒有更改鎧甲的軟硬度，被埋在她柔軟的胸脯裡頭，我只是有點快要窒息而已。

「只是到處都濕濕黏黏的，但我沒有受傷。」

「那能請您往採集用的小刀注入魔力，刺向這傢伙的舌頭嗎？現在我的武器沒辦法移動。」

布麗姬娣使力握緊了右手上的武器，不讓我們被吞下去，左手把我抱在腋下，然後蹲下來。她把我放在了妥庫羅什的舌頭上，但左手繼續勾著我的肚子。兩人的腳底板和膝蓋都能感受到底下是一片溫暖而有彈性的柔軟，臉頰雙雙一陣抽搐。

「交給我吧。」

我拿出小刀，注入魔力，布麗姬娣在環住我腰部的左臂上更是使力。感受到了布麗姬娣無論如何都會保護我的堅定意志，我舉起注入了大量魔力的採集用小刀，卯足全身的力氣刺向妥庫羅什的舌頭。

「……奇、奇怪了？」

然而，什麼事也沒有發生。妥庫羅什既沒有發出慘叫，也沒有張開嘴巴。沒想到居然會毫無反應到這種地步，我冷汗涔涔，注入魔力又用小刀刺了好幾次。

「嘿！嘿！嘿！」

這時忽然有道強光照進了一片漆黑的視野裡，我忍不住閉上眼睛。腳下猛然晃動，我的身體跟著歪向一邊，就這麼拿著小刀失去平衡。我和布麗姬娣因為腳下的傾斜而倒下來，翻滾了好幾圈。感覺得到布麗姬娣用力摟緊我的腰，然後她抱著我飛了出去。

在我察覺到視野之所以變得明亮，是因為妥庫羅什張開了嘴巴的時候，我已經由布麗姬娣抱在懷裡，再一次被拋進了半空中。

腥臭味消失了，周遭的空氣變得清新。耳朵也可以聽見各式各樣的聲音。空氣幾乎是用拍打的不斷搧在肌膚上。

「直接跳進泉水裡面！」

然後我聽見了斐迪南的咆哮，布麗姬娣順著自由落體的速度往泉水落去。我作好了要撞上水面的心理準備，用力閉上眼睛，緊緊抱住布麗姬娣。

一陣轟隆巨響，我們掉進了泉水裡頭。然而，我在落水時卻出乎意料地沒有感受到任何衝擊，既不覺得硬也不覺得痛，回過神時我們已經在泉水裡頭了。

那種感覺很不可思議。原本泉水應該才剛融化而已，我還以為會冷到有可能我一落水就死於心臟病發。但是，泉水不冷也不熱，不知為何我也不覺得呼吸困難。張開雙眼，還能看見波光蕩漾的水面，從自己口中咕啵咕啵吐出的空氣變成了氣泡往上浮去。

灑下日光的藍天上有道巨大的黑影，然後是刺眼的亮光朝著黑影飛去，應該是斐迪南和艾克哈特對妥庫羅什使出了攻擊吧。妥庫羅什被兩人的攻擊打上空中，爆炸開來。

「噗哈……」

我和布麗姬娣浮出水面的時候，因兩人攻擊所造成的震波也差不多平息了。

「……結束了呢。」

我安心地大口吐氣，然而布麗姬娣卻望著上空，用充滿緊張的尖銳嗓音喊道：「不對，要過來了！」一看見布麗姬娣再次舉起手中的思達普，我也跟著仰頭看向天空，有什麼東西掉下來了。是妥庫羅什爆炸後的內臟還是其他東西嗎？就在我皺眉的瞬間，正好與大量從天而降的其中一隻青蛙四目相接。

「嗚噫?!」

從小到跟指尖一樣大，大則與成年人的拳頭相差無幾，大大小小的青蛙，不對，是妥庫羅什從天而降。牠們接連掉到我頭上、臉上、肩膀上，而且還黏住不動。在感覺到有股黏滑的觸感在自己臉頰上蠕動時，我的背部竄起一波波的冷顫。

「……噫呀啊啊啊啊！快幫我拿掉！快拿掉快拿掉！」

「羅潔梅茵，別大呼小叫了，快點拿開並消滅牠們！用妳的小刀應該也消滅得了吧。要是置之不理，牠們很快又會合體。」

斐迪南冷血地對我見死不救，來回殲滅四周的妥庫羅什。艾克哈特也一樣。原來妥庫羅什就算遭到攻擊也只會分裂，必須一直攻擊到變成最小的尺寸以後才能打倒，所以非常棘手。布麗姬娣也是分身之術，忙著對付自己周遭的妥庫羅什。領悟到了沒有人會來救我後，我瘋狂搖頭、甩動四肢，想要甩掉牠們，但根本不想離開的妥庫羅什還是牢牢地巴著我不放。感覺到了有黏滑的東西在臉上移動，我再也顧不得要保持貴族千金的形象，放聲哭喊：

「不行不行不行！至少幫我把鼻子上面的拿掉！拜託！」

「羅潔梅茵大人，請過來這裡！我幫您拿掉！」

「達穆爾現在是這世上最英勇帥氣的人！」

騎在騎獸上的達穆爾從布麗姬娣懷中接過在水面上亂踢亂踹的我，讓我坐上他的騎獸。等到達穆爾幫忙拿掉了妥庫羅什，我擦掉淚水和鼻水。

「我受夠了！我再也不要來這處泉水了！」

「妳這笨蛋，我們是為了在黎明時分前來採蜜才進行討伐，之後怎能不過來。」

斐迪南立刻斥責說道，並投來冷冷的目光。

「妥庫羅什已經消滅了，這下子明天應能安全地進行採集。」

「真的確定嗎？」

「夠了！今晚就是芙琉朵蕾妮之夜，早點就寢，準備在黎明時分前來。」

一回到野營地，我立即把小熊貓巴士的車窗關到一半以上，讓外面的人看不見裡面，才由莫妮卡和羅吉娜協助我更衣。

「居然在這個季節掉進泉水裡面，就連身體健康的人都有可能不小心喪命。羅潔梅茵大人又比一般人還要虛弱，您的身體真的沒問題嗎？神官長有沒有說什麼？」

「明天要是發燒，就無法前往採集了。還請您千萬小心。」

莫妮卡和妮可拉一邊對我說教，一邊脫下我身上的濕衣服，用浸過熱水的毛巾為我擦拭全身。布麗姬娣也在巴士上一起換衣服。

「羅潔梅茵大人的騎獸真是太優秀了，我從沒想過在距離據點這麼遠的地方執行任務時，還能這般悠閒地更衣。」

要是沒有我的小熊貓巴士，布麗姬娣本打算在樹林間拉起披風，直接在雪地裡更衣。就算只是要解除魔石做成的鎧甲，這也不是貴族千金該面臨的處境。布麗姬娣說，由於未成年的女騎士都不會被指派需要離開貴族區的任務，成年以後多數又都早早結婚，所以女騎士從來不會參與沒有據點的討伐和採集。

吃完了侍從們準備的餐點，斐迪南教我怎麼採集花蜜。他說要把儲存在花朵中心的花蜜裝進瓶子裡，而且一定要用自己帶去的金屬湯匙舀取。

「這個湯匙設計成了不會受到魔力的影響。妳一定要用這個湯匙舀取花蜜，裝進瓶子裡。在舒翠莉婭之夜採到的瑠耶露花朵及其果實，性質都與其他季節的截然不同，這次的萊靈嫩之蜜可能也有著不同於其他季節的性質。」

斐迪南的表情儼然像個瘋狂科學家。有時間可以沉浸在自己的興趣裡頭，真是太好了呢——但我沒有辦法由衷地說出這句話。這是因為我卻沒辦法確保自己的讀書時間。就算罵我小家子氣，我還是覺得斐迪南太奸詐了。

「花蜜要分別裝進幾個瓶子當中。我想研究看看帶有妳魔力的花蜜，和不帶有妳魔力的花蜜有什麼差別。」

斐迪南要研究材料是沒關係，但好像有點偏離了要採集我所需材料的這個原本目的，難道只有我這麼覺得嗎？

討論完了這些事以後，我們提早就寢。我馬上讓小熊貓巴士裡的座椅往後倒，就可以伸長雙腳躺在上面睡覺。看見侍從們正鋪著放在車上的好幾條毛毯，斐迪南一臉無言以對。

「妳的騎獸簡直非常人能理解。」

「有什麼關係，很方便啊。光是沒有做成『露營車』，我就覺得自己很節制了。」

「真受不了妳……既然裡面空間這麼寬敞，就讓所有女性都在這裡就寢吧。法藍，你過來。」

在斐迪南的一聲令下，小熊貓巴士成了女孩子們的睡鋪。布麗姬娣走了進來，法藍則帶著有些如釋重負的表情，走出全是女性的小熊貓巴士。

入夜後，我有種小熊貓巴士好像在搖搖晃晃的奇妙感覺，不由得轉醒過來。慢吞吞地坐起來後，我發現窗外就是女神的水浴場。

……為什麼？我們不是在野營地嗎？

這是在作夢嗎？我一邊心想著，一邊注視窗外。夜晚的泉水展現出了與白天全然不同的面貌。是因為芙琉朵蕾妮之夜嗎？水面上倒映著也可說是深粉色的紅色月亮。

……泉水在發光。

不單是因為反射著月光，還有像泡泡一樣，大小各自不同的圓形光點正慢慢地從泉水當中飛出來。圓形光點的亮度比螢火蟲還要明亮，閃爍著不可思議的光芒，接連從泉水中飄出，在四周來回飛舞，形成了如夢似幻的景色。

「哇，好漂亮喔。亮晶晶的呢。」

妮可拉的聲音突然傳來，我回過頭去，只見妮可拉不知道是還在睡夢中還是已經醒了，一臉迷迷糊糊地看著窗外。布麗姬娣在聽見妮可拉的聲音後猛然坐起來。她立即拿好思達普，察看外頭的動靜。一會兒過後，她神色為難地轉頭看我。

「……羅潔梅茵大人，這是怎麼回事呢？我只覺得這裡充滿了魔力。」

「我也不知道。可是，景色非常美麗，感覺也沒有敵意。」

光芒在飛出泉水的瞬間，還會發出「叮啷」的清脆聲響。無數的清脆聲響重疊串連起來，形成了不可思議的音樂。羅吉娜突然在睡夢中哼起音階，接著無預警地坐起來，一臉睡眼惺忪地伸手想要拿琴：「飛蘇平琴在哪裡？」

「羅吉娜，妳清醒一點。」

這時候連艾拉和莫妮卡也醒來了。所有人一同看著窗外，疑惑眨眼。

「這究竟是怎麼一回事呢？」

聽著光芒在浮出水面時所發出的樂音，羅吉娜的手指跟著蠢蠢欲動。我發現她的目光投向了巴士裡頭也被列為必備行李的飛蘇平琴。

「反正大家都醒了，現在這樣也睡不著覺。羅吉娜，妳可以彈一會兒喔。」

「感謝羅潔梅茵大人。」

羅吉娜興沖沖地拿來了琴，配合泉水發出的清澈高音，彈著飛蘇平琴開始演奏。

「羅潔梅茵大人的樂師琴藝真是太出色了。」

我陶醉不已地聽著泉水與羅吉娜的爭相演奏，這時有越來越多的光芒聚集到了小熊貓巴士四周。光芒彷彿各自有著意識，想要從窗戶飛進來。

「說不定是這些光芒喜歡羅吉娜的琴聲呢。」

「難得都來了，不如到外面去，直接演奏給它們聽吧？」

莫妮卡與妮可拉咯咯笑著說道，光芒於是閃爍起來，好像在表示同意。

「那我們就獻上音樂吧，春天的眾女神都喜歡音樂嘛。若在芙琉朵蕾妮之夜獻上音樂，諸位女神應該會很高興。」

「羅潔梅茵大人，這處泉水的女神還喜歡甜食。我們也把剩下的餅乾帶出去，獻給女神吧。」

妮可拉提議後，艾拉笑著表示贊成。由艾拉和妮可拉搬出裝有甜食的木盒，羅吉娜帶著飛蘇平琴，布麗姬娣不動聲色地警戒著四周，莫妮卡則是一臉無可奈何地走出小熊貓巴士。

我帶著好像夜間出來遠足的心情，一個箭步往外衝。在這一點也不感到寒冷的奇妙空間裡，閃耀的亮光依然不間斷地從泉水當中飄出。高亢悠揚的清脆聲響十分動聽，讓人聽得如痴如醉。
我低頭看向發光的泉水，不可思議的光芒仍持續從深處往水面飄來。我注意到有幾隻妥庫羅什在吃那些光芒。
「布麗姬娣，有妥庫羅什……」
我指著泉水說，布麗姬娣立即取出思達普，消滅了妥庫羅什。從泉水中飛出的光芒親暱地圍繞住布麗姬娣，像在感謝她打倒了妥庫羅什。
我環視了周遭一圈，發現剛才還在到處飄蕩的光芒，如今主要集中在三個地方。分別是羅吉娜的飛蘇平琴，艾拉、妮可拉與莫妮卡所在的點心四周，還有消滅了妥庫羅什的布麗姬娣，光芒一明一滅地來回飛舞著。這些光芒似乎喜歡音樂，配合著羅吉娜的琴聲不停閃閃爍爍。當中好像特別喜歡改編了麗乃那時候歌曲的樂曲，明滅閃爍的模樣簡直像在拍手一樣。
「這些光芒似乎喜歡羅潔梅茵大人創作的樂曲呢。您要不要獻唱一曲呢？」
「……那難得都過來了，我就獻上一首新歌吧。」
我的飛蘇平琴並沒有帶來，但只是唱歌的話，應該不成問題。這些光芒好像喜歡沒有聽過的音樂，我決定表演一首麗乃那時候的歌。這是我為了之後想拜託斐迪南事情時所預備的，把歌詞改成了這裡語言的春天之歌。
我站在泉水前，慢慢吸一口氣。
「春季的流水～……」
在我開始唱歌的同時，戒指也逕自吸走了魔力，我的魔力隨著歌聲往四面八方擴散。泉水的光芒變得更是燦亮，四周也越來越明亮耀眼。同一時間，水中萊靈嫩的花蕾也在不斷生長。無數花蕾往水面伸長，互相纏繞，在泉水中心如同一株巨木般成長茁壯，接著開始開花。

「女神啊，請問我能帶走一些萊靈嫩之蜜嗎？」

唱完了歌，我向女神徵求許可，中心的一片葉子於是變大變寬，伸來到我面前。

我在光芒的簇擁下踩上葉子，葉子又變得更大了。等到我完全站上去，葉子隨即慢

慢地開始往上升高。

「哇啊！」

葉子直接把我帶到了盛開的萊靈嫩前，我趕緊從掛在腰上的採集工具中拿出湯匙，

照著斐迪南的指示開始採集花蜜。

帶來的幾個瓶子全都裝好了花蜜後，我蓋上蓋子。

「好，真是太完美了。」

此刻我正站在往上高高聳起的葉子上，所以可以看見森林另外一邊的天空開始泛起

魚肚白，太陽即將升起。

隨著旭日東升，在泉水四周飛舞的光芒也漸漸變得稀薄，消失在空氣裡。

「嗯？」

往上高聳生長的花朵也在轉眼間不斷縮小，退回水面。同時我腳下站著的巨大葉子

也跟著越變越小，最終葉子再也支撐不了我的體重，莖「啪」一聲斷了。

祈福儀式結束

「呀哇?!」

我倏地失去平衡，在傾斜的葉子上滑倒，飛進了半空中。「羅潔梅茵大人?!」大家異口同聲發出慘叫，我還看見布麗姬娣即刻變出騎獸。

但是，樹林後頭有某樣東西比布麗姬娣的騎獸更快地衝了出來。半空中較重的頭部往下沉去，在天旋地轉的視野中，快到變成殘影的那道黑影往我逼近。

我無法抵抗重力，正要頭下腳上地開始墜落時，有什麼東西穩穩接住了我的身體。緊接著身體往上浮起的感覺讓內臟好像受到擠壓，我忍不住發出「唔唔」的呻吟聲。到底發生什麼事了？我眨著眼睛左右察看，突然發現斐迪南那張恐怖的臭臉就在眼前，眉心間的皺紋皺得比平常再用力了五成。

「……神官長？你怎麼在這裡？」

「當然是為了接住掉下來的妳。不滿意的話，不如我再把妳丟下去吧？」

斐迪南用充滿不悅的淡金色眼眸瞪著我說，我急忙緊攀住斐迪南的手臂，以免他當場再把我丟下去。「感謝神官長的救命之恩。」雖然斐迪南確實救了我，但我卻沒有什麼被拯救的感覺，大概是因為我相信等一下肯定有說教在等我。我還在為斐迪南的超級臭臉嚇得瑟瑟發抖時，他已經把我放在小熊貓巴士前面。

「羅潔梅茵大人，您沒事吧?!」

法藍一臉擔心地疾奔而來。「多虧有神官長救了我，所以我沒事。」我說完，法藍才安心地整個人放鬆下來。

「羅潔梅茵。」

收起了騎獸的斐迪南壓低聲音叫我。看吧，說教要開始了嗎？我繃緊全身，但他只是用疲憊的嗓音問我：「妳採到花蜜了嗎？」我稍微有種撲了空的感覺，但還是點點頭，向斐迪南展示裝有萊靈嫩花蜜的瓶子。

「是，我成功採到了萊靈嫩的花蜜，請稱讚我吧。」

斐迪南接過我遞去的瓶子，打開瓶蓋，往掌心倒了一點花蜜。他檢查了顏色與味道，再往花蜜注入魔力，然後皺起臉龐。

「……雖然大概料到了，但花蜜看來已經完全染上妳的魔力，我的魔力無法灌注。」

「咦?不可能啊……因為我是照著神官長的吩咐，用湯匙舀了花蜜喔。」

採集方法應該沒有出錯才對。我拿出採集用的湯匙，鼓起臉頰說：「難道是湯匙出了問題嗎？」斐迪南緩緩搖頭。

「不是。萊靈嫩是得到了妳的魔力後才開始成長，所以是花本身就染上了妳的魔力吧。」

「嗚……難不成……我又失敗了嗎？」

好不容易打倒了妥庫羅什，還向女神徵求許可，取得了萊靈嫩之蜜，難道我又失敗了嗎？不光是斐迪南，我對同行的大家都感到過意不去地問。斐迪南用魔法洗淨花蜜，輕輕甩手。

「不，並沒有。從妳需要用到的材料這點來看，並沒有問題。雖然沒有問題……唉，總之，我們趕快返回馮多道夫的冬之館吧。」

除了斐迪南，連法藍、艾克哈特和達穆爾也是，不知為何在場男性都滿臉疲憊，神色非常憔悴，還精疲力竭地嘆氣。

「發生什麼事情了嗎？」

「是發生了不少事情，但關於森林與泉水的神秘現象，等到明天再說吧。今天還是先回去，早點歇息。妳們也幾乎沒有闔眼吧？」

斐迪南說詳細情況明天再說，就此結束了對話，但他們似乎也因為森林裡的不可思議現象，度過了相當驚心動魄的一晚。到底發生了什麼事呢？我側過頭，叫住馬上開始準備要回去的男性們。

「請等一下。我想汲些這裡的泉水回去。聽說這裡的泉水對小傷和小病很有療效吧？孤兒院裡如果有孩子生病了就可以喝，而且我們打擾了這麼多天，也可以分些泉水給馮多道夫的村長，我想他一定會很高興。」

「隨妳高興吧。」

幸好小熊貓巴士裡有用來盛裝這一路所需用水的木桶。容量大約是幾公升，現在有兩個已經空了。因為昨晚用來煮飯，還有用來為我和布麗姬娣擦拭身體。我請侍從們汲取泉水，搬上小熊貓巴士。

「難得有機會，也補充一下飲用水吧。」

各自再往盛裝飲用水的皮袋裡補充了泉水後，大家才返回馮多道夫的冬之館。不只男性們面容憔悴，昨夜雖然玩得很開心，但喧譁了一整晚的女性們也睡眠不足。所有人都強忍著呵欠，不時揉眼睛。因為太累了，決定先好好休息一天。

「羅潔梅茵，睡前先喝下這個吧。」

沐浴完，全身清爽乾淨後，我喝下了斐迪南遞來的消除疲勞藥水，鑽進被窩。

「那麼，神官長你們究竟遭遇到了什麼不可思議的事情呢？」

隔天吃完早餐，我邊喝著茶邊詢問斐迪南。我問得興致勃勃，相比之下斐迪南、艾克哈特和達穆爾卻一致地愁眉苦臉，看樣子不是什麼愉快的回憶。

「……非常簡單地說明，就是我們遭到了女神的排擠。」

「咦？排擠嗎？」

聽說我們在芙琉朵蕾妮之夜與閃閃發亮的神奇光芒玩耍時，男性們卻是吃盡了苦頭。

「羅潔梅茵，夜裡我們不是輪流守夜嗎？」

艾克哈特說，我點點頭。昨晚由訓練下已經習慣守夜的布麗姬娣、艾克哈特、斐迪南和達穆爾，輪流起來看守。

聽說事情就發生在輪到斐迪南守夜的那個時候。

「樹木突然間沙沙地動了起來。起先我還以為是風，但當下根本無風，樹木卻都開始左右搖動。我提高警覺環顧四周，卻發現樹木像是擁有自己的意志，開始用樹枝搬運妳的騎獸。」

聽了斐迪南的說明，我想像了宛如水桶接力般被樹木接連運走的小熊貓巴士，為那超乎現實的光景愣愣地張著嘴巴。

「妳會無法相信也很正常，因為連親眼見到那幅景象的我，都不敢相信自己的眼睛。樹木竟然像有生命一樣，齊心合力地把妳的騎獸搬走，簡直教人不敢置信。」

親眼看見小熊貓巴士被接力運走的斐迪南，立即叫醒所有人追趕在後，還攻擊了樹木想把小熊貓巴士搶回來。但因為我們就坐在上面，總不能直接進行攻擊，所以斐迪南他們騎著騎獸，一路追趕被帶走的小熊貓巴士。

「……幸好神官長和艾克哈特哥哥大人沒有使出全力攻擊，我真是鬆一口氣。」

然而，樹木不停擋住他們的去路，眼看距離越拉越遠。就在斐迪南他們遲疑著是否該攻擊的時候，小熊貓巴士已經被運到了女神的水浴場。他們擊倒擋住去路的樹木，好不容易來到泉水前方，這回卻遭到了厚厚的魔力之牆阻擋，無法再靠近一步。

「妳還記得只有泉水四周絲毫沒有積雪，空氣也不寒冷吧？在討伐妥庫羅什的時候我就注意到了，這是因為那裡盈滿魔力的關係，但我沒想到那裡的魔力竟然強大到能把我們摒除在外。」

魔力量豐富，一直以來幾乎所有魔力之牆都能突破的斐迪南臭著臉說。明明從樹木的縫隙間可以看見小熊貓巴士，想往前卻無法靠近，讓他們氣得跳腳。接著看見盈滿魔力的光芒四處飛竄，還往小熊貓巴士聚集的時候，他們無不膽顫心驚，不曉得接下來會發生什麼事。結果卻看到我們走出小熊貓巴士開始嬉鬧，聽說當下斐迪南還忍不住怒吼：「這群笨蛋！」

……但我們完全沒聽見就是了。

「總之，希望妳們別再那麼不經大腦，糊裡糊塗就走進那種有強大魔力大量飄浮著的危險場所。」

因為騎獸內部充滿了我的魔力，所以只要待在裡頭就很安全，斐迪南說。他說在還無法判定擁有魔力的對象是敵是友前，貿然走到外面是很危險的行為。

「但我完全不覺得那些光芒帶有敵意呢。」

「……即便一開始沒有敵意，要是中途冒犯到它們，誰也不知道會發生什麼事。」

「啊，確實也有這種可能呢。」

在隔著魔力之牆的另外一邊，不光是斐迪南，法藍、達穆爾和艾克哈特也對我們的行動感到非常頭痛。不管他們怎麼呼喊，我們誰也沒有反應，我想是因為我們聽不見吧。然後，也不知道在另一邊看著的他們的心情，樂師居然彈奏起了飛蘇平琴，廚師和侍從們還擺出點心開始野餐。

「妳們都往泉水內部察看，消滅了妥庫羅什，也應該察覺到我們不見了吧。」

在斐迪南的瞪視下，我和布麗姬娣面面相覷。經他這麼一說，不知為何我們都沒有發現男性全部不見蹤影。很神奇地，當時完全沒有想過這件事。

「是不是因為周遭的景象太不真實了，覺得自己好像置身夢境呢？」

「還在騎獸裡時，我也心想著得聯絡各位才行，卻在走出騎獸的瞬間就忘了。當時真的完全沒有意識到我們少了人。」

布麗姬娣說她走出小熊貓巴士的時候還握著魔石，打算送出奧多南茲。然而一到外頭，卻突然忘了自己為什麼拿著魔石。

可能是魔力也影響到了妳們吧，斐迪南皺起眉頭說。

「後來，妳朝著泉水開始唱歌，魔力隨著歌聲擴散開來，花也開始成長。妳知道那時候我們有多著急嗎？」

我真的能成功採到萊靈嫩之蜜嗎？眼看花都已經開了，我居然還在悠哉唱歌，男性們都急得有如熱鍋上的螞蟻。艾克哈特也聳肩說：

「羅潔梅茵，妳還走到葉子上去採蜜吧？我們真的大吃一驚。」

「一般人根本不會踩上沒有足夠支撐力的葉子。妳也該仔細想想，我們為什麼會有騎獸？我又是為什麼要妳擁有騎獸？」

聽斐迪南一說，我才拍向掌心。原來如此。要是騎著騎獸去採集，就算照到陽光，葉子變小，想必也不會掉下來。

「一般人真是聰明呢。」

「不對，是妳太笨。」

看到我站在被風一吹就有可能掉下來的葉子上辛勤採蜜，聽說那副模樣危險到了他們的胃都在劇烈絞痛。

「我們都冷汗直流，不知道妳何時會掉下來，然後隨著天亮，魔力之牆也變薄了。」

光芒在早晨的陽光下悉數消失，同時不可思議的景色也慢慢淡去，泉水變回了我們先前見過的模樣。但明明一切都恢復了原樣，我腳底下的葉子也越變越小，我當時居然還出神地望著天空。聽說法藍看著那幅情景，忍不住發出悲鳴。

「我於是變出騎獸，衝破變薄的魔力之牆朝妳飛去，果不其然莖就斷了。」

因為早在莖斷之前，斐迪南就騎著騎獸趕來，所以我雖然掉進了半空中，他也馬上接住了我。

「這樣子聽來，當時的情況真的很危險呢。神官長，給你添麻煩了。要是我做得出來，我甚至很想為神官長做份胃藥。」

「那麼危險的東西我才不喝。我就心領了，下次別再做這麼危險的事。」

「……一定改進。」

接住妳以後，接下來的事情都曉得了吧。斐迪南說完，我重重吐氣。

「真想不到男士們那一晚過得這麼膽顫心驚呢。」

我們彷彿置身夢境，還玩得非常開心，完全沒想到男性們卻過得那麼心驚肉跳，還緊張到胃都絞痛了。

「但話說回來，為什麼男士不能進來呢？法藍也供奉了甜食吧？」

「也許是泉水的女神不喜歡男士吧，畢竟那裡甚至被稱作是女神的水浴場。說不定芙琉朵蕾妮之夜禁止男性進入。」

我和布麗姬娣就算想破了頭，也想不通男性與女性間的差異是什麼。說不定女神的目標只是小熊貓巴士裡的點心而已。我們想出了不少答案，但最終當然不可能有人知道正確解答是什麼。

「總之，已經成功採集到萊靈嫩之蜜了，當初訂下的目標已經達成，明天開始繼續舉行祈福儀式。」

「是。」

春季的材料也採到了，我們從馮多道夫出發，繼續祈福儀式的行程。在離開馮多道夫之前，我照著先前的預定，把泉水分給村長。

「這陣子來叨擾各位了。這是泉水，請在有人受傷和生病的時候使用吧。」

「感激不盡。」

「這些泉水的療效應該會比平常的泉水更高，因為是艾倫菲斯特的聖女取回來的。」

斐迪南對村長說完，村長驚愕地倒吸口氣，來回看著我和密閉容器裡的泉水。

「什麼?!神殿長竟然送給了我們這般貴重的泉水……」

「神官長?!」

我沒好氣地瞪向斐迪南，但他只是小聲說：「就當作是這樣吧。」若讓人知道了春季泉水的魔力特別強大，可能會引來諸多麻煩。但由於斐迪南為了隱瞞這件事，做出了奇怪的發言，我交給村長的水被當作了治癒用的聖水，受到珍寶般的對待。

……嗯，只要他們會珍惜使用，那也好啦。

順利地結束了剩下的祈福儀式，回到神殿的數天後，情緒有些激動的斐迪南把我叫了過去。

「有什麼事嗎？今天我要與奇爾博塔商會的人會面……」

「別問那麼多，進來吧。」

斐迪南不由分說地要我進入他當作工坊使用的秘密房間，告訴了我有關這次採集到的萊靈嫩之蜜。斐迪南顯得有些興奮，語速極快地向我說明，但專業術語太多了，我有聽沒有懂。

「……呃，所以是什麼意思呢？請神官長去掉專業術語，再簡單一點說明吧。再不然請給我可以理解專業術語的書籍，我現在馬上就看。」

根據斐迪南簡化過的說明，原來是採集到的萊靈嫩之蜜雖然帶有我的魔力，但又不是完全染上了我的魔力。簡直莫名其妙。

「只要往花蜜徹底注入魔力，就會變成結晶。把妳藥水要用的份也變成結晶吧。」

他說只要徹底注入魔力，就會變成綠色魔石一般的結晶。斐迪南向我展示他用自己魔力染成的結晶，遞給我一個瓶子。我邊往瓶子注入魔力，邊聽斐迪南說話。

「妳所採到的花蜜，因為是來自於吸收了妳魔力後才成長的萊靈嫩，所以從一開始就含有大量妳的魔力。不只蘊含了豐富魔力，還是水屬性純度極高的材料。」

「但如果染上了我的魔力，其他人就不能使用了吧？」

「一般而言確實如此，但是，這些萊靈嫩之蜜仍能染上其他人的魔力。只是因為有妳的魔力，所以抗拒的力量會很強烈，但結果相當值得。」

斐迪南愉快地滾動著掌心中的綠色結晶說。

「究竟是只有在芙琉朵蕾妮之夜採到的萊靈嫩之蜜才能這麼做，還是其他材料也可以，我實在非常好奇。羅潔梅茵，妳要不要試著栽種各種魔樹？」

如果能在斐迪南的許可下栽種魔樹，活用在造紙研究上，我當然樂意之至。但是，對此我有相當大的隱憂。

「感覺也可以用來研究紙張，所以我是不介意種植魔樹……可是，現在艾倫菲斯特內部的魔力，有充裕到能讓我把魔力耗費在促使魔樹成長和實驗上嗎？」

我故意隱瞞了自己也會偷偷讓陀龍布長大一事，歪過頭問。斐迪南微微瞠大雙眼，接著用力皺起了眉，表情苦澀地搖頭。

「……恐怕沒有。」

「我想也是呢。」

雖然魔樹栽種計畫立即受挫，但斐迪南沒有輕易死心。

「羅潔梅茵，等過了十年之後，領地的魔力較有餘裕，妳也長大了，魔力量有所成長，屆時要不要一起做實驗？」

不知道是為了新材料，還是為了有關魔法的新學說，斐迪南雄心勃勃。真是意想不到的十年計畫。

「我的魔力很貴唷？」

我呵呵笑著挺起胸膛，斐迪南不以為然地哼笑一聲。

「妳想要什麼？要錢的話我能準備。」

「神官長，你以為我會想要錢嗎？」

我勾起嘴唇微笑，斐迪南的表情變得有些警戒。雖然警戒，但也沒有說「那還是算了」，想必是為了實驗無論如何都需要我的魔力。看樣子斐迪南非常看重我的魔力，那得盡可能獅子大開口才行。

「十年後也沒關係，如果想要我的魔力，請給我一座圖書館吧。」

斐迪南深深皺眉，沒有給我明確的回答。

終章

「這也是羅潔梅茵想出來的點心嗎？味道吃起來好像和祈福儀式一路上吃到的不太一樣……」

艾克哈特吃著斐迪南宅邸端出的名為餅乾的點心，一邊問道。

「當時似乎是旅行途中工具有所欠缺，而且，這款是加了茶葉的餅乾。」

由於斐迪南喜歡加了茶葉的餅乾，羅潔梅茵在神殿吩咐專屬廚師烤餅乾的時候，都會分送給斐迪南。

「我告訴了她今天會在貴族區的宅邸與卡斯泰德見面，她就塞了這些點心給我，要我帶過來。羅潔梅茵吩咐廚師做的點心每一種都有不同的口味，可以依據對方的喜好製作。這款磅蛋糕加了酒漬果實，聽說是卡斯泰德最喜歡的口味。甜度較低，酒味濃醇，我偶爾也會吃這款磅蛋糕。」

頭一次聽到自己從不知道的父親的喜好，艾克哈特感到非常不可思議。羅潔梅茵是平民出身的身蝕，為了將魔力與印刷這項新事業貢獻給艾倫菲斯特，才以他親妹妹的身分舉行洗禮儀式，再成為了領主夫婦的養女。

「羅潔梅茵因為在神殿長大，即便設定上是親生父女，但與父親大人接觸的機會應該不多。但她竟然能掌握父親大人的喜好，真教我感到神奇。」

「羅潔梅茵會把點心的食譜賣給艾薇拉，讓她做成茶會的點心，所以可能是在女性參加的茶會上互相交流了資訊吧。她說過掌握顧客的喜好，再賣給對方想要的東西也很正常。雖然比起貴族，更像是商人會有的思維，但掌握交涉對象的喜好也是貴族必備的能力。她也老是千方百計想把昂貴的食譜推銷給我。」

斐迪南用淡漠的口吻說得輕描淡寫，因此聽在他人耳裡也許不這麼認為吧，但其實言下之意就是「羅潔梅茵具有能掌握交涉對象喜好的能耐」。面對有長年交情的艾克哈特，斐迪南基本上都是以高標準看待，所以聽在艾克哈特耳裡，他覺得斐迪南算是大力在稱讚羅潔梅茵了。

「說到食譜，我也沒想到斐迪南大人竟然把祈福儀式一路上的午餐，都交由羅潔梅茵的專屬廚師準備。」

「我並沒有全部丟給她的廚師準備。我原本也不想為羅潔梅茵的專屬廚師造成這麼大的負擔，提議了可以讓我的廚師幫忙，她卻拒絕我說是不是想偷偷學走她的食譜。無可奈何下，我才只負責提供食材。」

斐迪南拿了塊餅乾，語帶不服地說，但艾克哈特指的並不是錢或食譜這方面的問題。

「……不，我是驚訝於斐迪南大人竟然毫不懷疑有被毒殺的可能。」

除非特殊情況，否則貴族很少與人共用專屬廚師，以免被人下毒。戒心特別重的斐迪南在飲食這方面上，應該更是小心謹慎。然而從斐迪南過往的行動來看，他對羅潔梅茵的信任簡直到了令人不可置信的地步。羅潔梅茵雖然會先試吃，但斐迪南居然也沒讓自己的近侍再次試毒，直接吃起羅潔梅茵提供的食物，艾克哈特為此瞠目結舌。

今天的點心也一樣，居然把他人要他帶來的食物直接帶過來，還和自己準備的點心擺在一起，然後在客人面前由自己先吃，表示沒有下毒。回顧斐迪南以往的行動，這根本是天塌下來也不可能發生的事。

「我只是不太明白斐迪南大人對羅潔梅茵的信任從何而來，腦袋有些混亂。」

艾克哈特花了很長一段時間才讓斐迪南信任自己，所以他確實有些嫉妒這麼輕易便贏得了斐迪南信任的羅潔梅茵。羅潔梅茵究竟是哪裡值得信任？和他們有什麼不同？艾克哈特在祈福儀式的一路上試想過這些問題，卻得不到答案。不論是哈塞一事、她太過虛弱的身體，還是每一次在採集材料時惹出的麻煩，他只覺得羅潔梅茵一直在為斐迪南造成負擔。

但是，對於羅潔梅茵引起的諸多麻煩，斐迪南雖然總是蹙眉說著「真麻煩」、「真棘手」，看起來卻又很樂在其中。證據就是，斐迪南彷彿在觀察珍貴藥草似的，經常頻繁地確認羅潔梅茵當下的情況。他會勤快地檢查羅潔梅茵的身體狀況，更毫不吝嗇地提供給她貴重的藥水。從庇護者的角度來看，這些舉動確實稀鬆平常，但看在認識斐迪南的人眼裡，簡直讓人錯愕地合不上嘴巴。至少和艾克哈特以往認識的斐迪南大不相同。

「我信任羅潔梅茵的根據嗎……因為她來自神殿，並非是純粹的貴族吧。這是最主要的原因。再加上還有一些我親眼確認過的事情，雖然不能告訴你……」

斐迪南含糊其詞地說「因為她來自神殿」，總之這表示因為羅潔梅茵是平民出身，並非貴族，所以他才能夠信任她吧。從斐迪南口中聽見了自己與羅潔梅茵之間明確的不同，艾克哈特總算能夠信服。

「斐迪南大人，卡斯泰德大人到了。」

斐迪南的侍從拉塞法姆帶著已經抵達的卡斯泰德走進來。艾克哈特自從結婚後搬出去居住，只有在受到邀請時才會回老家，因此也很久沒在騎士團以外的地方與父親見到面了。

與斐迪南寒暄完，卡斯泰德落座後看向艾克哈特，慰勞了他在祈福儀式期間擔任護衛的辛苦。「艾克哈特，這次也多謝你的幫忙了。」

「哪裡，我很感謝父親大人給了我機會和斐迪南大人一起行動，今後也請您繼續指派我。」

這是真心話。由於斐迪南進入了神殿，艾克哈特便被解去護衛騎士一職，也被禁止跟在斐迪南身邊，頂多在城堡出席公開場合的時候，能夠允許他稍微同行，但斐迪南仍然會告誡他，在領主的母親薇羅妮卡面前得保持距離。薇羅妮卡被逮捕後，雖然斐迪南身為羅潔梅茵的庇護者，能夠光明正大地進出城堡的機會變多了，但只要不是與羅潔梅茵有關的事情，他還是不允許艾克哈特出入神殿。所以儘管表面上是因為父親擔心女兒，才指派兄長擔任護衛，但神殿的祈福儀式期間能夠與斐迪南同行，艾克哈特還是非常高興。

「兩位……」

斐迪南拿出防止竊聽的魔導具，叩咚一聲放在桌上。羅潔梅茵的材料採集一事是機密，討論到內容的時候，連在斐迪南的宅邸裡也要使用魔導具。

「繼冬季之後，羅潔梅茵也成功採到春季的材料了嗎？」

「是啊。雖然對我們來說是段難以置信的體驗，但採集可說是非常成功。」

斐迪南向卡斯泰德講述了芙琉朵蕾妮之夜發生的奇妙又不快的體驗。前一天先是討伐了妥庫羅什，深夜羅潔梅茵的騎獸突然被帶走，然後遇上了男性無法通過的魔力之壁。還有紅色的月光下，四處飄蕩的魔力光芒，羅潔梅茵獻唱歌曲，開始成長的萊靈嫩，花蜜的採集，隨著旭日升起而跟著消失的神秘力量……

艾克哈特則描述了眼看著葉子越變越小時，羅潔梅茵居然還愣愣地望著天空，斐迪南在千鈞一髮之際驅策著騎獸接住她的英姿。斐迪南聽了，不高興地皺起臉龐說：「如今回想起來，當時根本不必急著去救羅潔梅茵。」艾克哈特十分意外斐迪南會這麼說。因為當時看著逐漸變小的葉子，斐迪南可是臉色大變，還使出魔力不斷攻擊變薄的魔力之壁，突破後騎著騎獸急速飛奔上前。艾克哈特眨了眨眼睛，斐迪南不悅地緊皺著眉頭，喝一口茶。

「就算掉進泉水裡頭，羅潔梅茵多半也不會受傷，因為前一天討伐妥庫羅什的時候，羅潔梅茵才剛掉進去過。她說過當時既不覺得呼吸困難，也不覺得冷，是處很不可思議的泉水吧？所以就算掉進去，她也不會喪命。我想那處泉水就是那樣。」

艾克哈特聞言，突然明白了斐迪南為什麼一臉不高興。因為他不久前才訓斥過羅潔梅茵，要記得使用騎獸，所以是覺得有些內疚吧。

「但從那麼高的地方掉進泉水裡，誰也不敢保證羅潔梅茵能平安無事，所以我還是十分慶幸斐迪南大人接住了她。」

卡斯泰德聽著兩人的對話，神也肅穆地盤起手臂。「怎麼聽起來……都是些讓人無法理解的事情。」

「是啊。那晚發生的事情，無法用常識來判斷。再加上採集到的萊靈嫩之蜜是吸收了羅潔梅茵的魔力後才開始成長。花蜜也出乎預料有著不可思議的特性……」

斐迪南接著開始詳細講解採集到的花蜜。他說與尤修塔斯在芙琉朵蕾妮之夜以外的時期採到的花蜜相比，有著明顯的不同。

「我想是因為芙琉朵蕾妮之夜的萊靈嫩，會有不計其數的魔力光芒飄散在泉水四周，所以魔力的蘊含量才與平常的花蜜相差那般懸殊。比我在檢查過尤修塔斯持有的花蜜後，所預期的蘊含量還要豐富。水屬性的純度也極高，甚至幾乎感受不到其他屬性。」

而且一般材料在染上他人的魔力以後，通常就無法再染上自己的魔力，所以也無法使用，但被羅潔梅茵魔力影響的萊靈嫩之蜜，斐迪南卻可以重新染上自己的魔力。對於這足以顛覆在貴族院所學常識的新發現，斐迪南的語氣變得有些激動。

不同於對研究有著熱愛的斐迪南，卡斯泰德骨子裡也是十足十的騎士，似乎對材料有多麼不可思議並不感興趣。在斐迪南說明的時候，雖然會應和答腔，但舉止間飄散出了他覺得這根本無關緊要的氣息。他們還真是父子。艾克哈特在心裡頭這麼想道。斐迪南看起來十分開心，所以艾克哈特不會打斷他，但他自己其實也對材料的研究不怎麼感興趣。換作是尤修塔斯，大概早就探身向前，聽得入迷了吧。

「我非常好奇，不知道是只有芙琉朵蕾妮之夜採到的萊靈嫩之蜜才會這樣，還是只要羅潔梅茵灑下魔力，其他材料也能做到同樣的事情。如果可以，我很想再深入調查芙琉朵蕾妮之夜，但男性除了會被拒在門外，精神上好像也會受到干擾。」

恐怕並不適合做研究吧——斐迪南一臉非常遺憾地下了這個結論後，有關研究的長篇大論總算出現了結束的跡象。卡斯泰德看向艾克哈特，艾克哈特點點頭。趕快趁現在改變話題的想法顯然迫切地傳達了出去。卡斯泰德表示同意，邊附和斐迪南說「原來如此」，邊迅速改變話題。

「每次聽完報告，我總是在想，羅潔梅茵的採集老是發生教人感到吃驚的事情。但讓我更吃驚的，是她在討伐司涅圖姆的時候居然用了萊登薛夫特之槍。雖說騎士團裡頭沒有羅潔梅茵能用的武器，但我作夢也想不到可以像那樣使用擺飾性的神具，還釋放出那麼強大的威力。」

卡斯泰德摸著鬍子，提起了冬之主的討伐。對於賜予騎士團所有人的英勇之神安格利夫的祝福，艾克哈特當然也感到驚訝，但他畢竟已經接受過了好幾次羅潔梅茵的祝福，所以萊登薛夫特之槍更令他印象深刻。

在視野變作一片雪白的暴風雪中，狂暴掙扎的司涅圖姆。在騎士團齊心協力的攻擊下，削弱了牠的力量後，一道藍光從天而降。僅此而已，司涅圖姆便灰飛煙滅。

「當時那散發著藍色光芒的長槍也深深吸引了我的目光。斐迪南大人，您早就知道神殿裡的神具可以實際使用嗎？」

「古老的資料中曾有記載表示，各領地神殿裡的神具都是魔導具，實際上也有人使用過。既然是魔導具，只要染上自己的魔力就能使用，我才想到正好可以拿給沒有思達普的羅潔梅茵使用。」

只有飽讀各種書籍的斐迪南才會知道這種事情吧。卡斯泰德也佩服地點頭。

「由於僅只一記攻擊就成功消滅了司涅圖姆，也許會有人以為萊登薛夫特之槍是非常強大的武器，但其實使用起來非常不便。因為必須注入相當大量的魔力，才能當作是自己的武器使用。而且也因為需要極度大量的魔力，一次大概只能使出一記攻擊。還是完全比不上自己用思達普變成的武器。」

斐迪南果斷表示，神器是種非常消耗魔力的武器。但是，這也代表了羅潔梅茵擁有如此龐大的魔力量。一個活到洗禮儀式的平民身蝕，竟能擁有這麼強大的魔力，羅潔梅茵的存在本身才教人匪夷所思。

「說到這裡，我聽說羅潔梅茵因為司涅圖姆的魔石需要支付補償金，所以正想方設法在賺錢，那分配給她的預算呢？」

羅潔梅茵時常在城堡和神殿之間往返，但更常待在神殿，所以分配給她的預算都由人在神殿的斐迪南管理。給騎士團的補償應該也是從預算中支出，卻聽說羅潔梅茵正為了籌錢四處奔走。

「每次聽到需要付錢的時候，在羅潔梅茵的腦海中，似乎都只有自己必須賺錢的選項。明明在她要增加侍從的時候我就已經提醒過她，養父和生父分配給她的預算都由我在保管，結果還是變成了這樣。」

聽到斐迪南說要從養父和父親提供的預算中支出時，聽說她還自告奮勇表示：「那要賺錢補充經費才行！」因為是平民嗎？艾克哈特也覺得妹妹的金錢觀相當獨特。

「她老是想靠自己賺錢，覺得該用自己賺來的錢養活自己的想法也是根深柢固。或許她是打從心底喜歡賺錢吧……現階段因為能促使艾倫菲斯特的經濟活動蓬勃發展，也能為派系帶來變化，所以只要她別再販售他人的畫像，我也任由她去。」

「……你指那件事啊。」

卡斯泰德摸著鬍鬚苦笑。斐迪南說的，正是艾薇拉、尤修塔斯和艾克哈特自己三種款式都收藏了的那些畫像。畫師的畫工如此出色，不能再販售斐迪南的畫像真是太可惜了——艾克哈特和艾薇拉還曾一起為此哀嘆。

「我想她今後應該會把心力都放在做書上，不再管畫像了吧。畢竟羅潔梅茵原本最想要的就是書，也受到了貴族孩子們的喜愛。」

斐迪南一臉安心地說完「她會開始做書，不再印畫像吧」之後，卻馬上輕敲起太陽穴，露出不快的表情。

「斐迪南大人，怎麼了嗎？」

「我有不祥的預感。會購買教材的孩子數量有限，況且只要買了一份，兄弟姊妹都可以一起使用。即便今後還會有孩子出生，能夠販賣的對象還是不多。只能開發新的商品，不然就是為了擴大銷路，做出讓人意想不到的事情……她肯定又會變出其他花樣。」

「其他花樣是指……？」

「我要是猜得到，也不必這麼煩惱了。她那古怪的思考方式讓人難以預測。」

斐迪南一邊說一邊也開始回想，想從羅潔梅茵的言行舉止與身邊人們的報告當中找出線索。

「記得她說過委託了古騰堡對印刷機進行改良，其他還有嗎？她還說過想研究紙張。這麼說來，冬天她與基貝．伊庫那見過面。黎希達也向我報告過，羅潔梅茵想在幾年後造訪伊庫那……所以是伊庫那嗎？」

斐迪南大人的記性還真好。艾克哈特為此感到佩服時，卡斯泰德搖搖頭。

「現在應該先把注意力放在夏季的採集上吧？羅潔梅茵每次採集，總會發生預料之外的狀況。我不認為夏季的採集也能平靜無波地落幕，已經決定好要去羅岩貝克之山，還是帕爾希米德之山了嗎？」

對於卡斯泰德的問題，斐迪南緊皺起眉，神情嚴肅。

「帕爾希米德之山的危險較少，但如果要配合至今取得材料的品質，只能去羅岩貝克之山了吧。我打算去取拉茨凡庫之卵。」

……羅岩貝克之山嗎？

拉茨凡庫是種巨大的白色鳥形魔獸，據說負責鎮壓火神萊登薛夫特的怒火。魔力相當強大，若想取卵，等於要和時間賽跑。動作遲鈍的羅潔梅茵搶得到嗎？而且不只要和時間賽跑，也必須留意不能打倒太多羅岩貝克的魔物，否則會導致萊登薛夫特之怒爆發。過去斐迪南曾耗用了好幾顆貴重的魔石，才讓事情平安落幕，但尤修塔斯卻拿走了太多的卵，差點釀成大禍。

……看來下次的採集，一樣又要經過一番波折了吧。

唯獨這一點艾克哈特十分確定。

冬季的首次亮相
與兒童室

冬季的社交界，由冬季的洗禮儀式與首次亮相揭開序幕。

我的主人韋菲利特大人被他的父親奧伯．艾倫菲斯特下了最後通牒：「必須在首次亮相前學會基本文字和數字，並且學會彈奏飛蘇平琴，否則就要廢嫡。」自那之後，韋菲利特大人的生活有了一百八十度大轉變。他不再逃避，努力學習並完成作業，如今正在舞臺上彈琴唱歌，向齊聚在此的貴族們表現出他身為領主孩子該有的模樣。

「韋菲利特大人，表現真是太優秀了……」

首席侍從奧斯華德看著臺上，感嘆說道。我非常能明白奧斯華德感動到哽咽的心情。在奧伯提出條件後，這一個月再多一點的時間以來，韋菲利特大人的近侍們全都是不遺餘力。在韋菲利特大人拚命學習，不讓自己被廢除繼承權的時候，奧斯華德也極力在帶領接二連三被解任的近侍們。如今身為護衛騎士的我，不再像以前一樣必須成天追著韋菲利特大人跑，對比下奧斯華德的工作量卻是急遽增加。

……因為由薇羅妮卡大人指派的許多近侍，有一半以上都離開了。

雖然有不少近侍相繼遭到解任，卻沒有新的人進來。儘管芙蘿洛翠亞大人希望能夠補上新的近侍，但要是韋菲利特大人的教育進度沒有達到目標，最終遭到廢嫡，那麼新進來的近侍將因為這一個月的經歷而留下污點，這樣未免太可憐了——由於奧斯華德如此主張，才決定等到冬季的首次亮相過後再增加人手。

……但對奧斯華德而言，最主要似乎是不希望在韋菲利特大人正拚命學習、感到筋疲力盡的時候，還要與不認識的人生活，對精神造成負擔。

為了輔佐面臨廢嫡危機的主人，近侍們一直努力到了現在。因此看在我們眼裡，此刻在舞臺上彈奏著飛蘇平琴的韋菲利特大人真是令人感到驕傲。

「韋菲利特大人竟然能有這麼劇烈的成長，真教人感慨萬千呢，奧斯華德。」

以前我身為護衛騎士，每天總要追在不停逃跑和調皮搗蛋的韋菲利特大人身後跑，如今年幼的主人改變了生活作息、也會完成作業，還以領主孩子的身分成功首次亮相，看著表現如此優秀的韋菲利特大人，我胸口一陣發熱。

……韋菲利特大人真的非常努力。這樣一來，奧伯、其他貴族還有羅潔梅茵，對於韋菲利特大人被視為是下任奧伯也不會有任何不滿了吧。

羅潔梅茵總是三不五時突然回到城堡，然後前來察看韋菲利特大人的進度，劈頭就說：「您的努力還不夠。」「只是完成了一點進度而已，您是不是鬆懈了呢？」「我認為近侍們太縱容您了。」然後解任近侍，不然就是毫不在乎周遭人們的心情，煽動說道：「韋菲利特哥哥大人，您只有這點程度而已嗎？」雖說芙蘿洛翠亞大人下達了許可，但羅潔梅茵的過度干涉也招來了遭到解任的貴族們的反感，所以我經常捏了一把冷汗。

……雖然我這樣提醒過柯尼留斯以後，他卻說我多管閒事。

「今天總可以盡情地稱讚韋菲利特大人了吧。羅潔梅茵應該不會有意見。」

「是啊，蘭普雷特。我也知道今後還要繼續努力，但想必黎希達也不會再瞪著眼睛大發雷霆了。」

我和奧斯華德互相對視，輕笑起來。這時，演奏完畢的韋菲利特大人與專屬樂師一同走下舞臺。

「韋菲利特大人，恭喜您，您的首次亮相非常成功。看著您在舞臺上意氣風發的模樣，我的內心深受感動。蘭普雷特也是感動不已。」

不只奧斯華德，近侍們也紛紛讚美韋菲利特大人，表達自己感到驕傲的心情。在近侍們的簇擁下，韋菲利特大人壓低聲音，偷偷問道：

「我有些地方彈錯了，你們真的覺得這樣算成功嗎？」

「奧伯夫婦也是一臉以您為傲的表情。韋菲利特大人真的非常努力了。」

聽見侍從林哈特這麼說道，韋菲利特大人有些害羞地笑了，表情像是非常高興自己得到了認可。憑著自己的努力取得成功，如此充滿了成就感的笑臉，在備受薇羅妮卡大人寵愛與包庇的那時候根本看不見。

「我們會由衷祈禱，希望韋菲利特大人今後也順遂如意。」

「嗯，身為領主的孩子，我以後也會盡到本分。」

看見韋菲利特大人挺著胸膛，以坦蕩無懼的身姿完成了首次亮相，我為這樣的主人感到驕傲的同時，也對自己身為近侍有了穩固的地位而感到如釋重負。然而才過不了多久，我們近侍所感受到的安心，便被我自己的妹妹徹底粉碎。

「羅潔梅茵。」

被叫到名字後，踩著不疾不徐的優雅步伐走上舞臺，夜空色的頭髮上還戴著罕見的花朵髮飾，然後往中心椅子坐下的，正是我的妹妹，也是成了領主養女的羅潔梅茵。

奧伯面向貴族，開始介紹說道：「羅潔梅茵擁有足以成為領主養女的魔力，還懷有一顆想拯救孤兒的慈悲之心，更有著能夠開拓新事業的優秀能力，是艾倫菲斯特的聖女。」但我老是在想，難道就沒有其他種介紹方式了嗎？貴族間彌漫著半信半疑的氛圍，我也覺得對羅潔梅茵來說，要頂著「艾倫菲斯特的聖女」這個頭銜生活，會是很沉重的負擔。

但是，羅潔梅茵神色自若，帶著可愛悠然的微笑，一派理所當然地聽著對自己的介紹。回想在神殿與她接觸時的樣子，我猜她內心應該很慌張，但沒有表現出來。

艾克哈特哥哥大人曾說過：「羅潔梅茵可是受過斐迪南大人的教育，讓她和備受薇羅妮卡大人寵愛的孩子做比較，這有什麼意義嗎？」但我真的覺得她被教育得很好。每當我稱讚了一一達到目標的韋菲利特大人，羅潔梅茵都會提醒我：「哥哥大人太縱容他了。」可想而知她自己接受到的教育有多麼嚴格，我都同情起她了。

鐙的琴聲悠揚響起。

羅潔梅茵接過樂師遞去的飛蘇平琴後，開始演奏。她那稚嫩小手所彈奏出的樂曲難度比先前的孩子們都要高，旋律也優美動人。而且這似乎是全新的樂曲，除了羅潔梅茵練習的時候，我還從來沒有聽過。緊接著，加入了羅潔梅茵稚氣的歌聲。

「噢，琴藝真是出色。這曲子的難度，都和進入貴族院後要學的曲子一樣了。」

「能力優秀這點看來確實不容置疑。」

……羅潔梅茵，加油啊。

這是給了韋菲利特大人，也給了我成長機會的妹妹的首次亮相。雖然接觸的時間沒有成為她護衛騎士的柯尼留斯那麼多，但我也對她抱有著親切感。

但是，能夠一邊欣賞一邊悠悠哉哉地心想著「我的妹妹連琴藝也很精湛呢」，也只有短暫的幾瞬間而已。

「……怎麼回事？」

羅潔梅茵的雙手無預警地亮起藍光。看起來是洗禮儀式時父親贈予她的戒指在發光。只在初次見面要給予祝福時才會用到的戒指，為什麼現在會發光？答案只有一個。也就是羅潔梅茵正在給予祝福。

隨著她彈出每一個音，戒指也不斷飄出藍色的祝福光芒，灑向整座大禮堂。上一次看到這麼大規模的祝福光芒，是在羅潔梅茵的洗禮儀式那時候。當時我就已經非常驚訝，她竟然給予了現場兩百人以上的賓客祝福，但今天可是艾倫菲斯特的所有貴族。

……她為什麼要這麼做？

不安與驚嘆一起湧上胸口。比起覺得驚人，心臟更因不祥的預感加快跳動。

「之前洗禮儀式的時候我就覺得好厲害，這次更壯觀呢。」

韋菲利特大人抬頭看著藍色的祝福光芒，語帶佩服地說。但是，此刻我們這些近侍根本沒有心情感到佩服。不是只要首次亮相成功，韋菲利特大人就是人們認可的下任奧伯了嗎？如今這個樣子，完全只是羅潔梅茵的陪襯而已吧？——大家臉上都有著明顯的焦急與氣憤。

洗禮儀式那時候，聽說是三名監護人要求羅潔梅茵「要給予所有賓客祝福」，所以她才照做。但是，今天他們又要求她這麼做了嗎？為了不讓琴藝明顯遜於羅潔梅茵，韋菲利特大人和我們都竭盡所能努力至今，如今我只覺得我們的努力徹底遭到了踐踏。

……今天不只是羅潔梅茵，也是韋菲利特大人的首次亮相，怎麼可以要求她做這種事?!

我幾乎是用瞪的看向奧伯、父親大人與斐迪南大人。但是，我卻發現奧伯夫婦、我的父母親與兩位兄長，全都微微瞠大了眼睛，凝視著藍色的祝福光芒。看樣子這並非是一開始就說好的，而是預料之外的突發狀況。

……羅潔梅茵，妳到底在做什麼?!

快停下來！——我強壓下想這麼大喊的衝動，緊瞪著藍光，期間羅潔梅茵的演奏也結束了。貴族們對於大規模的祝福似乎也不知該做何反應，掌聲十分稀疏。

「為眷佑艾倫菲斯特的聖女獻上祝福！」

斐迪南大人抱起演奏完畢，一臉困惑的羅潔梅茵，以命令騎士團時的語氣說道。不知該做何反應的貴族們便照著他的命令，取出思達普發出亮光。

由於斐迪南大人的表情非常冷靜，一瞬間我還懷疑是不是他獨斷獨行，指示羅潔梅茵給予這麼大規模的祝福。但是，從他要求羅潔梅茵揮手，並且快步離開大禮堂的樣子來看，我想這也不在斐迪南大人的意料之中。

羅潔梅茵退場後，奧伯走到舞臺中央，安撫喧譁吵鬧的貴族們。

「想必諸位都看到了，羅潔梅茵的魔力十分豐富，備受諸神眷愛。她是能為艾倫菲斯特帶來新事業的聖女。」

雖說是為了圓場，但奧伯再次這麼強調以後，貴族們對於「艾倫菲斯特的聖女」這麼誇大的稱號，從原先「太誇張了吧」的態度都明顯轉變成了「確實如此」。

「太優秀了！不愧是我孫女！」

「波尼法狄斯大人說得沒錯。如今出現了繼承萊瑟岡古血統的領主候補生，我真是由衷感到高興，一定要動員一族全力支援。」

羅潔梅茵的祝福顯然不在所有監護人的預料之中，然而，在場的貴族們卻不會這麼想吧。長年來都受到薇羅妮卡大人冷遇的萊瑟岡古貴族們，無不極力讚揚羅潔梅茵，視她為他們所擁護的領主候補生。儘管母親大人和艾克哈特哥哥大人都予以否定，對萊瑟岡古的貴族說：「羅潔梅茵大人並不想成為奧伯。」但我想他們根本聽不進去。

「本日有許多首次推出的餐點，想必不少人都相當期待。這些餐點今後將成為艾倫菲斯特強大的武器，還請各位盡情享用。頒授儀式改為午餐後進行。」

奧伯接著又更改了行程，要大家先用午餐，不難想像一定是發生了需要討論與進行調整的事態。

我內心對監護人們的氣憤消散了以後，取而代之的，是對周遭貴族們的反應感到非常不安。儘管奧伯．艾倫菲斯特與父親大人都說「無意讓羅潔梅茵成為下任奧伯」，但是照著現在的局勢，薇羅妮卡大人已經失勢了，至今受到冷落的萊瑟岡古貴族們又紛紛抬頭，韋菲利特大人真的能夠成為下任奧伯嗎？

顯而易見地，羅潔梅茵的魔力量出類拔萃，言行舉止與所受教育也都足以成為領主的養女。與羅潔梅茵本人有沒有意願根本無關，我彷彿已經預見了她被拱上下任奧伯寶座的未來。

所有近侍心裡恐怕都是一樣的想法，大家的表情五味雜陳，互相對望。就在這時候，走向餐廳要吃午餐的韋菲利特大人露齒一笑。

「現在首次亮相成功了，安下心來以後，我肚子也餓了，真高興可以提早吃午餐。聽說今天都是羅潔梅茵構思的新餐點喔。蘭普雷特也很喜歡吧？」

聽到這些話，我整個人忽然像洩了氣的皮球。是啊，首次亮相成功了，免除了廢嫡的危機。今天先為此感到高興，把心思放在要怎麼和韋菲利特大人一起慶祝上吧。

「因為羅潔梅茵構思的餐點都很美味啊，我也非常期待。」

午餐期間，我們近侍都得到了一道指令：宴會期間要多多蒐集情報。

宴會期間蒐集完情報，等到韋菲利特大人就寢之後，近侍們開始討論有關今後的事情。目前還留在韋菲利特大人身邊的近侍當中，只有我是萊瑟岡古的貴族，而且是羅潔梅茵的親哥哥。所以無論是詢問雙親有關羅潔梅茵未來的動向，還是打聽萊瑟岡古那邊的動靜，都是只有我能完成的任務。

在韋菲利特大人的房間留下負責守夜的近侍後，其餘所有人都聚集在了奧斯華德的房裡。在一片黑暗中，奧斯華德率先開口說了。

「現在廢嫡的危機已經解除，接下來我們也只能相信奧伯所說的，繼續前進了。」

「是啊。為了讓韋菲利特大人真正成為下任奧伯，我們也只能前進。」

「既然萊瑟岡古的貴族們都在熱烈討論，要讓羅潔梅茵大人成為下任奧伯，那韋菲利特大人應該也能拉攏薇羅妮卡派的貴族吧？」

「是啊。薇羅妮卡派的貴族們一定會支持韋菲利特大人吧。而且人數又比萊瑟岡古那邊的貴族多，會是強大的夥伴。」

所有人各自提出了不同的意見。但是，韋菲利特大人的近侍原本就是由薇羅妮卡大人指定的居多，所以到最後提出來的意見，往往和薇羅妮卡大人還在時差不了多少。我忍不住開口制止。

「不，等一下。我覺得這種想法很危險。」

「蘭普雷特，你是什麼意思？」

「現在還只是薇羅妮卡大人和她的近侍遭到逮捕而已，但她身邊的貴族會受到什麼處置，目前都還不確定。就算急著拉攏舊薇羅妮卡派的貴族，韋菲利特大人的根基還是稱不上穩固。我們應該先謹慎地與貴族們保持距離，然後從中立派開始籠絡吧？」

奧斯華德沉思了一會兒後，同意我的看法。

「蘭普雷特說得沒錯，等到弄清楚了奧伯打算如何處置薇羅妮卡派的貴族，再去拉攏他們也不遲。現在的當務之急，是讓韋菲利特大人接受下任奧伯該有的教育，並且多為韋菲利特大人在兒童室招攬到優秀的近侍。」

大人世界的事情，暫時就先靜觀其變，我想先從同年紀的孩子開始，拉攏將來要在貴族院侍奉韋菲利特大人的人才，奧斯華德說。

「明年就輪到夏綠蒂大人舉行洗禮儀式，所以我想到時候，會演變成是這三位在爭奪能在貴族院服侍自己的近侍。羅潔梅茵大人多半會趁著今年盡可能招攬到女性近侍，所以我想盡可能為韋菲利特大人招攬到男性近侍。」

貴族院的宿舍基本上有著異性止步的風氣，所以在招攬近侍的時候，往往會以同性為優先。文官與騎士雖然可以選擇異性，但與日常生活最息息相關的侍從，非得是同性不可。

「接下來在兒童室，得努力讓韋菲利特大人表現得和羅潔梅茵大人一樣出色。」

我明白奧斯華德為什麼這麼說，但怎麼想都不可能。為原本有可能遭到廢嫡的韋菲利特大人訂定教育計畫的，正是羅潔梅茵。比起只習慣讚美卻不習慣訓斥的我們，也是羅潔梅茵更懂得同時活用讚美與煽動，激起韋菲利特大人的鬥志。萬一她憑著這些本領在兒童室裡成了發號施令的人，韋菲利特大人根本無法與她抗衡。

「奧斯華德，我明白你的意思，但我不只是站在兄長的立場上才偏心這麼說，韋菲利特大人站在羅潔梅茵身邊會相形失色，根本是無可奈何的事情啊。孩子們聽了她演奏的飛蘇平琴，又目睹了祝福的光芒，都會蜂擁到兒童室來。」

近侍們一致語塞，大概是自己也知道這是不可能的事情吧。

「就算是這樣，如果想要突顯韋菲利特大人，總不能什麼都不做吧。你有沒有想到什麼好主意？再這樣下去，下任奧伯的位置要被羅潔梅茵大人搶走了。」

「蘭普雷特，你是羅潔梅茵大人的親哥哥吧？知不知道她有什麼弱點？」

看到林哈特警戒著下任奧伯的位置被羅潔梅茵搶走，表現出了敵意，我心想著「這才是本來該有的反應」，輕笑起來。像以往那樣確定了韋菲利特大人已經是下任領主，什麼也不用去想的情況，其實才是不正常的。

「其實我們不需要把羅潔梅茵當作敵人。我認為只要強調羅潔梅茵缺乏的東西，再突顯韋菲利特大人贏過她的長處就好了。」

聞言，近侍們都露出不快的表情問：「韋菲利特大人有什麼贏過她的長處嗎？」看來他們都只聚焦在羅潔梅茵優秀的表現上，才會沒有注意到，但其實羅潔梅茵並不適合成為奧伯，她有個無可救藥的缺點。

「羅潔梅茵沒有，而韋菲利特大人有的東西，就是健康又強壯的身體。她光是在屋子裡頭要走去圖書室就會興奮到暈倒，也沒辦法全程出席宴會，所以無論她再怎麼優秀，虛弱的身體仍然是致命性的缺點，不可能成為下任奧伯。我在宴會上也問過雙親和斐迪南大人，監護人們都表示，羅潔梅茵再怎麼優秀，也不打算讓她成為下任奧伯。領主之所以收她為養女，就是為了讓她輔佐下任奧伯。」

近侍們一陣譁然後，相互對看。縱然那般優秀，也無法成為下任奧伯的候補人選嗎？他們各自發出了分不清是安心還是失落的嘆息。儘管大家都希望自己侍奉的韋菲利特大人能夠成為奧伯，但是同時也打從心底認為，艾倫菲斯特需要的下任奧伯，該是魔力豐富而且能力出眾。

「既然羅潔梅茵大人的監護人們都這樣表示，那麼為了對抗薇羅妮卡大人，說不定由芙蘿洛翠亞大人養育長大的夏綠蒂大人才是威脅。」

聽到奧斯華德這麼說，我睜大眼睛。我從來沒有想過這種事，頂多猜想在招攬近侍上，會是羅潔梅茵與夏綠蒂大人在爭奪女性侍從吧，但從來沒有以下任奧伯的角度看待過夏綠蒂大人。

「換作是以前，薇羅妮卡大人絕對不會允許這種事，而且若從女性領主候補生這方面來看，也是羅潔梅茵大人占有壓倒性的優勢。但是，倘若羅潔梅茵大人不會競爭下任奧伯，那便是夏綠蒂大人吧……」

「但夏綠蒂大人是女性領主候補生，身為男性的韋菲利特大人應該更有利吧。」

近侍們對彼此點頭。只要韋菲利特大人以領主候補生的身分繼續努力，夏綠蒂大人多半很難逆轉性別的差距，這點從齊爾維斯特大人與他姊姊大人間的關係就能明顯看出。換句話說，能夠那麼輕易就顛覆性別差異的羅潔梅茵，正是有著如此不容忽視的存在感。

「那麼往後在指導韋菲利特大人的時候，要告訴他別與羅潔梅茵大人為敵，而是面對事情要攜手同心。假使能夠互助合作，將來再讓羅潔梅茵大人與韋菲利特大人成婚，屆時也能輕而易舉地拉攏到萊瑟岡古的貴族吧。」

奧斯華德握拳說道。沒有人反對他的看法。如果能由羅潔梅茵統領萊瑟岡古那邊的貴族，再由韋菲利特大人接收薇羅妮卡大人所打下的政治基礎，沒有比這更理想的結果了。

……既比讓體弱多病的羅潔梅茵成為下任奧伯更有可行性，而且既然是為了讓羅潔梅茵輔佐下任奧伯，才收養她為養女，想必父親大人他們也早就考慮過了，要讓她與韋菲利特大人結婚吧。

隔天開始要前往兒童室。早餐席間，我們向韋菲利特大人說明了在兒童室裡要做哪些事情。因為之前都以讓首次亮相成功為首要目標，沒有時間討論之後的事。

「第一天是跟大家打招呼。我只要坐在椅子上，接受大家的問候就好了吧？之後就是觀察兒童室的情況，選擇近侍，沒錯吧？」

「正是如此。但是，並不是馬上就得選擇近侍。在韋菲利特大人三年後要進入貴族院就讀的這段時間之前，請您花費時間仔細挑選。」

「進入貴族院就讀後，那些近侍整個冬天都會與您一起生活。能力優秀當然是必備條件，但個性也要與自己合得來，否則只會讓彼此感到不快。」

讓無心侍奉的人成為近侍非常危險。因為為主人帶來危險的可能性更高，而且一旦遭到解任，近侍往後也會失去出人頭地的指望，必須自己找出與自己合得來的人。

「貴族們也會依據您在兒童室的表現，評估您是否有足夠的資格成為下任奧伯。請您與羅潔梅茵大人通力合作，帶領孩子們。」

奧斯華德說完，韋菲利特大人的表情變得有些不安。

「請不必太過擔心，韋菲利特大人只要在該活動身體的時候積極表現，那就沒有問題。」

「羅潔梅茵大人身體虛弱，也有她做不到的事情吧。」

聽著近侍們你一言我一語，韋菲利特大人「唔唔」地盤起手臂思考，最後點點頭說「我知道了」。

「的確，我還覺得羅潔梅茵需要練習走路呢。那需要活動身體的事情，就由我來帶領大家吧。」

在聚集了許多學生的兒童室裡，羅潔梅茵與韋菲利特大人的一舉一動都受到了眾人矚目。首次見面為了問候寒暄，還排成了長長的隊伍，已經問候完的學生們在和尚未入學的孩子們說話。

往年總會看到上級貴族對下級貴族頤指氣使，或是積極地把剛受洗過的孩子們拉攏到自己所屬的派系，今年卻沒有看見這種情形。學生們為了展現自己良好的一面，告訴了年幼的孩子們貴族院的情況，還稍微放大音量講述自己學習的內容，一邊偷覷著韋菲利特大人與羅潔梅茵的反應。以往這時候，中級與下級貴族都在尋求著能夠庇護自己的上級貴族，現在的氣氛卻非常和平。

「今年學生們的表現都很老實嘛。」

「那當然，因為今年出現了領主候補生。成為近侍是出人頭地的捷徑。為了被提拔為近侍，得先了解領主候補生們的性格、喜歡什麼樣的言行，暫時都會安分守己吧。」

林哈特說得沒錯。在領主候補生面前，確實不可能馬上就表現出原來的樣子。尤其現在還盛傳羅潔梅茵連對孤兒也是仁愛寬厚，想必是判斷最好不要藉著權勢，表現得趾高氣揚。由於薇羅妮卡大人失勢後還不到一年的時間，也因為大人間派系的勢力關係還沒有穩定下來，派系間的你爭我奪也不明顯。

我一邊環顧房內的孩子們，一邊靜靜地觀察將與韋菲利特大人同時期進入貴族院的學生。因為奧斯華德對我說過：「蘭普雷特，我希望你能居中牽線，盡可能拉攏到萊瑟岡古的貴族。」

……等到貴族院的成績出來，去問問右亞歷克斯和哈特姆特吧。不對，在貴族院的時候，柯尼留斯可能會先向他們打聽成為羅潔梅茵近侍候補的意願。

因為主人是體弱多病的妹妹，聽說柯尼留斯對她非常過度保護，想必早已經在物色羅潔梅茵的近侍候補人選了吧。萬一柯尼留斯先在貴族院期間試探過了，那我事後再去探問也沒意義。
在柯尼留斯前往貴族院的前一天，我回到家，詢問了正在打包準備的弟弟。
「柯尼留斯，關於羅潔梅茵的近侍，你心裡面已經有人選了嗎？」
然而，傳聞中過度保護的柯尼留斯只是微微歪過頭。
「並沒有，因為羅潔梅茵的情況很特殊。她既會出入神殿，身為領主的養女，監護人們卻也都堅決聲稱不會讓她成為下任奧伯。所以我想除非是非常仰慕羅潔梅茵，或是有什麼特殊因素，不然很難成為她的近侍吧。」
柯尼留斯似乎並不打算積極地為羅潔梅茵尋找近侍。我不禁覺得為了韋菲利特大人，正想向近侍候補人選詢問意願的自己，好像還比較過度保護。這時，柯尼留斯流露出有些遲疑的樣子，開口說了：
「其實是父親大人和母親大人也提醒過我……」
原來雙親斥責過柯尼留斯，說他如果不打算以近侍的身分繼續留在羅潔梅茵身邊，也無意為自己推薦的近侍與主人打好關係，就不要干涉挑選近侍一事。
「柯尼留斯，你想過要辭去護衛騎士一職嗎？」
「當初我成為護衛騎士的條件，原本就是只要等到羅潔梅茵可以自己挑選近侍，我就能夠請辭離開。可是，其實我還在猶豫，不知道要不要繼續擔任羅潔梅茵的近侍。畢竟羅潔梅茵也不是讓人頭痛的主人……」
柯尼留斯小聲吐露煩惱。

「達穆爾是因為處罰和必須贖罪，才會服侍羅潔梅茵，布麗姬娣則是為了故鄉伊庫那。安潔莉卡說既然是騎士團長來詢問她的意願，她從來沒有考慮過拒絕。但是，我還是不太有自己在服侍一個主人的感覺。」

繼續服侍羅潔梅茵固然不錯，但這樣的理由並不夠充分。有段時期我也曾有過類似的煩惱，所以大概可以明白柯尼留斯內心的焦急。

……在這種狀態下，根本沒心情幫羅潔梅茵物色近侍的候補人選吧。

「蘭普雷特哥哥大人，您為什麼會選擇繼續侍奉韋菲利特大人呢？明明也可以逃離他身邊……」

在韋菲利特大人的近侍相繼遭到解任的情況下，奧斯華德也曾說過我可以離開。他說一直以來都在刁難我母親大人的薇羅妮卡大人已經失勢了，親妹妹羅潔梅茵也成了領主的養女，所以我不需要非得繼續擔任韋菲利特大人的近侍。

我低頭看著神情萬分苦惱的柯尼留斯。與母親大人商量的時候，我也露出了一樣的表情嗎？

「真要我回答的話，是因為我覺得韋菲利特大人還需要我吧。而且如果我身為韋菲利特大人的近侍，沒能稱職地完成工作，我也不認為自己有辦法侍奉別人。因為我覺得我們能夠一起成長……但是，這種事沒有明確的答案，你只能自己找到答案。」

我輕拍了拍柯尼留斯的頭說道，柯尼留斯表情複雜地抬頭看我。

「因為自己沒有稱職地完成工作……？您是因為這樣的理由，才選擇韋菲利特大人為自己的主人嗎？和艾克哈特哥哥大人很不一樣呢……」

「艾克哈特哥哥大人是特例，不能當作參考。以他的基準，根本找不到主人。」

艾克哈特哥哥大人無論什麼事情都以自己的主人為優先，一和他那種侍奉方式相比，我忍不住遙望遠方。像兄長那樣那麼仰慕一個人，即使遭到解任，也選定對方為自己唯一的主人，這種情況非常少見。一般人都會依據情勢的演變，更換侍奉的主人。

「看到身為騎士團長的父親大人侍奉奧伯，艾克哈特哥哥大人也不惜賭上性命，只想侍奉斐迪南大人，也難怪你的基準跟著產生偏差，但一般並不會從一開始就要求得有這麼高的忠誠心。主從之間能否建立起堅定的信賴關係，應該雙方都有責任吧。」

「艾克哈特哥哥大人是特例嗎……我還以為如果要自己挑選主人，得像他有那麼堅定的決心才行，聽到蘭普雷特哥哥大人這麼說，我稍微放心了。我會找到自己可以接受的理由，再考慮一陣子。」

柯尼留斯的表情像是迷惘一掃而空，說完便轉過身。但是，早在他想找到理由可以繼續侍奉羅潔梅茵的那一刻起，其實心裡就已經作好決定了，但我沒有戳破。

前往貴族院的學生們都離開了以後，現在兒童室裡的，都是這年冬天要一起度過的孩子們。羅潔梅茵馬上拿出歌牌，提議「大家一起玩吧」。她很快地依照入學年度將孩子們分組，玩過歌牌的她和韋菲利特再加入最高年級，開始玩起歌牌。結果是兩人壓倒性勝利。

「林哈特、蘭普雷特！雖然對手年紀比我大，但我贏過羅潔梅茵以外的人了！」

韋菲利特大人因此恢復了信心，但多半是年紀較大的孩子們，父母都叮囑過要討好領主的孩子吧。他們就算輸了，也絲毫沒有不甘心的樣子，反而用溫柔的眼光注視著開心的韋菲利特大人，明顯是故意讓他獲勝。羅潔梅茵大概是察覺到了這件事，短暫地露出了不快的表情後，勾起嘴角，笑吟吟地環顧孩子們。

「雖然暫時是有玩過歌牌的我們會比較厲害，但要是冬季期間一次也沒有贏過我們，很難勝任近侍的工作吧。韋菲利特哥哥大人，您說對不對？」

韋菲利特大人像是不太明白她的意思，「唔？」地微微偏過頭，但周遭的孩子們聽了，表情一致變得緊張。

「真是期待下次再玩。那麼從明天開始，表現最優秀的人就送點心給他吧。」

是不打算讓孩子們故意放水吧。為此，羅潔梅茵祭出了自己專屬廚師做的點心。平常都只能等著上面的人往下分送，如今卻有機會直接擁有。中級和下級貴族孩子們的眼神瞬間變了，開始緊盯起歌牌。

一旦中級和下級貴族的孩子們認真起來，上級貴族也無法再悠悠哉哉地放水，因為要是輸給中級和下級貴族，自己身為上級貴族的能力將遭到質疑。僅僅一天的時間，羅潔梅茵就讓孩子們拿出了真本事。

「太厲害了……」

聽見林哈特的低喃，我點點頭。她的手腕實在太過高明，我看得目瞪口呆。難以想像這樣的行為，竟然是出自兒童室裡看來最年幼的小女孩。

羅潔梅茵還利用歌牌與撲克牌激起大家的鬥志，和莫里茲老師一起讓孩子們依照自己的程度，與領主候補生在同樣的時間學習。光是待在韋菲利特大人身邊，就能看出孩子們都有顯著的成長。

莫里茲老師在指導孩子們學習的時候，羅潔梅茵便自己一個人安靜地看著從城堡圖書室借來的書籍，每本書都又難又厚，不時還會寫些預計做成新書的故事。斐迪南大人對她的教育顯然已經進行到了馬上進入貴族院就讀也沒問題，所以不需要與其他人一起學習。

羅潔梅茵聽完菲里妮講述的故事後，會再要求她抄寫，也會朗讀繪本，偶爾也會加入歌牌的比賽並且大獲全勝，激起韋菲利特大人的求勝心。明眼人看了就知道她並不屬於受教育的那方，而是和莫里茲一樣屬於教育者。

……這根本不是韋菲利特大人會不會相形失色的問題，就只有羅潔梅茵一個人的水準和大家都不一樣吧？

但是，不知是否是因為水準相差太多，還是因為羅潔梅茵身體虛弱，老在閱讀厚重的書籍，活潑的男孩子們好像都不知道該怎麼接近她，稍微與她保持著距離。韋菲利特大人於是順利地率領了這群男孩子。

「一定要趁現在加強練習，想辦法贏過羅潔梅茵！」

羅潔梅茵前往神殿舉行奉獻儀式後，韋菲利特大人便召開作戰會議，討論要怎麼贏過羅潔梅茵。羅潔梅茵一不在，男孩子們變得更活潑好動了，文靜的女孩子們很少在一起玩歌牌和撲克牌，她們都與韋菲利特大人保持距離，安靜觀察。羅潔梅茵與韋菲利特大人似乎都有著與同性更密切往來的傾向。考慮到今後可能會爭奪近侍的候補人選，現在這樣正好把勢力範圍劃開，但女孩子們都顯得有些侷促不安。果然還是需要韋菲利特大人和羅潔梅茵兩人同時在場。

「羅潔梅茵大人太強了，要怎麽做才能贏過她呢……」

如今圍繞在韋菲利特大人身邊的，都是超越了派系的學伴，比如中立派的伊格納茲、萊瑟岡古的托勞戈特，還有舊薇羅妮卡派的伊西多、勞倫斯和羅德里希。幾個孩子湊在一起，召開作戰會議的模樣讓人會心一笑。現在早就不再有放水討好的情況發生，為了得到點心，他們都是不惜打敗韋菲利特大人的夥伴。

氣氛非常舒服融洽。從韋菲利特大人率領著孩子們的模樣，我彷彿看見了他未來率領貴族的身影。

……一定要想辦法拉攏伊格納茲和托勞戈特成為近侍。

身為韋菲利特大人的近侍，我想為他傾盡所能。懷抱著這樣的想法，我注視著雙眼熠熠生輝，與學伴熱烈討論著的韋菲利特大人。

神殿長的專屬

「……所以就是這樣，關於在哈塞新建好的小神殿，木工協會奉命負責分配裝潢與家具的工作。新任神殿長希望能夠盡快完成，最好是在一個月到兩個月內就完工。代理人有商業公會的公會長谷斯塔夫和奇爾博塔商會的老闆班諾。他們說因為時間緊迫，不惜砸錢趕工。聽說他們還去了建築協會找人，但論家具和裝潢，我們的功力可不會輸給他們。各自全力做好自己的工作！」

城裡所有木工工坊的師傅都來到木工協會參加這場會議，聽到了以上協會告訴大家的內容。師傅們全都幹勁十足，站起來精神抖擻地回應：「沒問題！」但是在這當中，只有我一個人呆若木雞。

……喂喂，這是怎麼回事？

不管是哈塞蓋了一座新的小神殿，還是木工協會接下了這麼大規模的委託，本該是神殿長專屬的我根本完全沒聽說。一般應該是神殿長先委託給專屬，專屬再找協會商量。一邊思考要把哪些工作分配給哪間工坊、負責的工作會牽扯到多大的金額，專屬再和協會一起分配工作。然而，對於這麼大的工程，我甚至沒有接到過任何通知。再加上代理人中明明有公會長和班諾，卻沒有專屬木匠我的名字。

……難道我不是神殿長的專屬嗎？

奇爾博塔商會的專屬多斯塔爾工坊的師傅把工作轉介給我以後，至今我已經多次接到過神殿長的委託，不只委託了我製造印刷機，為了孤兒院冬天的手工活，也委託我的工坊製作木板。負責居中聯繫的奇爾博塔商會也說過，神殿長很滿意我們的表現，多斯塔爾工坊的師傅還好幾次對我發牢騷說：「早知道那個小丫頭會成為神殿長，我才不會把她介紹給你。」所以，我一直以為自己成了神殿長的專屬。

……是我誤會了嗎？還是其實對我有什麼不滿，才把我從專屬中剔除？

我的心情就像被人從頭潑了盆冷水，全身開始發冷，連指尖也感覺得到在顫抖。英格工坊在木工協會裡是最年輕的工坊，自己究竟是不是成了領主養女的神殿長的專屬，會大大地左右我們在協會裡的地位。萬一被取消了專屬的資格，工坊的未來可說是一片黑暗。

「喂，英格。關於要分配給你工坊的工作……」

聽見協會的人叫我，我慢吞吞地站起來，去聽工作的分配。聽到要求我製作小神殿的窗框，我點點頭答應後，走出木工協會。

天空明亮，太陽刺眼，幾乎能灼燒肌膚的夏日陽光照射下來。木工協會外，工坊的師傅們都為這麼大規模的工作感到興奮。多斯塔爾工坊的師傅注意到我後，揮著手走過來。他大力環住我的肩膀，靠在我身上，小聲問我：

「英格，剛才代理人裡頭沒有你的名字，好像也沒有指定你分配工作吧？你真的是神殿長的專屬嗎？」

盤踞在心頭的不安就這麼被人直接講出來，我一時間無法斷然地當場回道：「我當然是專屬啊，你說什麼蠢話。」然而，沒有明確地回答，好像就成了我的回答。「……這樣啊。」多斯塔爾工坊的師傅露出了意味深長的笑容。

「那這次的工作可是好機會。」

糟了！在我這麼心想的時候，已經來不及了。多斯塔爾工坊的師傅只是使了個眼色，大家好像都認定了「英格工坊因為工作表現沒能讓神殿長滿意，被取消了專屬的資格」。我立即感覺到了所有師傅都開始覬覦起神殿長專屬的位置。

「這陣子要十萬火急地完成一項大工程。」

回到工坊，我告訴了工匠們有關小神殿的工作。兩個都帕里都以為這是神殿長委託的大工程，高興地大聲歡呼：「好耶！」看著兩人臉上燦爛的笑容，相信工坊的地位將因此大幅提升，我抱著苦澀的心情，輕抬起手。

「奈勒斯、迪莫，這不是值得高興的事情。因為這項大工程是委託給了木工協會，神殿長根本沒有提前告訴過我這件事，也沒有指名我為神殿長的代理人……而且說不定，我們工坊已經被取消專屬的資格了。」

我說完，兩人都張大眼睛，靜默下來。但是，妻子阿妮嘉對此只是一笑置之。

「臉色別那麼陰沉嘛，神殿長並沒有親口說過，要取消你專屬的資格吧？」

「話是沒錯，可是，我根本沒機會也沒有門路去問神殿長，她對我們工坊到底有什麼評價。要是突然被取消資格，我們也不會知道。」

阿妮嘉說得沒錯，這件事還沒有完全確定，神殿長若是平民，我們也可以直接去拜訪她。向本人確認是最快的方法，但像我們這種工匠，哪能輕易見到神殿長。

「你真愛瞎操心耶，都已經委託我們做了那麼多工作，不用擔心啦。只要看之後還有沒有下一份工作，馬上就能知道神殿長是不是把我們當成專屬了。現在最重要的，是好好完成這次接到的工作。我們在工作上可不能輸給其他工坊，才能抬頭挺胸地說我們是神殿長的專屬啊。」

身材嬌小的阿妮嘉用力地拍了拍我的背，大笑著說。掌心傳來的與她體型不相符的力道，和她臉上爽朗又有朝氣的笑容，都讓我的心情跟著快活了些。

「妳是不是太樂觀啦？」

「會嗎？畢竟就算是專屬，只要工作上偷工減料，也會被取消資格啊。那我們能做的，就只是做好我們接到的工作，讓客人滿意吧？」

阿妮嘉的灰色眼睛定定地注視我。我知道她是強忍著不安，想讓我打起精神。在阿妮嘉和都帕里們面前，我可不能垂頭喪氣。我用力仰起背，挺直身體。

「阿妮嘉說得沒錯。再怎麼鑽牛角尖，情況也不會改變……總之，我們工坊要去新的小神殿工作，在那裡住一段時間。明天還要在商業公會舉辦說明會，向要去那裡進駐的工坊說明詳情，所以我得去趟公會。」

之所以不是在木工協會，而是在商會公會進行說明，是因為商業公會長是神殿長的代理人，又負責支付訂金，所以不只木工工坊，建築工坊的師傅也會參加。

我在商業公會的二樓東張西望，看著那些聚集在這裡的陌生臉孔。不少工坊的師傅都來了，公會長表示，希望我們能採取輪流的方式，住在哈塞的小神殿工作，而且也需要帶著太太或是女兒，或是雇用下人等可以做家事的女性人手一起前往。新神殿的房間數量雖然足夠容納工坊的人前去留駐，但門板和窗框必須各別在最一開始裝上，也要帶棉被等日常生活用品過去。

……也就是說，如果不先在工坊做好門板和窗框帶過去，根本沒辦法在那裡睡覺嘛。再不趕快做出來，可沒辦法動身前往哈塞。

「到時候生活用品會用板車運到小神殿，各個工坊的師傅若是長時間不在，也會為工坊造成負擔，所以會輪流過去住一段時間。今天聚集在此的，是第一批要過去的工坊。我請各協會挑選出了工作速度特別快的工坊，雖然會給各位造成不少麻煩，但就拜託你們了。當然，報酬也會因為各位完成的工作量和品質而有不同。」

公會長也一邊說著：「再加上這麼急著趕你們出發，報酬也會高一點。」一邊晃了晃手上的小金幣，師傅們咧嘴露出笑容。

「貴族大人住的那些白色建築，裡頭的門板和窗戶大小都一樣，工作起來倒是輕鬆。趕快在哈塞和這裡做一做吧。」

至於食材，渥多摩爾商會把工作分配給食材店，聽說他們會到神殿那裡販售，公會長也提醒我們要向哈塞和周遭的農民購買，也說明了生活上的注意事項。

「英格，你留下來。」

聽完說明，師傅們都準備要回去的時候，奇爾博塔商會的班諾叫住了我。我感受著師傅們帶有打探意味的複雜視線，走向班諾。

「英格，你是羅潔梅茵大人的專屬吧？所以從開始到最後，你都得住在小神殿工作。記得作好萬全的準備。」

原來是需要有人在當地指揮，例如哪間工坊的東西要裝在哪個地方。班諾說要把這份工作交給我。聽到班諾認為我是神殿長的專屬，我有些感到安心，但還是忍不住問：

「……那個，班諾老爺，我是神殿長的專屬嗎？」本是希望班諾能給我明確的回答，他卻只是模稜兩可地歪著頭。

「我想你應該也是古騰堡的一員，但她沒有說過你是專屬嗎？那多斯塔爾工坊的那些傢伙還成天向我抱怨，我根本是平白遭殃嘛。」

「這種事不重要。那既然我是專屬，為什麼我沒有接到任何通知？這麼大規模的工程，應該早在很久前就開始討論了吧？」

這次工程的期限很短，要在一個月到兩個月之內完工，所以得動員城裡所有的木工工坊和建築工坊，要是沒有事前商量好，根本動員不了這麼多人。我這麼說完，班諾卻苦著臉，搖搖頭後，豎起三根手指。

「不，這些事情三天前才決定好。」

「啊?!」

班諾簡單地為我說明了情況。由於神殿長、奇爾博塔商會和渥多摩爾商會共同出資的義大利餐廳完工了，他們便在開幕之前，邀請了領主大人舉辦餐會。神殿長在吃飯期間，提出了請求說想在城市以外的地方也成立孤兒院、增設工坊。

「神殿長之前就說過她想成立孤兒院，但當時並不是想建造成白色建築。本來是預計按照平民區的做法，和建築工坊討論過後，再把裝潢的部分委託給木工工坊，等到取得了在其他土地建蓋孤兒院的許可，才會和平民區的工匠討論……」

「如果沒有上面的許可，確實也沒辦法理直氣壯地討論。」

在沒有領主大人的許可下，不可能推動和事業有關的計畫。班諾這些話我都可以理解。但是，那為什麼情況會變成現在這樣？我盤起手臂，催促他說下去。班諾望著遠方，回想當時的情況，再微微舉目看向空中。

「羅潔梅茵大人為了徵得許可，向領主大人提起了這件事，結果當天就用魔法蓋好了小神殿。領主大人同時還下令，要在收穫祭之前整頓好小神殿，讓孤兒們可以安穩居住，工坊也要能夠運作。」

「這也太亂來了吧……」

「貴族大人就是可以這麼為所欲為。我和公會長只是因為以出資者的身分一起出席了餐會，才被指定為代理人。如果你也想當代理人，我可以拜託羅潔梅茵大人。」

「真的嗎?!」

如果我也能被指定為代理人，木工協會和師傅們看我的眼光也會在一夕間改變吧。我不自覺地身體往前傾，班諾帶著爽朗的笑容，大力點頭。

「是啊。我們隨時都很歡迎能夠事先付錢，讓木工協會和建築協會願意提供協助的代理人。因為期限短，該付的報酬也很驚人。」

「……抱歉，我不行。」

現在這時期得存錢準備過冬，我們工坊哪來的錢可以不斷支付報酬給木工協會和建築協會。我們擁有的資金，完全比不上渥多摩爾和奇爾博塔這樣的大店。如果想讓周遭的人認同英格工坊是神殿長的專屬，最簡單的方法就是「錢」，但這也只能放棄了。

……只能靠工作表現博得大家的認同了。總之要住在哈塞工作，讓大家心服口服地認同英格工坊才是專屬。

我和阿妮嘉一起住進了開始裝潢的小神殿，全身心地投入工作。工匠們絡繹不絕地來到小神殿，由於我從開始留到了最後，所以見過來到這裡的所有工匠。人數真的非常龐大，不光動員了艾倫菲斯特城裡所有的工坊，哈塞和附近城鎮及村子的木工工坊也找了人手來幫忙，工程的規模大到教人瞠目結舌。

雖然最後有些趕不及在一個月內完成，但小神殿還是平安地完工了。我認為英格工坊在工作上表現得很好，其他人應該不會再說我們被取消了專屬的資格吧。

小神殿的工作結束後，奇爾博塔商會的都帕里學徒路茲前來委託我們為冬天的手工活做木板。

「英格，不好意思，小神殿的工作剛結束就來麻煩你，但能委託你下一份工作嗎？」

聽見如同既往來自神殿長的委託，阿妮嘉得意地挺胸，灰色雙眼亮著光彩笑道：

「你看！我就說嘛，不用擔心，英格才沒有被取消專屬的資格呢。」

這下子都帕里們也都安心地繼續工作，接到了來自神殿長的委託後，我也暫時卸下心頭大石。為冬天手工活所做的木板即將全部做好前，路茲又帶來了神殿長的委託。這次要改良印刷機。

「神殿長委託我去孤兒院的工坊，和在現場工作的神官們一邊討論一邊改良印刷機。我的確是神殿長的專屬沒錯。」

我拿著神殿長的委託書前往木工協會，如此主張。然而，協會的男職員看著神殿長的委託書，還是不改懷疑的眼神。

「現在才要改良印刷機，代表對之前做好的東西不滿意吧？」

「才不是，當初就是以要慢慢改良為前提，要求我先做出最基本的款式。」

當時的委託和小神殿一樣，都是要求我盡快完工。但就算我這麼說明，周遭人們的眼光還是沒有改變。我不高興地瞪大眼，男職員看看我再看看委託書，輕輕挑眉。

「你愛怎麼說都行。不過，上頭寫的是改良委託。等你做完這次的工作，帶一份英格是專屬的字據回來吧，到時就沒人敢有意見了。」

我咬住嘴唇，不再繼續爭辯。現在說什麼也沒有意義，只能在工作後，拿到神殿長承認我是專屬的證明回來。要是工坊的評價一直沒有往上提升，說不定也會影響到其他客人委託工作的意願。

「路茲，你之前說過，現在羅潔梅茵大人當上了神殿長，不能再來平民區了吧？」

「嗯？啊，對啊……她現在的身分不能再隨意外出了。羅潔梅茵大人也很懷念那段可以在外自由走動的日子喔。」

在路茲的帶領下，我和都帕里迪莫一起從奇爾博塔商會前往神殿。

「但神殿的孤兒院工坊跟平民區不一樣，神殿長可以去工坊嗎？」

「嗯……是啊，她有時候下午會去工坊視察。」

從前為了自己想要的東西，神殿長還會親自前往平民區的工坊，那也很有可能跑到孤兒院的工坊，察看大家在做哪些工作吧，可以見到面的可能性很高。我這麼心想著，低頭看著自己身上的衣服。我今天穿著平常在工坊穿的工作服。因為都說要在工坊工作了，這我也沒辦法。可是，這身打扮可以面見神殿長嗎？

身為工坊的師傅，穿著這身衣服走在城北好像也不夠體面……

「英格，我看你一直低頭看衣服，怎麼了嗎？」

路茲納悶地抬頭看我，他似乎不知道英格工坊現在的處境。畢竟商人前往的商業公會和我們會去的木工協會平常沒有往來，不知道也很正常吧。

「沒什麼，我只是在想這次的工作。」

對一個不知道自己艱難處境的人，沒有必要特地宣傳。我這樣想著，仰頭看向神殿的大門。門前有個負責守衛的灰衣神官。「嗯，這樣啊……」路茲附和了我以後，對守衛說道：

「諾德，他是被邀請來改良印刷機的古騰堡成員，名字是英格，還有他的弟子迪莫。羅潔梅茵大人已經下達許可了。」

「路茲，辛苦你了。吉魯也已經通知過我了。請進。」

和舉行儀式時不同，守衛只打開了供人通行的入口。穿過神殿的門走進裡頭，頃刻間籠罩在自己四周的空氣都不一樣了。喧囂聲一下子遠離，四下也安靜得可以清楚聽見自己的腳步聲。在連要開口說話都讓人感到猶豫的靜謐中，我們走向工坊所在的男舍。

「英格，關於今天改良印刷機的工作，羅潔梅茵大人希望你能聽聽在工坊工作的灰衣神官們有什麼意見，然後改良到方便他們使用。」

一進神殿，路茲的遣詞用字和態度立刻變了，感覺就和神殿裡的人一樣。一個不滿十歲的孩子居然可以這麼切換自如，真教我感到吃驚。為了有機會招攬到更多高水準的客人，我自認為也很努力在模仿客人的動作與用詞。但是，因為我以前都只簽訂都盧亞契約，後來靠著自己的實力取得培里孚的資格，所以在當都盧亞學徒的時候，幾乎沒有過師傅帶著我一起去拜訪客人的經驗。先前我和奇爾博塔商會的人一起來到神殿的工坊，提交最一開始做好的印刷機時，我還是直到那個時候才知道，原來他們在平民區和在貴族所在的神殿，態度和遣詞用字會變得完全不一樣。

……果然和貴族有往來的大店學徒就是不一樣，不知道他到底接受了什麼教育。

孤兒院的工坊在男舍一樓，神殿裡的人則稱作底樓。迪莫在我提交最一開始做好的印刷機時也在，所以這次我也帶了他一起過來。迪莫的緊張也傳染給了我。

「那麼接下來，請大家針對印刷機提出自己的意見吧。羅潔梅茵大人希望印刷機可以改良得更方便使用，速度更快，印出更多的量。」

在工坊裡發號施令的，是個名為吉魯的男孩。他的身高和路茲差不了多少，年紀大概也差不多吧。雖然還是個孩子，但因為是羅潔梅茵大人的見習侍從，在工坊裡頭是地位最高的人。

灰衣神官們對吉魯點點頭，在我和迪莫面前排成一排，照著順序，清晰流暢地說出自己的意見。

「我希望印版可以改良得更好放置。」

「我希望放置墨水的地方可以再靠近印刷機一點，因為只要稍微有點距離，就會把四周弄得一片污黑。能不能在這裡做個架子，放置墨水方面的器具？」

來到孤兒院的工坊後，明明一樣穿著破爛舊衣，但言行舉止與平民區工匠截然不同的灰衣神官們，開始接連列出想要改進的地方。

「等、等一下。所以是希望印版可以更好放置、裝上能放墨水的架子……」

「有這麼多人提出意見，很難全部記下來吧。要不要做個紀錄？」

雖然是做失敗的紙張——一名灰衣神官向我遞來紙和筆。他說得很有道理，但我平常只會寫那些要提交給木工協會的文件，計算又都由阿妮嘉負責，不會寫工作上用不到的字，我根本不知道要從何下筆。但是，我也知道對方是基於好心，而且要全部記下來也不可能，我只好硬著頭皮拿起筆。

「……你那裡寫錯字了。」

雖是孤兒卻受過嚴格教育的灰衣神官指正說道，我大力抓抓頭。可是，我畢竟在為神殿長工作，實在說不出口「我不會寫字」。我握著筆，「唔唔唔……」地發出沉吟，一名灰衣神官開口說了。

「吉魯，請你幫英格做紀錄吧。比起寫字，英格更應該實際操縱印刷機，對於我們為什麼想要那樣改良，哪裡覺得不方便，讓他自己親身體驗看看。」

「弗利茲說得沒錯，你別做紀錄了，先自己操縱看看印刷機吧。」

吉魯看著我，像是突然驚覺般地說，從我手中拿走紙和筆。我知道名為弗利茲的灰衣神官是在對不會寫字的我伸出援手。我輕抬起手來，向他表示謝意。弗利茲面帶沉穩的微笑回應，再附耳向吉魯說了些話。

「巴茲，麻煩你準備印刷機。迪莫，請你和英格一起實際印刷看看。再麻煩弗利茲記錄大家的意見了。」

「是。」

看得出來單靠還是孩子的吉魯，並無法讓工坊維持運作，所以已經成年的灰衣神官們會從旁協助。在平民區的工坊，只有技術和經驗得到認可的人才能成為師傅，因此資歷很淺、工作表現也靠不住的小孩子不可能身居高位。所以在孤兒院的工坊裡頭，看到實力遠遠更高的大人們卻都要聽從吉魯和路茲的指示，讓我感到非常奇妙。

……貴族社會大概就是這樣吧，但感覺還真怪。

「英格、迪莫，這是印版。印刷的時候就是這麼做。」

名為巴茲的灰衣神官教導我們印刷的步驟。我和迪莫也試著實際操作。因為之前只是稍微改良了壓榨機，並沒有完全搞懂，但印刷和壓榨一樣都是需要用到體力的工作。目前是在印刷機旁邊準備了桌子放墨水和紙張，但我非常可以理解他們想直接設在印刷機上的心情。

「那如果要放紙的話，應該就是這裡了吧？」

我和迪莫摸著印刷機說，路茲從旁邊指向印刷機的某個地方。

「等等，有辦法在這裡裝一個淺底木盒，然後像這樣稍微傾斜嗎？因為紙張的大小幾乎都差不多，這種大小的紙張就能放在這裡……」

「嗯……原來如此。這樣的話，就能在這裡印刷，應該會更方便吧。」

我對路茲相當具體的改良建議感到佩服，確認了放置紙張的位置，也試著模擬拿出紙張的動作。

「然後塗抹墨水的工具就放在這裡……」

路茲接二連三地提出意見。我滿心敬佩地聽著，但漸漸覺得不可思議，因為未免太具體了。路茲是不是知道什麼事情？我狐疑地這麼心想著，一邊催促他說下去。這次的委託一定要讓神殿長滿意才行，改良建議當然是越多越好。

「先把版面和紙張放在底盤上，藉由推入跟拉出，就可以讓底盤移動到壓盤下面，這樣子作業起來應該會輕鬆很多……」

路茲邊說邊低著頭，像是在回想一樣。聽到他所解釋的，從沒人做出來過的可以推入和拉出的底盤，還有「應該會輕鬆許多」這句話，我忽然領悟到一定有人很了解做好的印刷機是什麼樣子，不由得火大起來。

「喂，路茲，是不是有人很了解印刷機？」

我瞪向路茲和這間工坊的負責人吉魯。

「要是有人知道印刷機可以改良成什麼樣子，根本不需要聽灰衣神官他們的意見吧，應該靠那個人就能做出讓神殿長滿意的印刷機。」

「呃，這個……」

路茲顧慮著四周的人，講話吞吞吐吐。他那有所隱瞞的樣子讓我一肚子火。現在我們工坊在木工協會的評價一直往下掉，如果想要改變這種現況，就一定要把工作做到神殿長能滿意才行。我們等同是站在懸崖邊緣了！

「既然要改良，又有人知道完成的印刷機是什麼樣子，就叫他出來說明！你想讓我們白白浪費時間反覆修改嗎？」

我再也按捺不住地大聲怒吼，灰衣神官們嚇得一震往後倒退。明明我沒有說什麼重話，氣氛卻明顯變了。剛才融洽又和藹的氣氛消失無蹤，所有人都對我表現出了警戒。

……怎麼回事？我只是對路茲怒吼而已吧？

看到灰衣神官們不知所措地互相對看，我不禁皺眉。我明明沒有對灰衣神官他們說半句話，氣氛卻變得很不對勁。路茲環視了一圈工坊，面露無奈地搔搔頭。

「呃……英格，我因為是平民出身，這點程度的怒吼早就習慣了，而且我也能明白你的心情。可是，在神殿禁止暴力行為，也沒有人會像你那樣怒吼和大聲說話，大家會很害怕。我們要不要去外面？用平民區的方式說話，你也會比較自在吧？」

……這裡禁止暴力行為？沒有人會怒吼？這到底是什麼樣的地方啊？

我深刻體會到了這裡的常識與平民區完全不一樣。透過路茲的視線和話語，我明白到了我們在這裡反而是異類。

「吉魯，不好意思，麻煩你整理一下大家的意見，我去外面和英格討論。」

路茲叫我移動到外面。我本來想讓迪莫留下來，但他也被要求離開。

「現在會只有古騰堡可以進入工坊，也是為了保護孤兒他們。我不能讓現在的英格你們留在裡面。」

「……這意思是我不再是古騰堡的一員了嗎？」

「我沒有權利決定這種事。」

路茲說著，走出神殿。平民區的喧囂重新回到耳中，我彷彿覺得回到了自己該在的地方。路茲邊問：「回英格工坊討論好嗎？」一邊大步移動。雖然奇爾博塔商會比較近，但我和迪莫穿著工作服，沒辦法走進城北的店家。我點點頭，帶著路茲回到工坊。

「英格，雖然你剛才要求了解印刷機的人出來說明，但那個人就是羅潔梅茵大人。她現在不能再和平民區的工匠說話了。」

路茲與我面對面後，開口就告訴我這件事。他說因為羅潔梅茵大人已經以貴族的身分受洗，成了神殿長，所以不能再隨意與平民交談。

「哪有這種道理啊?!明明你現在還是會和神殿長交談吧。你不是還說她偶爾會去工坊嗎！」

我一掌拍向桌子，路茲輕挑起眉。

「我沒有騙人。但是，奇爾博塔商會是羅潔梅茵大人指定的商家，不只會與貴族往來，面對貴族也懂得應對進退，待過怎麼可能和平民區的工匠一樣？我不知道你為什麼這麼心浮氣躁，但神殿是有貴族存在的階級社會。吉魯是神殿長的侍從，在孤兒院的工坊裡面，等於是神殿長的代理人，平民工匠不能隨隨便便對他怒吼。你只能笑著接受所有事情，然後統整大家的意見。」

路茲夾帶著嘆息，告訴我如果神殿長是蠻橫不講理的貴族，很可能會因為我對代理人的態度而責怪我，更對我下達處罰。

「之所以不能見面，不只是因為神殿長現在不能隨意外出，也是為了不讓不懂得階級社會的平民工匠觸怒神殿長身邊的貴族。萬一觸怒了貴族，當場被處死也只能自認倒楣。」

所以路茲說了，要我放棄直接與神殿長見面。聽了他的忠告，我用力咬著牙關。

「我知道是我不懂神殿的規矩，所以這次是我不對。可是，我沒辦法這麼輕易就放棄。為了工坊，我一定要成功改良印刷機。」

我告訴路茲打從木工協會接到了小神殿大規模工程的委託後，英格工坊的評價一直在變糟。

「你們商人可能不了解我們工匠的情況，但我也是走投無路了……這關係到我工坊的未來。」

「不，我明白。因為我父親和大哥是建築工匠，二哥和三哥是木匠。」

之前小神殿的工程，我父親狄多也去了哈塞——路茲一派若無其事地說。我認識狄多，在小神殿和他一起工作過，奇庫好像還是多斯塔爾工坊的都盧亞學徒。接連聽到了這麼多熟悉的名字，我滿腹疑惑。

「……為什麼工匠的兒子會變成奇爾博塔商會的都帕里學徒，還成了神殿長器重的古騰堡啊？」

就算想成為大店的商人學徒，應該也找不到任何門路。我百思不解地眨著眼睛，但路茲只是回答「因為發生了不少事情」，不願多做說明。那雙直視著前方的綠色眼睛轉過來看我。

「我能明白對工坊而言，在協會內的地位有多麼重要，也理解到這一切的源頭就是羅潔梅茵大人，也知道你們非常重視改良印刷機這件事。我向老爺報告的時候，也會一併說明工匠的常識，幫你問問看能不能製造機會與神殿長見面吧。」

「太感謝你了！」

透過路茲與班諾交涉後的結果，由於對英格工坊的現狀感到同情，所以班諾願意帶我前往神殿。但有三個條件。一是必須支付仲介費給奇爾博塔商會，二是在班諾下達許可之前，我絕對不能開口說話，三是作好覺悟。

「仲介費也太貴了吧？才去一次神殿而已，居然就要三枚大銀幣，喂……」

我正想殺價，班諾的赤褐色雙眼立刻亮起兇光。

「啊？我可是撇下了去貴族區拜訪貴族的賺錢機會，也撇下了店裡的工作，要陪你走一趟神殿喔。要是對仲介費不滿意，那我就不管你，回去做自己的工作了。如果你以為一個連對貴族也沒辦法好好寒暄的工匠能自己去神殿，那就自己去吧。」

「唔……」

那可不行，因為我完全不懂貴族的規矩。

「知道了，我付，我付就是了……可惡，所以我才討厭大店的老闆嘛。」

付了貴得嚇死人的仲介費後，班諾從當天的服裝開始直到各種細節，都告訴了我該注意哪些事情。想到要與貴族接觸，能夠聽到這些注意事項，其實這樣的情報費好像也不算很貴。雖然不太明白做好覺悟是什麼意思，但能有機會與神殿長見面更重要。我作好了

「有可能丟掉小命」的覺悟，前往神殿。

◆

「呼，總算結束了……」

一離開一舉一動都彷彿遭到了騎士和神官們的監控，氣氛幾乎要讓人窒息的神殿，我看著眼前熟悉的城市風景，不由得吐出大氣，僵硬的身體也開始放鬆。關於從建造小神殿開始就一直很在意的專屬一事，如今得到了確切的保證，我如釋重負。

……得趕快回去，告訴阿妮嘉和迪莫他們才行。

之前大家都在議論英格工坊是不是被取消了神殿長的專屬資格時，儘管妻子阿妮嘉和工坊的都帕里們都強裝出開朗的笑容，但內心想必和自己一樣不安。雖然這次神殿長委託的新工作和往常不太一樣，得和鍛造工匠一起討論，但這件事就之後再說，我想快點回去通知大家這個好消息，讓大家安心。

我全身都沉浸在得到了解脫的感覺當中，這時安排了我與神殿長見面，奇爾博塔商會的老闆班諾抓亂往上梳齊的頭髮，瞪著我說：

「笨蛋，這哪叫結束，根本是新的麻煩又開始了，居然要不同業種的工匠交換意見？怎麼可能交換完意見就結束？這種不同業種一起平分報酬的工作型態一旦起了頭，往後就會一直持續下去。」

「也才這麼一次而已，你這麼說太誇張了吧……」

畢竟神殿長是貴族大人，不了解工匠的常識，才會臨時想出這麼奇特的做法，不可能有其他客人也委託這種麻煩的工作。只要完成這次的委託就好了——我說完，路茲半瞇起眼冷冷看我。

「英格，羅潔梅茵大人開口提議的事情，怎麼可能一次就結束？有了第一次以後，接下來就會理所當然地要求你們繼續這麼做。你最好作好心理準備，今後羅潔梅茵大人的委託，都會以不同業種間要交換意見為前提。」

路茲一臉自己是過來人的表情說。路茲遠比我還要了解羅潔梅茵大人，聽到他這麼說，我忽然間感到不安。班諾拍拍我的肩膀。

「但既然你都答應了，現在也只能硬著頭皮上了。因為要做的事情前所未聞，所以得去商業公會和各個協會，也要去羅潔梅茵大人指名的薩克和約翰所屬的工坊，一一和大家打聲招呼，事先溝通協調。明天先去鍛造工坊打招呼吧。我會幫你寄會面邀請函給公會長。由你寄會來不及。」

「哦、是。」

班諾迅速地接連列出了該做的事情，但我根本不懂事前要和商人協商什麼。大概是看出了我的不知所措，班諾眼神銳利地瞪著我。

「英格，你振作一點，這些事情得在羅潔梅茵大人召見鍛造工匠的那天之前全部做完。而且本來不是我，這些是你該做的事。」

這下可麻煩了，班諾盤起手臂說。然而，這時候的我還沒有真正理解到「麻煩了」是什麼意思。

直到開始向各方相關人士打招呼以後，我才有了切身的體會。

「哈塞小神殿的大工程才剛結束，還動員了城裡所有的木工工坊和建築工坊，你們接下來又想做什麼了?!要不同業種合作，一起做出印刷機？你們這些有那個氣派稱號的專家自己去解決吧，別來把我拖下水！」

商業公會長聽完直接撒手不管，我總算才理解到，自己接下來要做的事情在眾人眼中有多麼不像話。

後記

大家好久不見了，我是香月美夜。

非常感謝各位購買本作，《小書痴的下剋上：為了成為圖書管理員不擇手段！【第三部】領主的養女（Ⅲ）》。

這一集的故事從改良印刷機開始。原本的印刷機幾乎是直接沿用壓榨機，為了更加方便使用，決定進行改良，平民區的工匠們因而開始了前所未有的嘗試，與其他業種的工匠互相交流意見，羅潔梅茵也花錢購買了設計圖。居中協調的班諾和路茲實在非常辛苦。也請連同番外短篇，一同欣賞英格為了工坊未來奮不顧身的英姿吧。

然後，為了至今幾乎沒有什麼出場機會的見習護衛騎士安潔莉卡，這一集組成了「安潔莉卡成績提升小隊」。多虧於此，護衛騎士們也變得更團結了。先前在網路上連載時，意外地有許多讀者都對安潔莉卡「因為不想讀書，所以選擇成為騎士」的想法產生共鳴，不知道到了書籍版又是如何呢？

而本集的精采場面，自然就是富有奇幻氣息的材料採集吧。上一集最後去採集了瑠耶露的果實，緊接著這一集討伐了冬之主，採集了萊靈嫩之蜜。動沒幾下便會暈倒的羅潔梅茵為了自己的身體健康，在這些動作場面中努力地大顯身手。但當然，真正揮汗努力的其實是護衛騎士和斐迪南。這集最後還繪製了材料所在位置的地圖，希望大家能看得開心，一邊想像羅潔梅茵他們是在哪個地方，採集哪些材料吧。

還有還有，《小書痴的下剋上》居然要改編成廣播劇ＣＤ了！真不知道羅潔梅茵與斐迪南會用什麼樣的聲音，怎麼樣說出台詞，我真是太期待了。有興趣的讀者歡迎上TO BOOKS的官網查詢。

本集封面是拿著萊登薛夫特之槍的英勇羅潔梅茵，拉頁海報則是在不可思議的夜晚玩得十分開心的女孩子們，以及在後頭急得跳腳的男士們。所有插圖都和我腦海中想像的一模一樣，真是難以言表的開心。由衷感謝椎名優老師。

最後，要向購買本書的各位讀者獻上最高等級的謝意。

第三部第四集預計在初夏發行。期待屆時再相會。

二〇一七年一月　香月美夜

尤列汾的所需材料

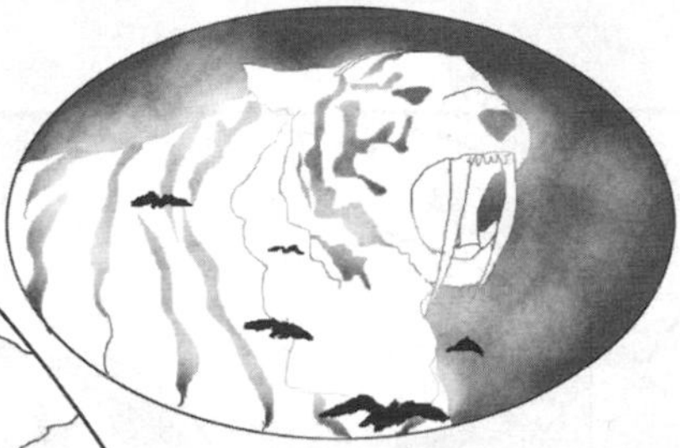

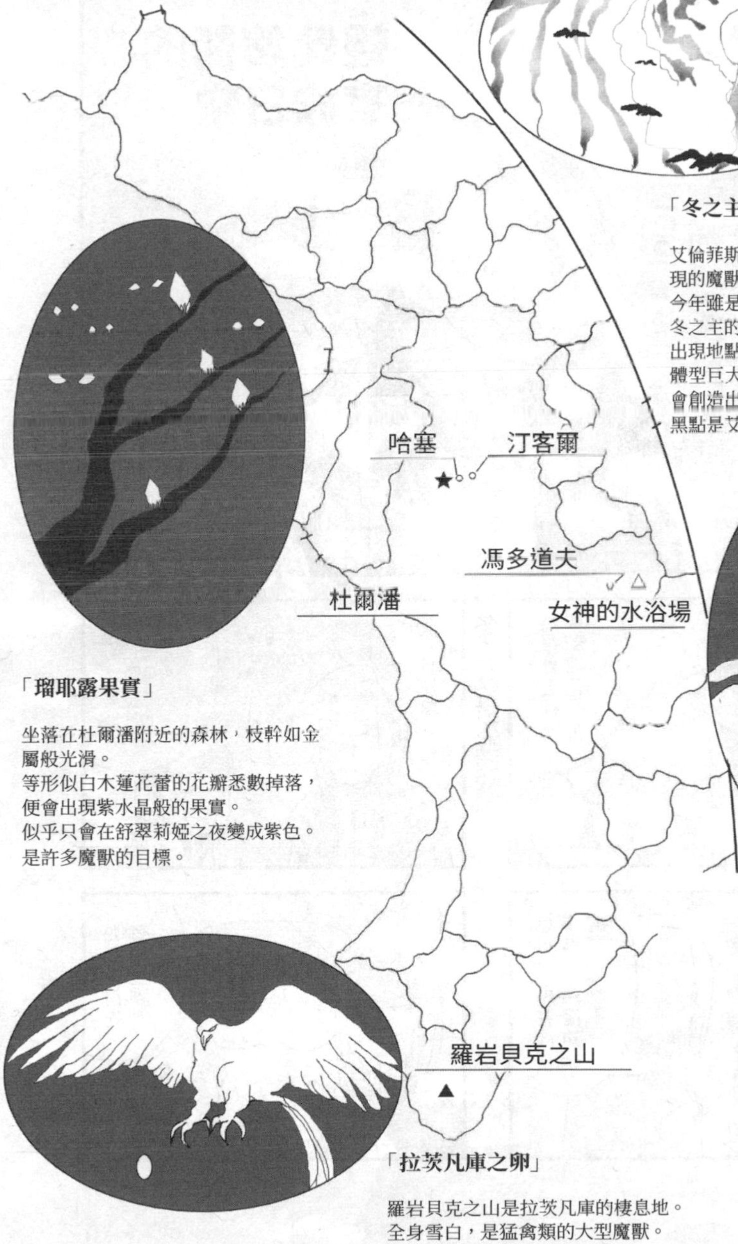

「冬之主的魔石(司涅圖姆)」

艾倫菲斯特北方一到冬天便會出現的魔獸。
今年雖是司涅圖姆，但每年變作冬之主的魔獸都不一樣。
出現地點也不固定。
體型巨大，四周籠罩著暴風雪，會創造出脊層。
黑點是艾倫菲斯特的騎士們。

「瑠耶露果實」

坐落在杜爾潘附近的森林，枝幹如金屬般光滑。
等形似白木蓮花蕾的花瓣悉數掉落，便會出現紫水晶般的果實。
似乎只會在舒翠莉婭之夜變成紫色。
是許多魔獸的目標。

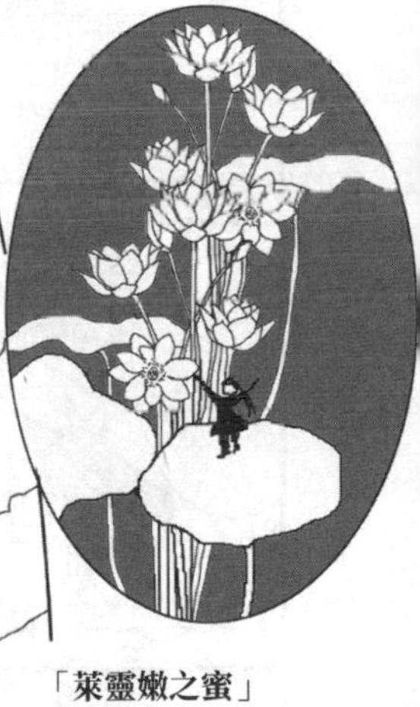

「萊靈嫩之蜜」

在女神的水浴場盛開的萊靈嫩的花蜜。
芙琉朵蕾妮之夜會急遽成長，隨著旭日東升，變回原來的大小。
是妥庫羅什的目標。
葉子上的黑點是羅潔梅茵。

「拉茨凡庫之卵」

羅岩貝克之山是拉茨凡庫的棲息地。
全身雪白，是猛禽類的大型魔獸。
爪子如勾玉般彎曲銳利。
必須趁著親鳥不在的時候才能取卵。

每回都出場的
卷末漫畫
輕鬆悠閒的家族日常
作畫 椎名優
嗅嗅
僵硬
穿得太厚動不了
冬天就是要暖爐桌
天氣一冷，好想要有暖爐桌喔。
好冷—
那是什麼？
呃……首先有四隻腳。
然後蓋上裡頭塞滿棉花的布，
上面再放塊木板，就可以把腳伸進去取暖了。
咕嚕嚕嚕嚕
妳以前所在的世界會做這麼可怕的事情嗎？
暖爐桌是魔物喔～
會讓人出不來

冬季運動

這裡的人不會玩雪嗎？
玩耍是小孩子才會做的事情吧？
咦咦～？大人也會玩喔。
像是單板滑雪和雙板滑雪。
先把板子固定在腳上。
再用棒子撐著地面，在雪地上滑行。
ずずずずず
刷刷刷刷
那種事……有趣嗎？
我覺得讀書更有趣!!

暖爐桌配橘子

啊，還有暖爐桌最好要搭配橘子。
話題又拉回來了。
……橘子？
橘子是種帶點紅色的黃色果實，味道酸酸甜甜的。
只要放在籃子裡，再擺在暖爐桌上，這樣就完美了。
シャアアアアア
嘎啊啊啊啊
那種東西……真的有必要嗎？
冬天讀書的時候非常需要!!
ぐっ

國家圖書館出版品預行編目資料

小書痴的下剋上：為了成為圖書管理員不擇手段!. 第三部，領主的養女. III / 香月美夜作；許金玉譯. -- 初版. -- 臺北市：皇冠，2019.02
面；　公分. --（皇冠叢書；第 4740 種）(mild；16)
譯自：本好きの下剋上 司書になるためには手段を選んでいられません. 第三部，領主の養女 III
ISBN 978-957-33-3426-2（平裝）

861.57　　　107023881

皇冠叢書第 4740 種
mild 16

小書痴的下剋上

爲了成爲圖書管理員不擇手段！

第三部 領主的養女Ⅲ

本好きの下剋上
司書になるためには
手段を選んでいられません
第三部 領主の養女Ⅲ

作　　者—香月美夜
譯　　者—許金玉
發 行 人—平　雲
出版發行—皇冠文化出版有限公司
台北市敦化北路 120 巷 50 號
電話◎ 02-27168888
郵撥帳號◎ 15261516 號
皇冠出版社（香港）有限公司
香港銅鑼灣道 180 號百樂商業中心
19 字樓 1903 室
電話◎ 2529-1778　傳真◎ 2527-0904
總 編 輯—許婷婷
美術設計—嚴昱琳
著作完成日期— 2017 年
初版一刷日期— 2019 年 2 月
初版五刷日期— 2024 年 2 月
法律顧問—王惠光律師

讀者服務傳真專線◎ 02-27150507
電腦編號◎ 562016
ISBN ◎ 978-957-33-3426-2
Printed in Taiwan
本書特價◎新台幣 299 元 / 港幣 100 元